中国作家协会网络文学理论评论支持计划入选项目
（项目号：ZZ2021WWLP007）

南京市文化人才培养资助项目
（项目号：21WQ6023）

网络文学创作实战

赖尔　著

南京大学出版社

图书在版编目(CIP)数据

网络文学创作实战 / 赖尔著. — 南京 : 南京大学
出版社，2022.6
ISBN 978 - 7 - 305 - 25793 - 3

Ⅰ. ①网… Ⅱ. ①赖… Ⅲ. ①网络文学－文学创作－
中国 Ⅳ. ①I207.999

中国版本图书馆 CIP 数据核字(2022)第 089091 号

出版发行　南京大学出版社
社　　址　南京市汉口路 22 号　　　　邮　编　210093
出 版 人　金鑫荣
书　　名　**网络文学创作实战**
著　　者　赖　尔
责任编辑　高　军　　　　　　　　编辑热线　025 - 83592123
照　　排　南京南琳图文制作有限公司
印　　刷　南京凯德印刷有限公司
开　　本　880×1230　1/32　印张 9.75　字数 280 千
版　　次　2022 年 6 月第 1 版　2022 年 6 月第 1 次印刷
ISBN 978 - 7 - 305 - 25793 - 3
定　　价　58.00 元

网址：http://www.njupco.com
官方微博：http://weibo.com/njupco
微信服务号：njuyuexue
销售咨询热线：(025) 83594756

目　录

2

第一章 中国网络文学与文化产业

一、中国网络文学概述

(一) 中国网络文学概观

网络文学诞生于 20 世纪末 21 世纪初,是互联网技术发展的产物。不同于传统文学以纸媒作为出版与发表的主要载体,网络文学的发表载体为互联网,包括但不限于网络论坛、文学网站、社交媒体等方式。

学界暂时还没有形成对网络文学的标准定义。笔者以为网络文学的特性,可以用一句话来总结与概括:

网络文学是 1994 年万维网诞生后,互联网用户通过电子设备创作和发表、读者通过电子设备阅读并可以发布评论的小说作品,创作题材具有娱乐性,创作手法具有文学性,创作过程具有作者、读者交互性。

第一,网络文学以万维网的诞生为节点,是诞生于 1994 年之后的现代文学;

第二,网络文学的受众是互联网用户,作者的创作行为通过电子设备完成,读者的阅读和反馈行为,亦是通过电子设备完成的;

第三,网络文学的体裁是小说,具有人物、情节、环境三要素,非散文、诗歌、剧本等其他文学体裁;

第四,网络文学创作题材有娱乐价值,创作手法有文学性,更重要的是,在创作过程中,作者和读者通过网络交流,有互动性。所谓的"硬盘写作",以及不开放读者评论回复交流的,亦不能称之为"网络文学"。

从时间上看,被学界认可的第一篇网络文学作品,是1998年蔡智恒创作并于网络发布的《第一次的亲密接触》。截至目前,网络文学的发展经历了三个时期,创作手法也经历了一定的发展:

网络文学产生的初期,是一批热爱文学的青年自发地在网络上畅所欲言,其内容与创作手法与传统文学并无明显的区别。

网络文学发展的中期,题材逐渐丰富,开始分门别类,以言情、玄幻、奇幻、穿越、悬疑等题材为主,呈现出类型化的趋势。

网络文学发展的第三个时期,则迈入了主流化、精品化的阶段。2017年10月,习近平总书记在十九大报告中指出:"要繁荣文艺创作,坚持思想精深、艺术精湛、制作精良相统一,加强现实题材创作,不断推出讴歌党、讴歌祖国、讴歌人民、讴歌英雄的精品力作"[1],对中国的文艺创作提出了新的要求。自此之后,网络文学作为中国文艺作品的一员,也开始向精品化、现实题材方向发展,产生了许多有质量、有思考、有价值、关注现实的现实题材作品,甚至有逐渐向传统文学靠拢的趋势,走向了一个新纪元。

响应习近平总书记对于文艺工作的指导,相关部门意识到了

[1] 习近平.决胜全面建成小康社会夺取新时代中国特色社会主义伟大胜利——在中国共产党第十九次全国代表大会上的报告[EB/OL].(2017-11-01)[2022-04-25].http://www.qstheory.cn/dukan/qs/2017-11/01/c_1121886256.htm.

网络作家进行系统化学习的必要性,开始组织一系列学习活动,如各省网络作协举办的高级研修班、创作研修班、鲁迅文学院网络文学作家培训班等,"中国作协网络文学中心全年组织了 6 个培训班,共培训网络作家 486 人次;指导各级作协培训网络作家 1372 人次,联席会议成员单位培训网络作家 667 人次"①,各大网站也组织了小规模的学习活动。从系统化的学习,到现实题材网络文学创作大赛等赛事的举办,无不在引导着网络文学摆脱野蛮生长的时代,走向主流化、精品化的新阶段。

2021 年 12 月 14 日,习近平总书记在中国文联十一大、中国作协十大开幕式上发表重要讲话,对广大文艺工作者提出了五点希望:

第一,希望广大文艺工作者心系民族复兴伟业,热忱描绘新时代新征程的恢宏气象。

第二,希望广大文艺工作者坚守人民立场,书写生生不息的人民史诗。

第三,希望广大文艺工作者坚持守正创新,用跟上时代的精品力作开拓文艺新境界。

第四,希望广大文艺工作者用情用力讲好中国故事,向世界展现可信、可爱、可敬的中国形象。

第五,希望广大文艺工作者坚持弘扬正道,在追求德艺双馨中成就人生价值。②

习近平总书记还阐释了对"优秀文艺作品"的要求:

---

① 中国作协网络文学中心. 2019 中国网络文学蓝皮书[N]. 文艺报,2020-06-19 (5).

② 习近平. 在中国文联十一大、中国作协十大开幕式上的讲话[EB/OL]. (2021-12-14)[2022-04-25]. http://www.gov.cn/xinwen/2021-12/14/content_5660780. htm.

古往今来,优秀文艺作品必然是思想内容和艺术表达有机统一的结果。正所谓'理辩则气直,气直则辞盛,辞盛则文工'。只有把美的价值注入美的艺术之中,作品才有灵魂,思想和艺术才能相得益彰,作品才能传之久远。要把提高质量作为文艺作品的生命线,内容选材要严、思想开掘要深、艺术创造要精,不断提升作品的精神能量、文化内涵、艺术价值。①

总书记对广大文艺工作者的要求,也是对中国网络文学的要求。网络文学同样要把提高质量放在首位,从原先追求趣味性、传播性、"网感"等表象形式,转向更深层次的、创作内核的思考,要追求作品的精神能量、文化内涵、艺术价值,提升作品的格调和视野。

总体来说,二十余年来,网络文学正在以一种昂然的姿态走进大众的视野,从亚文化逐渐变成主流文化。

对此,《2020中国网络文学蓝皮书》中阐释道:在各大网络文学平台2020年发布的新作品中,现实题材作品占60%以上。网络文学向海外输出作品达1万余部,有关网站订阅和阅读App的用户达到1亿多,覆盖世界大部分国家和地区,成为外国网友了解中国、读懂中国的一个窗口。②

中国作家协会党组成员、书记处书记胡邦胜同志在接受《瞭望东方周刊》专访时,曾如此总结中国网络文学这二十年来的发展:

首先要明确,不是所有发表在网上的文字都是网络

---

① 习近平. 在中国文联十一大、中国作协十大开幕式上的讲话[EB/OL]. (2021-12-14)[2022-04-25]. http://www.gov.cn/xinwen/2021-12/14/content_5660780.htm.
② 中国作协网络文学中心. 2020中国网络文学蓝皮书[N]. 文艺报,2021-06-02 (3).

文学。网络文学主要是类型小说,指那些经编辑审核在正规网络文学网站、移动阅读平台上发布的作品。目前,全国正常运营的正规文学网站只有上百家。一些盗版网站、非法网站及公众号等新媒体、自媒体发布的很多涉黄涉暴文字,经搜索引擎引流,对社会造成不良影响。这些文字不应该被归入网络文学,但很多对网络文学的负面评价却由此产生。

任何文学样式在刚产生的时候,都带有民间性的初始特征,鲜活、有生命力,但又有粗糙的一面。只有经历漫长的大浪淘沙,完成主流化、精品化,才能得到广泛认可。现在成熟的文学样式,都经历了这样的过程,是经典化后的文学样式。

我们对于新事物的发展要有耐心,要用发展、辩证、全面的眼光看待。关键是要有历史担当精神,主动作为,引导网络文学高质量健康发展。①

胡邦胜书记还指出了网络文学的四个新特征:

一是以大胆想象和生动情节为重点的故事性特征。小说的基础就是讲故事。但小说发展至当代,越来越注重语言叙事和人性探究,着意表达复杂情感和微妙经验等,故事性有所弱化。网络小说追求讲好故事,是对小说传统的回归,也是相对传统文学表现出的新特点。

---

① 瞭望东方周刊. 网络文学加速迈向主流化、精品化——专访中国作家协会党组成员、书记处书记胡邦胜[EB/OL]. (2021-12-14) [2022-04-25]. http://www. xinhuanet. com/2021-12/14/c_1128162122. htm.

二是以移动互联网为主要载体的传播性特征。网络文学具有"即时性""伴随性""交互性"。借助互联网线上连载,网络文学实现了章节的即时更新、即时阅读。对读者来说,"日更"意味着日复一日陪伴式的阅读,还可以通过月票、打赏、"本章说"和"段评"等形式,与作者进行互动。

三是作为文化创意产业龙头的商业性特征。网络文学的主体是类型小说,形成了产业化的"文学工业"。网络文学能形成今天这样的规模,与付费阅读商业模式的形成关系密切。资本的介入,加速了网络文学的 IP 化,促进了影视、游戏、动漫等产业的发展。目前,网络文学以大约 300 亿元文本阅读产值拉动下游文化产业产值近万亿元。

四是以海量作者和读者为基础的大众性特征。网络文学是大众文学,尤其是免费模式出现之后,阅读成本进一步降低,阅读市场进一步下沉。网络文学具有烟火气,以消遣性、娱乐性为主,满足了普通大众的文化需求,成为了大众文化狂欢的平台。

网络文学的这些特征是一个整体,是同时呈现出来的,对网络文学的评价要建立在整体性认识的基础上。①

纵观二十余年来网络文学产业的发展,笔者认为,当前网络文

---

① 瞭望东方周刊. 网络文学加速迈向主流化、精品化——专访中国作家协会党组成员、书记处书记胡邦胜 [EB/OL]. (2021-12-14) [2022-04-25]. http://www. xinhuanet. com/2021-12/14/c_1128162122. htm.

学产业早已进入了转型期,广大网络作家要顺势而为,积极应对:网络作家的视野必须从蛮荒的流量拼杀,转而进入质量优先、深耕精品的创作路径。

在创作原动力上,网络作家要正本清源、坚定理想,回归创作初心。

网络文学始于 20 世纪 90 年代中后期,文学爱好者将自己的文学作品通过 BBS 论坛等载体进行发表,免费向论坛网友进行分享,寻求共鸣。因此,早期的网络文学作品对艺术性有较高追求,创作者往往具有一定的文学功底,只是通过网络渠道撰写文章、发布文章,完成创作自我表达的同时,也实现与网友交流探讨的目的。

然而,随着互联网技术的发展,网络文学产业越发成熟,读者数量不断增多,付费阅读、版权销售等盈利模式为网络作者带来不菲的收入。于是网络文学的创作原动力发生改变,从"自我表达、大众分享"变成"服务读者,赢得更多流量,赚取更多的报酬"。

相比传统文学,网络文学更加贴近市场,也更容易通过后续文化产品的开发,带来更大的社会传播力。然而,部分网络作家屈服于金钱,沉溺于"流量思维",丧失了初心。网络作家应该有崇高的理想,用思想深刻、清新质朴、刚健有力的优秀作品,给读者以精神和审美的滋养。

在创作目标上,网络文学应由"虚"到"实",走入人民群众的实际生活中。

如今的网络文学类型多样,题材多变,还出现了跨专业、跨学科式的题材融合新风尚。然而,网络文学不仅要九天揽月,也要回落人间;不仅要有飞天遁地的脑洞,也要有贴近生活的烟火气。

没有生活的创作,是悬浮的,是脱离实际的。即便是玄幻文、科幻文,哪怕构建了全新的世界观,但对于形形色色的人物形象的描写,依然脱不开对生活的观察、对人生百态的经历与感悟,而这些恰好是缺乏生活经验的网络作家所欠缺的。

网络作家不能只盯着看似瑰丽的虚幻世界而忽视现实题材创作,更不能永远待在舒适区,为了追逐人气而被禁锢在某一特定题材中,不断地重复自己。网络作家要勇于面对现实题材,书写新中国的伟大发展进程,书写当下人民群众为实现美好生活愿景而不断奋进的壮阔历程。

(二)中国网络作家概述

从作者数量上看,《2019 中国网络文学发展报告》中指出,中国网络文学作者数量达到 1936 万人,签约作者数量达到 77 万人,学历主要集中在大学本专科,地域上重点分布在二三线城市。在年龄分布上,90 后年轻作者占比达 44.6%,新人渐成主力。

而 2021 年 5 月 26 日中国作协网络文学中心发布的《2020 中国网络文学蓝皮书》显示:网络文学全网累计作品约 2800 万部,活跃的签约作者有 60 多万人。[①]

从读者数量上看,根据中国互联网信息中心(CNNIC)第 47次《中国互联网络发展状况统计报告》,截至 2020 年 12 月,我国网络文学用户规模达 4.60 亿,占网民整体的 46.5%。[②] 也就是说,

---

① 中国作协网络文学中心. 2020 中国网络文学蓝皮书[N]. 文艺报,2021-06-02(3).

② 中国互联网络信息中心. 中国互联网络发展状况统计报告[EB/OL]. (2021-02-03)[2022-04-25]. http://www. gov. cn/xinwen/2021-02/03/content _ 5584518. htm.

我国目前的网民中有近半数都是网络文学的粉丝。

在市场规模方面,2019 年,网络文学行业市场规模达到 201.7 亿元,版权营收持续提升,推动市场规模平稳增长;网络文学出海方面,主要模式为翻译出海,输出作品数量达 3452 部;内容创作方面,2019 年网络文学作品累计规模稳定增长,达 2590.1 万部。

笔者曾经向南京地区的网络作家发布调研问卷,针对年龄分布、学历分布、工作状态等问题进行调查,结果显示:南京网络作家大多具有专科与本科学历,年龄集中在 25—35 岁,工作状态(全职写作、兼职写作)则差异不大。

问题:您的年龄是?

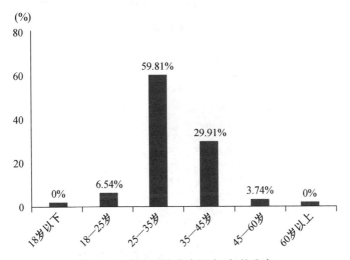

图 1-1 南京网络作家调查:年龄分布

问题:您的最高学历是?

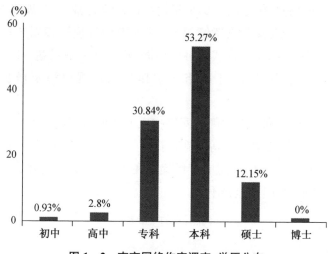

图 1‑2　南京网络作家调查:学历分布

问题:您是全职写作还是兼职写作?

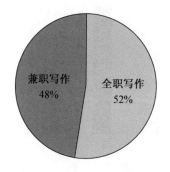

图 1‑3　南京网络作家调查:写作状态

　　本次调研虽是以南京一座城市为例,但学历调查结果基本与《2019中国网络文学发展报告》相符。回到《报告》,从全国范围的宏观统计数据来看,网络文学作者平均每日创作时长达4.5小时,网络文学平台日均更新字数 1042.1 万字;网络文学作者月收入分布方面,2000 元/月以下及暂无收入占比 44.6%,2000—5000 元/月占比 24.1%,5001—10000 元/月占比 20.1%,10001—20000 元/月占比 7.1%,20000 元/及以上占比 4.1%。[①]

大数据统计还显示,44.0%的网文作者处于未婚状态,他们拥有更多的自由时间,专心于创作当中。而排行第二位、占据了 32.3%的作者婚育状态是已婚且有子女,这一部分创作者以女性为主。

1. 中国网络作家新特性

根据 2021 年 3 月 18 日发布的《2020 年度中国网络文学发展报告》[②]中的数据,中国网络文学作家自 2020 年起呈现出以下四个特性。

第一个特征:年龄小,Z 世代逐渐兴起。

总体来说,作者的教育水平在不断地提升,比起网络文学产生初期创作者教育水平良莠不齐的状态,现在的网络文学创作者中,受过高等教育的比例逐渐增多。但另一方面,越来越多的学生作者(主要为大学生)出现,他们缺乏生活阅历,充满幻想,创作热情较高,造成了"小白文"盛行的状况。

第二个特性:收入分布不均,马太效应明显。

根据前文所展现的 2019 年数据分析,中国网络文学签约作者

---

① 中国作家协会网络文学中心. 2019 年度网络文学发展报告[EB/OL]. (2020-02-20)[2022-04-25]. http://www. chinawriter. com. cn/n1/2020/0220/c404027-31595 926. html.

② 中国社会科学院. 2020 年度中国网络文学发展报告[EB/OL]. (2021-03-18)[2022-04-25]. http://literature. cssn. cn/wlwhywx＿2173/202103/t20210317＿5319 242. shtml.

中收入达到 5000 元/月以上的占 31.3%。笔者认为,这部分人才能算是真正的职业网络作家,收入证明了这些作者的影响力,主要是由他们影响了 4.6 亿网文用户。在签约作家中,头部作者的收入,可达月薪百万级,读者影响力极大。而底层作者和业余的网络文学爱好者,只能靠全勤或者保底度日,甚至会每月颗粒无收,同时作品也是无人问津。

第三个特征:创作内容分化明显,精品 IP 创作和免费无线创作,目标定位截然不同。

精品 IP 向一般是二十万字到百万字,主打动漫、影视、游戏改编的网络文学作品。由于目标针对版权交易市场,该种类网络文学创作要求较高,在题材和立意的选择上相对慎重,创作手法兼具传统文学的严肃性与"网感"的趣味性。

免费无线向以掌上阅读为主,在手机等移动终端进行阅读,这类作品一般都是百万字、千万字的大长篇,依靠读者订阅、打赏获得收益,或是提供给读者免费阅读,依靠流量或广告进行收费。这种类型的网络文学,讨好读者、吸引读者眼球是第一要义。

这两种创作内容的区别,让网络文学作者的创作目的产生了强烈的差异,前者精品化创作,孵化周期长,具有长效的影响力。后者有极强的下沉影响力,下沉受众广,收益的爆发力强。

第四个特征:女性作者比例较高,"主妇作者"逐年增加。

在历年统计数据中,都呈现出了一个现象:在网络文学创作者中,女性占据了大多数,这也从侧面显示了目前中国社会的发展状况。随着育儿成本的提高、二胎乃至三胎政策的开放,越来越多的女性选择回归家庭,为孩子和家庭进行全身心的付出。打理家务、照顾孩子的责任,让她们无法选择朝九晚五的上班工作,有不少受过大学良好教育的妈妈们,选择了在家创作这条路径,因此涌现出了一批"主妇作者"。她们拥有一定的人生阅历,有曾经工作的经

12

验,又对恋爱、婚姻、家庭怀有更为深刻的体悟,因此主妇作者们在女频写作方面,也取得了令人瞩目的成绩。但在中国网络文学头部作家排行当中,男性人数较多。

2. 网络作家的困境与诉求

笔者在调研中还与南京市网络作家进行了深度沟通,以了解现阶段网络作家们面临的现实困境。在归纳整理后,得出以下四大问题与诉求:

问题:您认为网络作家群体面临的主要问题有哪些?

表 1-1 南京网络作家调研:面临的困境与问题

选项	比例
侵犯著作权问题	65.42%
霸王合同问题	71.03%
行业不完善的问题	67.29%
劳动强度大、劳动保障不完善问题	46.73%
话语权小的问题	58.88%

第一,霸王合同与盗版侵犯著作权的问题。

网络作家作为内容的创作者,其作品既是经济来源,也是影响社会的能量。然而,在著作权方面,网络作家普遍面临着两大难题。

一是霸王合同。网络作家与平台签约的形式,一般分为"作者签"和"作品签"两大类:所谓"作者签"即作者在规定时期内,本人的所有作品必须在签约平台上发布,作者其他相关权利归属网站,又被调侃为"卖身契";"作品签"是指某作品在规定时期内仅可在签约平台上发表并获利。两种签约形式的时间,短则十年,长则五十年甚至永久。除了头部作家,大多数的网络作家作为个体创作

13

者,在平台网站面前缺乏话语权,面临"爱签不签"的霸王合同,也只有妥协。

二是盗版问题。文字是最易于传播的形式,防盗版工作一直是各大平台的重大难题。网络作家以文学创作作为工作和收入来源,酬劳高低取决于作品点击率、收藏数、平台"月票"奖励等。但在互联网空间,存在大量的盗版网站,用户可以通过盗版观看作品而无须付费,这切实损害了网络文学作者的经济利益。出于自身利益需求,网络作家一直在呼吁防盗版工作,但由于盗版市场大,违法成本低,因此在网络文学这二十余年的发展过程中,盗版问题一直无法解决。《中国网络文学版权保护白皮书》显示:2020年中国网络文学市场规模 288.4 亿元,盗版损失规模达 60.28 亿元。①

第二,行业规则还不完善,网络作家在产业中的话语权极低。

如今网络文学的创作和产业化过程中,普遍涉及以下组织(个人):内容源头方、版权经济方、版权使用方、创作者工会、第三方评论组织、创作软件/工具运维方。

内容源头方:网络作者、内容创作人、著作权中自然属性的拥有者;

版权经济方:和作者属于合作关系,进行著作权中经济属性运营的公司,往往具备网络相关证照的文学网站,版权经济权属的拥有者,具备编辑、发行、展示、出售的能力。

版权使用方:购买网络文学版权进行文化产品开发的公司,包括但不限于动漫、影视、游戏等公司,拥有作品的改编权和改编作品的经济权属。

创作者工会:各地区属性网络作家协会,理论上应该是工会性

---

① 易观分析.中国网络文学版权保护白皮书 2021[EB/OL].(2021-04-25)[2022-04-25].https://www.analysys.cn/article/detail/20020094.

质的,致力于作者的组织、维权工作,而不仅仅是管理工作。

第三方评论组织: 与网络文学相关的评论家、学术研究者,网络文学奖项的发起部门等。

创作软件/工具运维方: 码字软件的开发者和运营方。

在网络文学的产业链条中,网络作家作为创作源头,话语权却是整个行业中最小的。面对文学网站,除头部作者以外,大部分网络作者无议价权,甚至要受制式合同的盘剥。例如前文提到的霸王合同,是不符合常理的,但由于网络作者话语权小,需要通过平台网站赚取稿费,因此只有接受。

而在作为版权使用方的影视、动漫、游戏公司面前,网络作家甚至会被排除在谈判与合约之外,由网络平台直接对接版权使用方,因此常有这种状况:当文化产品上线面世时,作者才发觉制作名单上没有自己的署名。但因维权难、维权成本高,且不敢"得罪"平台,大对数网络作者只有忍气吞声。

第三,劳动保障不完善,劳动强度大。

网络作家分专职和非专职两种,专职作者即自由撰稿人,不固定供职于有关企事业单位或其他组织,与平台只是甲乙方关系,网络作者的收入主要来自平台稿酬,酬劳高低取决于作品点击率、收藏数、平台"月票"奖励等,这就要求网络作者必须保证一定日更量,不能随意断更,否则会失去平台奖励和粉丝收入。一日双更、三更,甚至"日更一万",成了专职网络作家保障自身收益的普遍做法。

由于劳动强度大,长期伏案,作息不规律,近年来,网络作家猝死事件多发。2013 年,年更新 160 万字的网络作家"十年落雪"猝死;同年知名奇幻小说家"海千帆"猝死;2019 年,拥有无数粉丝的 38 岁大神网络作家"格子"猝死引发全网关注。究其原因,主要有以下四个方面:

（1）收益刺激。网络作品粉丝越多，点击率越高，更新越快，收益越高。因此网络作者必须进行大量日更，保持粉丝活跃度，维持收入。

（2）意识缺乏。作为创作主力的年轻人，普遍缺乏自我健康管理意识，透支甚至挥霍健康，直到身体亮起红灯才进行治疗。

（3）平台忽视。网络平台以利益为导向，将更新字数多寡、内容关注度高低作为考核标准，不关注作者的健康和生存状态。

（4）多重压力。网络小说作为一种文化产品，需要持续脑力劳动，加之收入不稳定，读者和编辑催更，使得普通网络作者承受精神、心理、经济上的多重压力。

第四，缺乏个人发展的通道与路径。

网络作家群体是一个典型的金字塔结构，帕累托法则效应明显。

兼职网络作家往往要平衡工作与创作的关系，而全职网络作家为自由职业人员，除了少数头部和腰部网络作家，聚拢在网络作家协会的群体当中，受到政策指引，有一定的学习机会之外，大多数底层网络作家在个人发展道路上，往往只能靠单打独斗，用作品说话，缺少职业发展与成长的通道与路径。

头部网络作家上升通道较为通畅，特别是在新的社会阶层、新文艺群体的身份下，得到了政府的关注和帮助，部分作者甚至获得了参政议政的机会。然而，在行业技术领域，职称评定依然是网络作家的难题。由于人社工作、职称评定方面刚刚注意到网络作家群体，在政策制定方面略显僵化。头部作家往往已创作了十余年，但在职称评定过程中，只能从底层评起，再重新熬年资，破格条件设定高、难度大。

对于腰部网络作家，其上升主要依靠网络平台的推荐来实现，其核心是创作优质作品，一是通过网站平台进行申报，获得文学界相关奖项,二是通过网站平台融入版权经济,获得 IP 改编的机遇。无论哪一种可能,其操作都要借助平台的力量来进行,个人很难实现突破和飞跃。而对于底层网络作家来说,主要任务是通过海量创作与更新,在市场上赚取点击量和订阅,爬上榜单、获取收益是第一位的,甚至无暇规划个人的创作生涯。

问题:您对于未来职业规划和晋升空间的重视程度

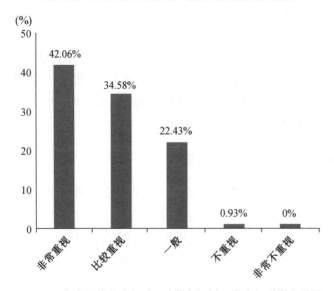

图 1-4 南京网络作家调查:对未来规划和个人晋升的关注度

对于南京网络作家而言,他们大多关注自己的职业发展,只是大部分人缺乏路径。尤其是在网络用户时常被短视频、手游等多种娱乐方式吸引的今天,网络作家普遍感到焦虑:他们能感受到网络文学市场的收紧,却不知道该如何抵御风险。因此,本次调查还发现一个现象:有相当一部分网络作者仍然保持着本职工作或学业,以兼职方式进行写作,用以抵御市场风险。

二、中国网络文学创作来源

网络文学是当代通俗文学的一种形式,其媒介、内容、创作手法、本质属性虽然有别于传统文学,但传统文学对网络文学的影响颇深,作者的创作、故事架构和精神内核仍从传统文学中汲取养分。

总的来说,网络文学主要有六个创作来源:中国古典文学名著、中国现当代通俗小说、西方现代类型文学、电视剧(欧美剧、日韩剧、国产剧包括 TVB 剧目等)、动漫(日本漫画、动画)、电子游戏(欧美、日本、国产 RPG 等)。

1. 来源一:中国古典文学名著

网络文学经过二十余年的发展,正在步入第三阶段——高质量写作阶段。网络文学在形式、内容、手法上似乎开辟了一条全新的道路,但其题材、叙事方式、历史背景和人或故事,皆与中国古典小说一脉相承。尤其是在由量转质的阶段,网络文学与中国古典小说的关联越发紧密。

从题材上看,中国古典通俗小说在网络文学中得到延续与发展。网络文学经过二十余年的发展,其题材已经基本固定,各大网站的具体分类有细微的差别,但从整体上看,网络文学的题材基本以武侠、仙侠、奇幻、玄幻、言情、现实、科幻、悬疑、推理、侦探为主,这些题材在中国古典文学名著中都能找到源流。宋元时期,罗烨在《醉翁谈录》中指出当时小说的不同内容:"夫小说者,虽为末学,尤务多闻。……有灵怪、烟粉、传奇、公案,兼朴刀、捍棒、妖术、神仙。"①当时的小说内容与当下网络文学的题材几乎可以一一对应,灵怪、烟粉、传奇、公案、朴刀、神仙可以看作网络文学中玄幻、言情、历史、侦探、武侠、仙侠的源流。

网络文学中的题材几乎都可以在中国古典文学名著中找到源头,并且能够清晰地看到其发展脉络。以玄幻小说为例,当下网络文学玄幻小说的繁荣离不开对古典文学名著的继承与发展。从最初的女娲补天、后羿射日、夸父逐日等神话故事,到《楚辞》中的巫士鬼神、《山海经》中的神怪,到魏晋时期的志怪小说,到唐宋传奇,到明朝的神怪小说,再到清朝的《聊斋志异》,想象力一直存在于中国文学的血液之中。

从叙述手法上看,"挖坑"与"欲知后事如何,请听下回分解"一脉相承。中国古代的通俗小说主要在民间流行,以话本的形式呈现。说书人为了牢牢吸引听众,采取了设置悬念的方式解说文本,这种手法在中国古典名著中随处可见,《红楼梦》《三国演义》《水浒传》回末多有"欲知后事如何,请听下回分解"的字眼。

在大长篇、数量巨大的网络文学作品中,作者同样需要用悬念来牢牢吸引读者,而在网络文学的生态体系中,设置悬念往往被表述为"挖坑","挖坑"即留下悬念,吸引读者,等待读者"入坑",而解读悬念的过程往往被称为"填坑"。中国通俗文学发展至今,逐渐衍生出了一套属于网络文学的话语体系,叙事手法上的"留悬念"即带有浓厚的古典通俗小说色彩。

从古典故事或人物上看,网络文学同人小说使古典"重生"。一个作者凭借自己的想象,创作了一个故事,在这个故事里出现了许多人物。有一个读者看了,很喜欢这个故事,于是就拿这个故事

---

①　罗烨.醉翁谈录[M].上海:古典文学出版社.1957:3.

里的角色作为主角，自己重新下笔写了关于这些角色的新故事——这样的二次创作，我们就称之为"同人文"。同人文写作需要顾及版权问题，而中国古典通俗小说的同人创作则无须担心版权问题，也因此成为网络小说创作者的灵感来源。其中，今何在《悟空传》、梦入神机《佛本是道》是重塑古典故事、人物的经典文本。

《悟空传》是由今何在（原名曾雨）最先在新浪网金庸客栈上连载发表的长篇小说。该书讲述了悲剧英雄孙悟空以及唐僧等人对命运的抗争，作者以现代人的角度重新解读《西游记》中的某些情节。该书 2000 年出版后引起强烈反响，曾于 2009 年在由中国作家出版集团和中文在线主办、长篇小说选刊杂志社等承办的"网络文学十年盘点"活动中入选十佳人气作品。

> 我要这天，再遮不住我眼，要这地，再埋不了我心，
> 要这众生，都明白我意，要那诸佛，都烟消云散！
>
> ——《悟空传》今何在

《悟空传》可以算是《西游记》的同人小说，作者创作时带着年轻人特有的叛逆，用批判的眼光去看古典名著中"从取经到成佛"的故事。在作品中处处可见《大话西游》的影子，有戏谑、批判、无厘头，也有从凡人角度对人性和神性的探讨。早期的网络文学创作，往往具有文学性的内核，又融入了流行文化的手法，叙述的是年轻人对世界的认知：叛逆的、挑战的、愤怒的、迷茫的。对彼时的传统文学圈来说，它们是一种"异类"。

《佛本是道》是连载于起点中文网的一部仙侠奇幻小说，作者是梦入神机。正如连载网页和百度百科的作品介绍所表述的：

天道无常，天道无情，包容万物，游离其外。无善无恶，无是无非，无恩无怨，无喜无悲。仙道是道，魔道是道，妖道是道，佛本是道。高卧九重云，蒲团了道真。天地玄黄外，吾当掌教尊。盘古生太极，两仪四象循。一道传三友，二教阐截分。上古封神之战的秘密，由一个都市少年揭开，一件神奇的法轮，述说了当年佛与道的秘密。本书集《封神演义》《西游记》《山海经》《白蛇传》《蜀山传》为一体，融合西方血族传说，再造一部当代玄幻体的《封神演义》！

——梦入神机《佛本是道》

除了题材、叙述手法和古典故事或人物，网络文学在语言风格、思想等方面同样存在对中国古典文学名著的借鉴与借用。中国古典文学名著对网络文学作者的影响，是刻进骨子里的，它是一种基因，从故事初创的策划构思，到行文时字里行间的自然流露，都脱不开这种底蕴。

2. 来源二：中国现当代通俗小说

中国现当代通俗小说对网络文学的影响是显而易见的，特别是早期的网络文学作品，往往带有鲜明的、模仿大家的痕迹：谈到武侠作品的创作，脱不开金庸与古龙；谈到言情作品的创作，脱不开席绢与琼瑶；谈到玄幻作品的创作，脱不开黄易与倪匡……从题材、内容、手法、背景，甚至是故事或人物方面，都可以看到中国现当代通俗小说在网络文学中的印记。

中国现当代通俗小说中，对网络文学影响较大的是武侠小说和言情小说。金庸、梁羽生以新文学手法表达新文学内涵，探讨"情"与"理"之间的矛盾，展示新派武侠的魅力；古龙将武侠与推理相结合,给武侠小说带来更多的可能。琼瑶是言情小说界的代表人物,其笔下的爱情故事一波三折,对于爱情的表达和追求是其作品的核心。席绢的作品构思独特,风格清新,被称为"冰淇淋"文学,开创了言情小说的新篇章。

早期的一批网络文学创作者几乎从小就在阅读这些作品中成长,潜移默化地受其影响。其中,最为典型的例子是江南的《此间的少年》。

《此间的少年》于2010年由华文出版社出版,主要讲述了在汴京大学(以北京大学为模板和原型),乔峰、郭靖、令狐冲等大侠们的校园故事。

用今天的眼光来看,《此间的少年》是一部金庸作品的同人小说,而且是架空同人。故事借用金庸作品的人物设定与人物关系,在现代校园里进行了新的演绎。小说描绘了青春校园的氛围感,有青涩爱恋,有人生迷茫,有兄弟情,也有就业压力等在学生时期感受到的痛苦。江南以乔峰、郭靖等人做主角而非原创角色,其原因笔者认为有三点:一是网络文学发展初期大家没有形成"版权"的概念;二是金庸的武侠小说影响甚广,创作者们有意无意对其进行模仿;三是因为流量,用网络用语则可以解释为"蹭流量"。

2018年8月16日,广州市天河区人民法院对作家查良镛(笔名"金庸")起诉作家杨治(笔名"江南")《此间的少年》著作权侵权和不正当竞争案进行一审宣判,杨治不构成侵犯著作权,但构成不正当竞争,被判赔偿查良镛经济损失168万元及为制止侵权行为的合理开支20万元。

言情小说中,席绢的小说因其设定独特,至今仍是网络小说模仿、借鉴的对象。《交错时光的爱恋》(1993)是中国言情小说当中最早的"穿越恋爱"小说之一。故事的主角杨意柳为了救一个老太太在车祸中丧生,母亲为了让女儿重生,动用异能将女儿送回历史的长河中。在那里杨意柳变成了苏幻儿，她穿越时空来到了那个讲究"女子无才便是德"的环境中，成为石无忌的新娘。《上错花轿嫁对郎》(1995)讲述了古代两位扬州美女上错花轿的奇妙故事，2000年被改编为同名电视剧，身份互换的爱情故事——直到去年还有韩剧《一个女人》重复了同样的内核。而作品《别让相思染上身》(1996)中二十多年前的故事设定，时至今日，仍然在广大的无线向网络小说里被沿用。

3. 来源三：西方现代类型文学

在网络文学兴起之前，中国的文学创作主要以纯文学为主，重视对文本的创新，深入探索人类精神领域。而类型文学，也称通俗文学或大众文学，则被认为是仅供读者消遣的"逃避文学"，不受文学原创领域的待见。

而彼时，在经济大萧条和二战以后，欧美的广播、电影业兴起，电视的出现与普及、民众教育水平的提升，催生了通俗文艺的繁荣，类型文学的创作与发展极大地影响了欧美大众的文化生活。网络文学也是这种"逃避的""消遣的"类型小说，特别是科幻、悬疑等类型，深受西方现代类型文学的影响。

悬疑小说经过了漫长的发展期，美国作家埃德加·爱伦·坡，被誉为西方侦探小说的鼻祖，他在《莫格街谋杀案》(1841)中塑造了侦探杜宾的形象。此后，柯南道尔在《血字的研究》(1887)里，第一次塑造了福尔摩斯的形象。阿加莎·克里斯蒂更是凭借《东方快车谋杀案》《尼罗河谋杀案》等作品，打造了一个个经典的侦探迷局，成为"推理小说女王"。这些作品都在全球范围内广泛传播，成为一代经典。中国网络文学中悬疑小说的创作，也多少受到了早期推理小说的影响。

科幻小说全称为科学幻想小说(英文名称：Science Fiction)，

23

是一种起源于近代西方的文学体裁。其定义为：在尊重科学结论的基础上进行合理设想（而非妄想）而创作出的文艺作品，一般认为优秀的科幻小说须具备"逻辑自洽""科学元素""人文思考"三要素。

西方科幻小说有其发展的脉络：英国工业革命和达尔文的进化论导致真正科学幻想小说的兴起；20世纪初期物理学家爱因斯坦的相对论带来科学幻想小说的中兴；第二次世界大战后，以核裂变、宇宙航行、彩色电视机、电子计算机等成果为代表的科学技术的飞速发展，进一步促使西方科幻小说的繁荣；经过小说家们二三十年的探索，科幻作品从主题、情节，到艺术方法都有了显著的升华。

西方科幻小说有许多经典的作品：现代科学幻想小说之父儒勒·凡尔纳的海洋三部曲《格兰特船长的儿女》《海底两万里》《神秘岛》、赫伯特·乔治·威尔斯笔下的"时间旅行""外星人入侵""反乌托邦"等都是20世纪科幻小说中的主流话题，至今仍在网络科幻小说中发挥着余热。艾萨克·阿西莫夫提出的"机器人学三定律"被称为"现代机器人学的基石"。

如《你们这些回魂尸》是美国作家罗伯特·海因莱恩发表于1959年的科幻小说。作者设想1993年位于美国洛基地下城的时空劳工总部的一个工作人员，利用美国制造的坐标变换器来到1970年的纽约，结识了一个写忏悔故事的人。该小说在2014年被翻拍为电影《前目的地》。

同样，电影《源代码》借助时空穿越的设想，讲述了一位在阿富汗执行任务的美国空军飞行员柯尔特·史蒂文斯，醒来时发现自己正处在一辆前往芝加哥的火车上，并就此经历的一系列惊心动魄的事件。

这些科幻、悬疑小说给网络文学的创作提供了源泉，以近期热播的网剧《开端》为例——该作品改编自祈祷君的同名网络小说，讲述了游戏架构师"肖鹤云"和在校大学生"李诗情"遭遇公交车爆炸后死而复生，在时间循环中并肩作战，努力阻止爆炸、寻找真相的故事。作品的关键设定——时间循环，与上述科幻小说与电影的内核基本一致。

4. 来源四：影视（欧美、日韩、包括 TVB 剧在内的国产剧）

不同于早期文学创作者，网络文学的作家们从小就是在影视作品的影响下长大的，大陆地区的老剧、TVB 剧等，是这群作者的"童年回忆"，因此他们天生地吸收了影视剧目的创作手法，在故事叙述上带有更多"可视化"表达。

随着互联网时代的不断发展，中外文化的民间交流通过网络形式不断碰撞，美剧、英剧、日剧、韩剧给网文创作者打开了"新世界的大门"，例如美国反恐剧《24 小时》、罪案剧《识骨寻踪》、科幻剧《星际迷航》，英国科幻剧《神秘博士》《黑镜》，这些作品中的悬疑推理因素、奇特的世界观设定被网络文学创作者们熟练掌握，并通过本土化应用到网络文学创作中。韩国言情偶像剧《来自星星的你》《太阳的后裔》《女神降临》等对网络文学言情小说同样有重要的影响，跨越时间和种族的恋爱、并肩作战的伴侣、青春校园的青涩，这些爱情的表达形式给言情小说带来更多的可能。日本刑侦剧《相棒》、医疗剧《X 医生》、职场剧《非自然死亡》，将晦涩难懂的专业知识通过情节、人物进行表达，同样是网络文学借鉴的重点。

深受这些剧目影响的作者不胜枚举，如网络文学"大神"级作家马伯庸，其创作深受影视的影响，在网络文学创作中有一套属于自己的融会贯通的"配方"：悬疑推理＋历史物料＋奇幻想象。

与传统的历史题材创作相比，马伯庸的创作属于互联网时代才可能出现的新历史题材类型。马伯庸的创作在借鉴和整合不同文化资源上采取的是一种跨时空、跨媒介的互联网拿来主义思路。① 通过脑洞大开的奇幻想象，他将不同的文化资源进行自由整合。影视、动漫、游戏、文学等都可以被他放入自己的作品之中，形成一种杂糅拼凑的作品形式。读者可以在其中获得多方面的快感，比如《长安十二时辰》对反恐题材美剧《24 小时》的情节结构进行借鉴，其中的波斯王子形象的灵感则来自经典电子游戏《波斯王子》；《古董局中局》则学习了丹·布朗曾经畅销一时的小说《达·芬奇密码》。

5. 来源五：动漫（日本漫画、动画）

网络文学作家们也是随着动漫发展而成长的一代人，从幼年到人生最"中二"的青少年时期，日本漫画与动画，也深深地影响到了他们对文艺作品的理解。少女漫中，武内直子《美少女战士》，CLAMP《圣传》《X 战记》，绿川幸《夏目友人帐》；少年漫中，富坚义博《全职猎人》，尾田荣一郎《ONE PIECE》、岸本齐史《火影忍者》；此外还有青山刚昌《名侦探柯南》、井上雄彦《灌篮高手》、小畑健《棋魂》等等，都影响了中国网络文学作者们的创作——我们常说网络文学"脑洞大开"，也离不开这些动漫作品丰富多彩的设定。

以经典的"穿越"创作手法为例。"穿越"的创作手法，不是现代网络文学特有的。事实上，这样超现实的浪漫手法，在中国古典文学当中，也屡见不鲜。比如，脍炙人口的《桃花源记》，主角进行了一种地理和时间上的双重穿越。《聊斋志异》中"画壁"的故事，设定更是十分"网文"化的。一位书生在观看壁画时，被画中的一位仕女所吸引。于是，他的魂魄穿越到了壁画当中，并与这位仕女

---

① 桂琳. 从"长安"到"洛阳"：马伯庸配方的复刻与消耗［N］. 文汇报，2022-1-7(10).

展开了一段瑰丽奇缘,两人在画中成婚。当书生回到现实中,发现画上仕女的形象,已不再垂发,而是挽起了发髻——表明她已经嫁为人妇,这是典型的穿越故事。用网络文学的创作语言来说,这是"魂穿",是"书穿"——当然,这里把"书"等同于"画"。

"穿越"的文学创作手法,古已有之。但在现代语境当中,"穿越"成为一种流行文化,迅速走红甚至风靡全球,这倒不是古典文学的功劳,而是日本漫画的威力。二十个世纪八九十年代,正是日本动漫的黄金十年,一部名为《尼罗河女儿》(日版原名《王家的纹章》,漫画作者:细川荣智子)的少女漫画横空出世,讲述了一名普通少女穿越到古埃及的浪漫爱情故事。在此之后,"穿越"便兴起一阵旋风,席卷了日本、韩国、中国。

在日本,穿越主要以动漫的形式表现,除了《尼罗河女儿》,之后的少女漫画《天是红河岸》(漫画作者:筱原千绘)也是相同的套路——穿越千年,浪漫寻爱。到了 2000 年左右,穿越在日本动漫中的应用更为广泛,穿越模式也是五花八门,从《今天开始做魔王》的"马桶穿",到《杀戮都市》的"死亡穿",设定离奇。

在中国,穿越主要以网络文学的形式表现,成为网文中的一个重要流派,如《梦回大清》(原著金子,2004 年网络连载,2006 年图书出版)、《步步惊心》(原著桐华,2005 年网络连载,2006 年图书出版)等。

6. 来源六:电子游戏(欧美、日本、国产 RPG)

电子游戏与网络文学同样有着密不可分的关联。回顾千禧年那个繁盛的单机游戏黄金期,美国暴雪公司的《暗黑破坏神》、日本 Falcom 公司的《英雄传说》对西幻类、奇幻类网络文学创作的影响是深远的,而中国大宇资讯的《仙剑奇侠传》则对仙侠网文影响巨大。

无论是西方魔幻还是东方仙侠,这些游戏作品里的世界塑造,都为网络文学创作的"世界观",提供了具象的范本。自网络游戏(online game)时代开启后,一大批"网游文""全息文"开启了网络文学的新分支,如:蝴蝶蓝的《独闯天涯》《近战法师》等,而顾漫的《微微一笑很倾城》在游戏设计上更是直接借鉴了网易游戏《倩女幽魂》。

最近热门的"元宇宙"概念,早已在网络文学作品中得到了展现。电影《头号玩家》与《失控玩家》的故事设定,在网络文学中早已涉及和得到丰富的展现,其中的代表如蝴蝶蓝的《独闯天涯》。

《独闯天涯》是网络作家蝴蝶蓝的成名作。这部作品是传统武侠与网游文的结合体,具有一定的代表性。小说是网游小说经典,以奇诡情节、幽默调侃的文笔引人入胜。故事讲述了主角风萧萧从一个一无所知的游戏小白变成江湖前辈的传奇。早期情节重点围绕主角,气氛轻松幽默,故事张力十足。中后期偏重江湖帮派争斗,阴谋诡计纷呈不断。在人物设定上,有古龙武侠的风格痕迹。网游部分,则采用了"全息"的标准设计。

总体来说,《独闯天涯》的故事核心、故事情节丰满度,比起后期《全职高手》等作品稍显稚嫩,但因为将网络游戏中的"帮派战"以武侠作品的风格进行展现和书写,所以更为豪放、热血。

张小花的《史上第一混乱》2008年在起点中文网连载,于2009年出版实体书,总计7卷。

我真倒霉,真的;

人家穿越,我只能被穿越;

人家泡妞,我只能被泡……

我叫萧强,外号小强,在一条冷冷清清的街道上,经营着一家冷冷清清的当铺,整天无所事事,可是只要一遇

到事,就能让人遇大刺激。有一天,我遇到了一个叫刘老
六的老头,自己声称是神仙,还莫名其妙地和他做了一笔
交易。在我的第"好几号"当铺里,我接待了名叫荆轲、李
白、项羽、秦桧等的一系列客户,发生了一连串让人忍俊
不禁的故事。本书恶搞气氛浓重,修真、穿越、都市、爱情
一个也不能少——所以名之以"史上第一混乱"。

——张小花《史上第一混乱》

《史上第一混乱》可能是网络文学史上第一部"被穿越"作品,
它让古代的历史人物、王侯将相、水浒 108 将都穿越到现代社会
来。在故事设计上,它是一个有趣的"缝合怪",能看到历史以及
《水浒传》《寻秦记》《第八号当铺》《武林客栈》等作品的影子。

▌▌ 总 结 ▐▐

网络文学产生于文化产业发展迅速、文化表现形式丰富的时
代,其创作自带传统文化与商业的双重基因。网络文学是幸运的,
它有着丰富的创作来源。中国古典文学名著给了它无与伦比的历
史底蕴和创作底气,定下了基础格调。其他的几个创作来源则是
天生的"吸金"好手,是艺术与商业的结合。所以,网络文学的每一
条血脉里都流淌着最优秀的故事叙述手法。他是一个天生的"富
二代",基因里就刻印着对文学的崇拜与意蕴,基因里就携带着对
市场的仰慕与亲近。

从创作形式上看,中国古典文学名著、中国现当代通俗小说、
西方现代类型文学是作品之根,影视、动漫、电子游戏是商品之花。
花自然比根好看,但如果没有根基,这花就长不大,也开不了。而
新一代的网络文学创作者,若想写出好的作品,不能仅仅接受影
视、动漫、游戏等文化产品的影响,还是得不忘根本,回归到文本上

来。如果脱离文字谈文学，网络文学终将被时代、被文化市场、被大众所抛弃。

三、中国网络文学产业发展现状

中国网络文学的发展，在世界范围内都是独树一帜的。借助中国互联网产业的飞速发展和人口红利，中国网络文学的生产规模、用户影响力，以及以母本为核心延续到各种文化产品的文化产业链条，都呈现出了前所未有的繁荣。

中国网络文学产业，主要是以小说为母本，延续至有声小说、漫画、动画、游戏、影视、线下实体商业、衍生产品的全文化产业链。网络文学从单一文本，转化为多元化的文化产品。

图1-5　文化产业链的不断健全

《2019 中国网络文学发展报告》①和《中国网络文学版权保护白皮书 2021》②显示,中国网络文学产业自 2013 年市场规模在持续平稳上升,2015 年市场营收规模达到最高增长率;2019 年,我国网络文学市场营收规模达到 201. 7 亿元,2020 年市场规模 288. 4亿元。

网络文学不仅有电子阅读的收益。2020 年市场规模的 288. 4亿元,行业收入主要来源于用户付费和版权运营。《中国网络文学版权保护白皮书》显示,2020 年中国数字娱乐核心产业规模达6835. 2 亿元,其中网络文学市场规模特别是通过 IP 全版权运营,网络文学间接或直接影响了动漫、影视、游戏、音乐、衍生品等合计约 2531 亿元的市场,即网络文学及其 IP 运营对数字娱乐产业的影响范围超过 40%。

网络文学发展二十余年,从最初的"洪水猛兽"到"大流量大IP",其变现能力得到了市场的认可。近年来,中国的文化市场不断繁荣,IP 产业链的丰富,为小说、动漫、游戏、影视剧等各个层面的文化产业,都带来了快速的成长与质的飞跃。

每一种多维度的表达,都是一种新的文化产品,都带来了新的经济价值,以及更庞大的社会影响力。如网络文学作品《庆余年》,其书粉推荐值为 380 万,而电视剧版《庆余年》在 2020 年 8 月 30日即达到了破百亿的有效播放量。整个 2020 年,只有两部影视作品的全网有效播放量超过百亿,另一部为《亲爱的,热爱的》,亦是网络文学改编。

然而,我们也不得不承认,中国网络文学产业的发展与布局模

31

①　北青网.《2019 中国网络文学发展报告》发布 90 后作家成主力军[EB/OL].(2020-09-05)[2022—04—25]. http://news. ynet. com/2020/09/05/2846091t70. html.

②　易观分析. 中国网络文学版权保护白皮书 2021[EB/OL]. (2021-04-25)[2022-04-25]. https://www. analysys. cn/article/detail/20020094.

式,是在模仿美国迪士尼的基础上,产生的本土化新方向。

(一) 以迪士尼为代表的全文化产业链经典模式

1923年,迪士尼兄弟工作室成立,至今已有99个年头。如今迪士尼公司已成为全球最大的文化娱乐巨头,市值约2000亿美元,它以动画IP为核心,在将近一百年的时间内,经历了四个阶段的发展:

内容积累:1923—1954年,动画片IP积累阶段。

线下布局:1955—1983年,主题公园布局时期。

线上布局:1984—2004年,加速发行电影、收购ABC时期。

内容收购:2005年至今,收购美国超级英雄系列IP。

这四个阶段,为迪士尼打通了以动画IP为核心的、涉及电影、电视、主题公园、衍生品的全产业链,并布局为五大产业板块,分别为:

媒体网络板块,包括:迪士尼电视集团、美国广播公司(ABC)、迪士尼频道(国际)、ABC所属电视台、ESPN。

影视娱乐板块,包括:迪士尼电影工厂、迪士尼动画工厂、皮克斯动画片工厂、漫威影业、试金石影业、迪士尼自然、迪士尼音乐、迪士尼舞剧。

公园度假区板块,包括:加州迪士尼、奥兰多迪士尼、巴黎迪士尼、上海迪士尼、夏威夷度假酒店、4艘迪士尼邮轮、1座迪士尼小岛。

消费产品板块,包括:迪士尼消费品、迪士尼出版、迪士尼商店。

互动娱乐板块,主要集中在游戏业务方面,包括:Disney Infinity, Club Penguin, Where's My Water, Disney. com,

Babble.com

以上五大板块,从线上到线下,从虚拟的文化符号,到实体的消费品,迪士尼版权作品的多维度开发,让文化概念走入了生活的方方面面。迄今为止,迪士尼的全文化产业链开发模式,仍然是世界文化行业的经典案例。

如果说迪士尼的全文化产业链是以动画 IP——特别是动画人物形象——为缘起的开发模式,与中国网络文学还是有一定的区别的,那么,源自美国好莱坞的"环球影城(Universal Studio)"以小说《哈利·波特》为母本,开发而成的超级 IP 产业链,则与中国网络文学更具有相似性。

《哈利·波特》系列从 1997 年开始创作,至今带动的巨型文化产业链约 2000 亿美元,其中主要销售来源于线下实体经济。在这条文化产业链中,文娱开发的产值如下:

图书:4.5 亿册,全球约 77 亿美元;

电影:8 部电影,全球总票房 78.062 亿美元,电影版 DVD 销售,约 20 亿美元;

哈利·波特主题公园:2014 年主题园区开园当年,美国奥兰多环球影城为 810 万人次,收入约 26 亿美元。日本大阪环球影城为 1270 万人次,收入约 10 亿美元。而这仅仅是 2014 年一年的收入数据。

衍生产品销售方面,玩具销售约为 73 亿美元,主要集中于孩之宝、美泰、乐高三大品牌。而在服装与日用品方面,包括巫师服、魔杖等 500 多种周边产品,难以计入统计数据。

从文化产业发展的角度来看,美国迪士尼走了近一百年,坐上了全球文化娱乐的第一把交椅,好莱坞环球影城自 1963 年成立至今,经历了五十余年在中国落地,那么,在中国飞速发展了二十余年的中国网络文学,会成长为怎样的新产业模式?是否会出现下一个迪士尼？这些问题的答案,是显而易见的。

(二)中国网络文学产业的特点

中国网络文学产业的发展,有对迪士尼等西方文化产业的模仿,但亦有本土化的新方向、新特征。中国网络文学借助互联网的传播力量,达到了从未有过的繁荣。从第一家文学网站的兴建,到 IP 概念的盛行,如今的 2022 年,以网络文学为核心、为源头的网络文学产业,其发展主要呈现出以下三大特点:

第一,产品类型从一元走向多元;

第二,体验方式从线上走向线下;

第三,变现渠道从虚拟走向现实。

1. 网络文学产业的产品类型:从一元走向多元

近年来,中国的文化市场不断繁荣,IP 产业链的丰富,为小说、动漫、游戏、影视剧等各个层面的文化产业,都带来了快速的成长与质的飞跃。

网络文学正从一维走向多维,每种技术革新都会促成新的维度,都会给网络文学带来一种新的可能。

由文字组成的网络文学,是一维的,靠的是人们的阅读理解和脑补能力。而随着互联网时代技术的发展,文学的表达方式也变得越来越多元。

网络文学＋声音,是有声小说。

网络文学＋图像,是漫画。

网络文学＋视频,是大家最为关注的剧集。

网络文学＋游戏,是电子阅读 AVG 游戏……

这些多维度的表达方式,扩大了网络文学的受众。每一种多维度的表达,都是一种新的文化产品,都带来了新的经济价值,以及更庞大的社会影响力。

特别是影视,为网络文学带来了出圈、破圈的强大生命力,让网络文学逐渐进入大众视野,也受到了主流认可。中国网络文学成了一张文化名片,与日本动漫、美国好莱坞电影、韩国电视剧一样,是国际文化传播的利器。

如果我们将这些网络文学的改编形式,进行归纳总结,大致分为三个阶段:**文本表达→视觉表现→沉浸体验**。

第一个阶段是表达阶段,网络文学是文字表达,有声小说是加入了声音的表达,两者完成的都是"说故事"这个任务。

第二个阶段是视觉阶段,无论是影视还是动漫,主要做的是"将文本可视化"的这个动作,形成大众可以直观"看见"的文化产品。这也是 IP 改编为文本"赋能"和"增值"的过程,未来可供产业化的文化产品,如衍生品开发等,都是基于这个"被看见"的可视化形象。

第三个阶段是沉浸阶段,这种沉浸感分为虚拟和现实两种。电子游戏改编是一种虚拟性的沉浸,而现实类沉浸,目前主要分三个版本:剧本杀是网络文学 IP 迈入线下实体的 1.0 版本,开发难度最低,只需要一个固定空间和文本就可进行。沉浸式实景密室是 2.0 版本,开发难度次之,因为需要装修、道具的配合,投入较大。而主题公园是 3.0 版本,作为大型项目,动辄上亿投资,目前和网络文学的联合还不是很紧密,但笔者认为,未来会有越来越多的网络文学作品,与线下实体进行深度的融合和绑定,这是基于两方面的考量:

一方面,网络文学创作,在进入精品化、主流化、本土化、现实化,原创作品本身正在贴近新时代中国的社会土壤,积蓄正气与能量。

35

另一方面,早在 2020 年中宣部文改办就下发了《关于做好国家文化大数据体系建设工作的通知》,在"文化体验园建设"方面,明确提出了"以旅游景区、游乐园、城市广场等为目标,建设具有一定空间规模的文化体验园,把地域文化、红色文化从博物馆和纪念馆"活化"到文化体验园,促进文化和旅游深度融合"[1],在文化承载与建设的过程中,一定少不了故事表达,而网络文学是文化内容赋能的重要力量。

笔者相信,从网络文学母本的创作与表达,到动漫影视的可视化呈现,再到沉浸式的实体空间建造,促使大众从看文学、听文学,到走进文学、触摸文学、感受文学,网络文学 IP 改编的形式将会越来越多样,越来越贴近大众生活。

在这里,笔者以有声小说以及"网配文"为例,讲述技术革新与网络文学类型如何相互影响和发展。

案例分析 1　　有声小说与网配文

有声小说——与网络文学联系最为紧密、开发成本最低的文化产品。

2003 年 7 月 30 日,北京鸿达以太公司投资创立我国第一家专业听书网站——听书网。[2] 2005 年,土豆网上线,"播客"开始出现。播客,是一种典型的个人网络出版形态——人们可以自己制作音频、视频内容并通过互联网上传到播客网站,形成自己的播客空间,其他用户可使用电脑、手机、平板、MP3/4 等终端收听收看。

① 中央宣传部文化体制改革和发展办公室. 关于做好国家文化大数据体系建设工作的通知[EB/OL]. (2020-05-11)[2022-04-25]. https://www.gsass.net.cn/zdxm/whypt/zlhj01/content_3972.

② 詹莉波. 互联网时代我国有声读物的新发展[J]. 编辑学刊,2010(4):86.

2011年9月，国内首家网络音频应用App——蜻蜓FM应运而生，成为中国移动听书业的先驱。之后，随着懒人听书(2012)、喜马拉雅FM(2013)、考拉FM(2013)等听书应用的相继上线，中国移动听书业格局也初步形成。当前，无论从平台数量、用户规模、受众评价还是内容模式、盈利模式上看，中国移动听书都呈现出大有可为之势。可以说，中国式听书已经进入移动听书时代。

网络文学是有声作品的基础，在网络文学有声小说产品的展现模式上，也经过了四次迭代：

单人口播(说书式)：由固定一名主播进行文本的阅读。

双人口播：由一男一女两名主播进行文本的阅读，便于不同性别角色的扮演。

多人精品配音：通常有一名主播作为旁白进行文本的阅读，由多名主播扮演故事中的不同角色，进行对白和演绎。

广播剧：比起多人精品配音，广播剧往往会在文本的基础上进行修改，形成更有演出感的台本模式，多名配音演员进行角色的扮演，同时辅助以背景音乐、音效等多重手段，通过剪辑和后期，带来"听剧目"的欣赏效果。

有声小说是与网络文学联系最为紧密、开发成本最低的文化产品。它的出现，促进了网络文学的多维表现，促成了网络文学与其他文化产业的亲密结合，也催生了另一种新的网络文学类型，那就是"网配文"。

网配文——因有声而生，因有声而灭的网络文学类型。

网配文，是以网络配音为主题和以相关的故事情节为主导的网络类型文学。

语音交流平台技术的发展和功能的完善，促使大批网络配音和创作爱好者开始在这些平台上聚集，凭借自身的爱好进行配音创作等娱乐性质的活动，并不涉及商业交易。中抓论坛、YY频道

37

等即时交互平台都聚集了大量这样的爱好者。在这个因为爱好而聚集的群体里,逐渐开始出现各种分工和角色,例如 CV、策划、后期等。

网配文的三个特点:

(1) 主角身份基本都是网络配音的相关人士;

(2) 大量运用时下流行的网络用语以及颜文字等来表达丰富的情感;

(3) 网络配音圈的发展依赖于网络及时通信平台的发展,因此网配文中具有大量的平台联动术语,例如:中抓论坛、YY 频道等。

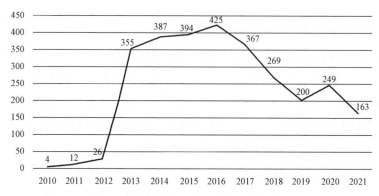

图 1-6　晋江文学网中的"网配文"数据统计(2010—2021)

随着商业广播剧的兴起,以及短视频等多种娱乐方式的冲击,网配圈无法再为网配文提供创作基础和读者的注意力。网配文数量减少、从读者视线中退出,都是悄无声息地发生的。互联网资本的入场加速了网配文的覆灭,依托于互联网技术产生的网络类型文学的脆弱性,也在这场覆灭的道路上,展露无遗。

从一元到多元,多维化表达的文化产品,是网络文学的变现方式,也是社会效应的扩大器,然而,亦是一种降维打击。

　　网配文从兴起到衰落,是一个技术革新导致网文新题材产生,又因技术成熟而直接"吞噬"文本表达的典型案例。

　　多维表达对于低维表达,是明显的降维打击。人们很自然地容易被更绚烂、更多彩的表达方式吸引,这也是小说比不过有声,有声比不过影视的原因,更是我们现在的网络作者,在跟短视频抢用户的原因。

　　另一个可以预见的案例,是以"全息网游"为故事类型的"网游文"的覆灭。互联网技术、电脑游戏、手机游戏的超速发展,产生了"网游文"的土壤。作者和读者希望能亲身进入游戏世界,因此臆想了"全息舱""全息眼镜"等技术,让故事角色可以设身处地进入游戏空间,如蝴蝶蓝《近战法师》。

　　但随着 VR 技术的发展,可以预见到,一旦"全息游戏"或者类似的替代技术研发成功,想象变为现实,那"网游文"将走向衰落和覆灭——爱好这个类型的作者和读者,将直接进入游戏体验,而不再用文字方式进行幻想。

　　然而,虽说以网络文学为源头的大 IP 文化产业,已辐射至影视、动漫、游戏、演出、文旅地产等行业,但截至 2021 年底,这条大 IP 的文化产业链,开发主要还是集中在前端,也就是从文本到影视、动漫、游戏的转化。话剧、舞台剧等的演出,以及文化＋地产的文旅行业,与网络文学作品相联系的实际案例,还是凤毛麟角。

案例分析 2

　　可视化呈现是为网络文学赋能的关键要素,影视与动漫是网络文学社会影响力的放大器。

　　在网络文学与文化产业联合,产生的诸多"多维表达"产品形式中,由网络文学改编的影视剧目,是最受市场关注的。

随着视频技术、视频网站的发展,视频网站制播剧也呈现出了井喷趋势。网络剧集因为不受频道、时段的约束,成为电视艺术的新宠儿。而在这些网络剧集中,网络文学由于有趣的内容,以及自带流量的传播属性,成为网剧制作的重要方向,"IP 改编剧"一词也应运而生。

梁君健、苗培壮《IP 转化的产业偏好与创作特征:基于网络剧集的统计研究》中指出:在 2015 年至 2019 年的 230 部互联网热度最高的电视剧中,属于 IP 改编的有 115 部,恰好占 50%。①

从收视率来看,2015—2017 年的电视剧收视冠军分别为《芈月传》《亲爱的翻译官》和《人民的名义》,这三部剧集中两部为网络文学,一部为传统文学,可见 IP 改编影视剧的强势地位与强大的市场号召力。

表 1-2　2018 年网剧热度盘点(数据来源于骨朵)

剧名	题材类型	豆瓣评分	热度	出品公司
延禧攻略	历史·宫廷传奇	7.2	96.66	东阳欢娱影视、爱奇艺文学
镇魂	都市·奇幻悬疑	6.4	95.35	时悦影视、优酷
如懿传	历史·宫廷传奇	7.4	92.77	不二文化、新丽传媒、浙江广电文化、陆玖文化、狼牙文化等
双世宠妃 2	甜宠·爱情穿越	6.5	89.07	企鹅影业
将夜	玄武·武侠仙侠	7.5	89.05	天神影业、腾讯影业、阅文集团、金色传媒、猫片、企鹅影视

---

① 梁君健、苗培壮.IP 转化的产业偏好与创作特征:基于网络剧集的统计研究[J].中国文艺评论,2021(4):97.

（续表）

剧名	题材类型	豆瓣评分	热度	出品公司
沙海	动作·悬疑古董	6.5	88.4	企鹅影视、南派泛娱、视藏制作
古董局中局	悬疑·刑侦探险	6.7	83.12	壹加传媒、五元文化、腾讯影业
为了你我愿意热爱整个世界	都市·爱情职场	7.1	81.99	华策克顿新天地工作室、炫世唐门、大神图
芸汐传	言情·甜宠情感	6.4	81.99	爱奇艺文学、丝芭影视
天乩之白蛇传	古代·仙侠爱情	6.1	80.99	万达影视、新文化传媒、诚品文化、欢瑞世纪、爱奇艺
天坑鹰猫	冒险·悬疑刑侦	7.6	80.8	青春光芒影业、光芒霸唱、墨龙影业、和力辰光、十间影视等
大帅哥	民国·喜剧励志	7.1	80.24	香港电视广播
许你浮生若梦	青春·爱情校园	6.1	79.54	华娱时代、优酷信息技术、科地资本、中广天择等
原来你还在这里	都市·情感职场	6.8	79.42	儒意影视、吉祥影坊、唐人影视
快把我哥带走	喜剧·爱情古代	7.4	79.19	企鹅影视、中汇影视
夜天子	喜剧·爱情古代	7.6	78.69	和生影视、东仓国际、圣世互娱等
宫心计2 深宫计	权谋·后宫爱情	5.4	79.39	TVB
武动乾坤之英雄出少年	古代·武侠玄幻	4.4	78.22	优酷、尚晖影视、世纪伙伴、阅文集团、悦凯影视、深蓝影业

41

（续表）

剧名	题材类型	豆瓣评分	热度	出品公司
来自海洋的你	青春·偶像奇幻	0	77.49	上海红图影业、企鹅影视
惹上冷殿下	爱情·都市偶像	6.1	77.33	莱可映相、留白影视、企鹅影视

《2019—2020 年度网络文学 IP 影视剧改编潜力评估报告》指出：在 2018—2019 年的 309 部热播影视剧中，由网络文学 IP 改编的作品有 65 部，占比约 21%；而热播度最高的 100 部影视剧中，这一占比高达 42%。①

网络文学已从文本层面走向了多元化的表现形式，成为文化产业链上的源头性环节。特别是在影视领域，网文 IP 改编的市场号召力，已在近几年的市场数据中，得到了充分的印证和体现。

让我们回顾过去，在网络文学刚刚兴起的时候，它曾被视为"洪水猛兽"和"精神鸦片"，和网络游戏一同受到主流媒体的大肆抨击。某些主流媒体认为，网络文学全是低质量、没有文学性的糟粕，并且三观不正，没有任何文学和社会价值。诚然，一些网文的层次不高，但随着时间的推移，在大规模的创作中，亦有很多精品，甚至被改编为电影电视剧等，由主流媒体进行传播。

早期由网络文学改编的影视作品，主要囿于"大 IP"的范围，也就是流量当先。代表案例有女频向的作品，如顾漫的《微微一笑很倾城》，也有男频向的作品，如天下霸唱的《河神》等。特别是在 2015—2017 年间，影视市场主要被玄幻剧、古装偶像剧作品占据。

---

① 中国音像与数字出版协会. 2019—2020 年度网络文学 IP 影视剧改编潜力评估报告[EB/OL]. （2021-01-29）[2022－04－25]. http://unn. people. com. cn/n1/2021/0129/c420625-32016929. html.

而自 2018 年起,现实主义题材的网络文学作品渐渐杀入大众视野。

总体来说,随着文化市场的不断发展,网络文学作品也在不断地进行自我矫正,往正规化、精品化的方向发展。而各种文学网站,也在不断地规范化运作,鼓励和培育更多精品网文。

一部优秀的文学作品,一部可以向影视转化的网络小说,往往具有以下关键特质:

第一,有独一无二的故事内核。故事越独特,越新奇,越容易形成作品的核心竞争力,越容易被影视公司相中并进行剧本改编。尤其是现代都市剧,加一点轻科幻的设定,更有机会形成爆款。

第二,人设当先。人物设定是小说作品的重要构成环节,而影视开发尤其注重人物的丰富度,注重人物的成长性、多面性,注重挖掘人物的内涵和他/她的转变过程。人设越分明、越突出、越丰满的小说作品,越容易得到影视公司的青睐。

第三,题材选择与成本控制。任何项目都逃不开成本投入,再好的 IP,再优秀的故事,如果拍摄成本过高,也会面临"恨嫁"的状况。特别是许多男频小说,动辄飞天遁地,动辄打得天昏地暗,描写的内容一幕幕都是《指环王》里才有的城战,这让中国的影视公司实在是头痛不已。这种男频玄幻作品,比起影视更加适合动漫表达,如唐家三少的《斗罗大陆》、任怨的《元龙》、蝴蝶蓝的《全职高手》等,在动画化方面都收获了良好的口碑。

事实上,提起网络文学的可视化呈现,动漫一直是最贴切的表现形式,但囿于技术限制,精品动画的开发周期过长、资金投入过高,让不少企业望而却步。不过,随着技术的发展,动画的开发成本被大大削减,网络文学改编的动画作品渐渐成为 IP 化的新方向。2015—2021 年,各大平台如腾讯、爱奇艺、bilibili 等,推出了数部爆款动漫。

对比各平台 2021 年发布的动画片单,其中由网络文学改编的

43

作品,皆是重中之重。

腾讯:《斗破苍穹:缘起》《斗罗大陆》《雪鹰领主》第三季、《全职高手》第三季、《镜·双城》《穿书自救指南》《诛仙》《雪中悍刀行》《九州缥缈录》《仙逆》《龙族》《紫川》《近战法师》《大奉打更人》《哑舍》《诡秘之主》。

bilibili:《凡人修仙传》《百妖谱》《元龙》《天官赐福》《长安伏魔录》

爱奇艺:《风起洛阳之神机少年》《神澜奇域无双珠》《有药》。

优酷:《少年歌行风花雪月篇》《冰火魔厨》《明王幻世录》。

从这份统计不难看出,自 2021 年起,网络文学产业中的动画改编,将成为各大平台的新赛道。

表 1-3　bilibili 原创动画 2020—2021 年片单

名称	类型	IP	出品方	制作公司
百妖谱第二季	玄幻、治愈	小说改	绘梦动画、bilibili	绘梦动画
凡人修仙传特别篇+年番	玄幻、热血	小说改	bilibili、猫片、原力动画、万维猫动画	万维猫动画、原力动画
黑白无双第三季	热血、奇幻、战斗	漫画改	bilibili、杭州娃娃鱼动画、浅夏动漫	杭州娃娃鱼动画
剑网 3:侠肝义胆沈剑心第三季	热血、搞笑	游戏改	西山映画	声影动漫
天宝伏妖录第二季	玄幻、励志	小说改	bilibili	玄机科技
仙王的日常生活第二季	搞笑、日常	小说改	bilibili	绘梦动画
元龙第二季	玄幻、热血、战斗	小说改	bilibili、掌阅影业	中影年年
天官赐福特别篇	玄幻、耽美	小说改	bilibili、绘梦动画	绘梦动画

（续表）

名称	类型	IP	出品方	制作公司
爸妈来自二次元	校园、治愈	漫画改	bilibili、中汇影视、连尚文学	白纸文化
扳手少年	热血、战斗	漫画改	bilibili、幻马群英社	幻马群英社
长安十二时辰之白夜行者	古风、推理	小说改	娱跃文化、bilibili	星律动漫
定海浮生录	玄幻、战斗	小说改	bilibili	福煦影视
烈火浇愁	奇幻、战斗	小说改	bilibili	声影动漫
你真是个天才	玄幻、搞笑	小说改	bilibili	米粒影业
时空之隙	战斗、日常	游戏改	网易游戏、bilibili	视美影业
恰同学少年	热血、历史	小说改	bilibili、立羽文化	立羽文化
血与心	励志、历史	漫画改	bilibili、人民中国杂志社、新星出版社	长春知行合一动漫
银河之心	科幻、战斗	小说改	bilibili	初色动画
永生	玄幻、战斗	小说改	bilibili	天工艺彩
唐人街探案	喜剧、探索	影视改	壹同制作、bilibili、万达影视	
子不语	玄幻、治愈	漫画改	bilibili	
斗神姬	机战、少女	原创	bilibili、七灵石动画	七灵石动画
长剑风云	战斗、励志	原创	bilibili、虚拟影业	虚拟影业
黑门	科幻、推理	原创	哆啦哔梦	初色动画
李林克的小馆儿	日常、美食	原创	bilibili、什悦文化	什悦文化
猫灵相册	萌系、治愈	原创	bilibili、七创社	绘之刃

（续表）

名称	类型	IP	出品方	制作公司
千从狩	热血、战斗	原创	哆啦哔梦	绘之刃
上海故事	励志、职场	原创	bilibili	幻马群英社
时光代理人	奇幻、治愈	原创	哆啦哔梦	绘梦动画
搜玄录之宸灵纪	玄幻、战斗	原创	bilibili、双界仪传媒、万代南梦宫	双界仪传媒
天一阙	玄幻、热血	原创	bilibili	源初动漫
武塾	搞笑、古风	原创	bilibili、绿怪研	绿怪研
仙山缭乱	玄幻、战斗、仙侠	原创	bilibili、轻舞文化	轻舞文化
咸鱼哥	搞笑、日常	原创	bilibili、717动画	717动画

从一元到多元，全文化产业链，是网络文学产业的大势所趋。而目前的中国文化市场，疯狂敛财的"唯IP论"时代已经过去，接下来将会更加理智地深化内容创作。唯有内容的精品化、衍生品化，才能带来强大的盈利能力。

2. 网络文学产业的体验方式：从线上走向线下

我们现在常说的文化产业链，主要是以网络文学为源头，辐射至有声小说、漫画改编、动画改编、影视改编的几大线上文化产品。其中，影视又起到了一个扩大器的效用，让网络文学得以破圈，走向大众视野。

但现在的用户，已经不仅仅满足于线上产品了。用户要读故事、听故事、看故事，还要玩故事——用户自己充当主角，实实在在体验一遍故事。

如今市面上较为流行的线下沉浸式体验，从占地规模和空间位置上看，主要分为室外、室内两种模式：

室外模式，主要是指主题公园、旅游景区……

室内模式，主要是指室内公园、密室逃脱、剧本杀、主题民宿、主题咖啡厅……

早在 2016 年的时候，《鬼吹灯》就以《触电·鬼吹灯》为名，以线下实景的沉浸式体验，落户于北京西单。之后，以沉浸式体验、密室逃脱为核心玩法的线下实体店，在北京、杭州、长沙、西安等多地出现。

当时笔者考察了多家门店，通过观察店面的模式，做出了预判：这种 300—500 平方米的线下沉浸式体验店，能够让玩家重度体验网络文学 IP，并身临其境地扮演故事中的角色，在玩法上极具吸引力。用户愿意为这种深度体验付费，消费标准在 200—800元/人，盈利模式也很分明。但目前的问题有两个：一是前期投入成本太高，主要是场租和软硬装的投入；二是 IP 更换难，复购率差。

于是，我们在 2020 年看见了一个爆款产品，叫作"剧本杀"。笔者认为，这就是线下沉浸体验的 PRE 版本，因为它解决了场景氛围装修和 IP 更换问题。结果如大家所见，剧本杀火爆异常，无论是烧脑的推理本，还是所谓主打人物体验的情感本，都让年轻人如痴如醉。

特别是 2020 年下半年以来，随着线下实体经济的回温，以及人们对于社交的需求，剧本杀成为年轻一代中最为火热的线下娱乐方式。部分网络文学作品被改编为剧本杀的形式，在实体空间里呈现，成为一种 IP 新玩法。目前还没有 2021 年的市场统计数据，但从大众点评、美团网等团购网站上的数据，可以从侧面了解到"剧本杀"实体空间中，玩家对网文 IP 剧本的青睐。

笔者相信，剧本杀是网络 IP 迈入线下实体的 1.0 版本，沉浸

47

式实景是 2.0 版本,主题公园是 3.0 版本,随着技术的革新,当建造成本能够被合理控制、场景更换的折旧率能够下降时,一定会有越来越多的实景体验、故事沉浸出现。因为这不但满足了人们对于网络文学的想象,更满足了人们的社交需求。

如果我们用开发程度来分类,网络文学产业的线下化空间展现,目前可以分为三个版本迭代:

网络文学产业线下 1.0 版本:剧本杀。

网络文学产业线下 2.0 版本:密室逃脱。

网络文学产业线下 3.0 版本:主题公园。

从开发难度上看,剧本杀的开发难度最低,只需要一个固定空间和文本就可进行,在网络文学 IP 的线下展现上,也是呈现度最低的。密室逃脱的开发难度次之,因为需要装修、道具的配合,投入较大。而主题公园作为大型项目,动辄上亿投资,难度是最大的。

然而,在中国市场上,这三种版本的网络文学产业呈现顺序,恰恰是相反的——主题公园最先被开发呈现,然后是密室逃脱,而剧本杀是 2019 年逐渐兴起,直至 2020 年成为爆款的产品。

在这里,笔者将根据产品的呈现先后,简要介绍这三种不同的网络文学产业的线下产品。

案例分析 3　　**网络文学产业线下 3.0 版本:主题公园**

中国的主题公园市场的发展历程,大致经历了以下四个阶段:

第一,萌芽期,时间在 1988 年及以前,主要表现形式为:游乐园引领风潮,静态景区含苞待放;

第二,探索期,时间在 1989—1997 年,主要表现形式为:微缩景观一炮而红,主题公园时代开启;

第三,快速发展期,时间在 1998—2008 年,主要表现形式为:

大型器械类游乐发展为主角,本土与国际巨头开始 PK;

第四,融合创新期,时间在 2009 年至今,主要表现形式为:本土企业注重连锁化、IP 化,国际巨头加速中国布局。①

目前在国内运营的主题公园项目,有迪士尼(运营中)、环球影城(试运营)、派拉蒙(布局中)等国际项目,以及华侨城、长隆、华强、宋城、海昌等一系列本土品牌。

表 1－4　中国知名主题公园品牌现状②

企业	产品及品牌	布局地及开业时间 (含计划开业时间)	旅游业态组合
迪士尼	迪士尼乐园、神奇王国、好莱坞影城、迪士尼影城乐园等	中国香港(2005 年)、上海(2016 年)	以主题乐园(群)为核心吸引物,配套酒店、商业街/小镇露营地、体育设施等
环球影城	环球影城、环球影城冒险岛	北京(2021 年)	以主题乐园(群)为核心吸引物,配套酒店、商业街/小镇等
华侨城	欢乐谷、玛雅海滩水乐园、锦绣中华、中国民俗文化村、世界之窗、光明农场大观园、麦鲁小城、卡乐星球	深圳(1998 年)、北京(2006 年)、成都(2009 年)、上海(2009 年)、武汉(2012 年)、天津(2013 年)、重庆(2017 年)、成都(2018 年)、南昌(2019 年)	以机动游乐为主的陆地乐园,以水上设备为主的水上乐园,以及生态乐园、机动游乐、演艺等业态结合的度假区

49

① 中指研究院. 环球影城开业前,中国的主题公园行业战况如何?[EB/OL].(2020-05-20)[2022-04-25]. https://www.traveldaily.cn/article/137906.

② 朱茜. 预见 2022:《2022 年中国主题公园行业全景图谱》(附市场现状、竞争格局和发展趋势等)[EB/OL].(2021-11-11)[2022-04-25]. https://www.qianzhan.com/analyst/detail/220/211111-89af0b17.html.

（续表）

企业	产品及品牌	布局地及开业时间（含计划开业时间）	旅游业态组合
长隆	主题乐园群	广州（1997年）、珠海（2014年）、清远（2020年）	以主题乐园群（机动游乐型乐园、水乐园、野生动物园、海洋动物内容等）和大马戏为核心产品的度假区
华强方特	方特欢乐世界、方特梦幻王国、方特水上乐园、方特东方神话乐园、方特科幻乐园、方特探险王国	重庆（2006年）、芜湖（2007—2015年）、泰安（2010年）、汕头（2010年）、沈阳（2011年）、青岛（2011年）、株洲（2011—2015年）、郑州（2012—2015年）、厦门（2013年）、南通（2013年）、天津（2014年）、济南（2015年）、嘉峪关（2015年）、大同（2015年）、厦门（2017年）、南宁（2018年）、长沙（2019年）、嘉峪关（2019年）、邯郸（2019年）、荆州（2019)年	以影音项目为特色的游乐型主题乐园；以乐园集群或个体发展，除现有产品外，还有中华复兴之路主题乐园在建、中华非遗主题乐园在规划中；部门项目配有酒店、高尔夫等设施
海昌	极地海洋世界、渔人码头、加勒比海水世界	大连（2002年）、青岛（2006年）、大连（2009年）、重庆（2009年）、烟台（2009年）、成都（2010年）、天津（2010年）、武汉（2011年）、上海（2017年）	以海洋动物观赏、表演为核心，配套酒店、休闲商业街等物业；另有与水相关的渔人码头、加勒比海水世界等产品

在主题公园的发展历程上,对标国际发展情况来看,人均GDP 8000 美元成为主题公园发展的重要分水岭。同比人均 GDP 达到 8000 美元时期的美国、日本、韩国和中国香港,其主题公园都迎来了快速发展期。

目前,中国人均 GDP 已经达到 8000 美元,正处于主题公园快速发展的关键时间窗口。再加上国内消费升级、Z 世代崛起、消费者自我满足意愿和对精神文化生活需求的提升,国内主题公园的快速发展似乎已是蓄势待发。

如今,主题乐园进入新的发展时期:娱乐 IP＋主题公园是一门好生意,越来越多的资本看到了文化内核的力量,于是选择了 IP 与主题公园的联合。然而,方向虽然正确,但在具体实施的过程中,却出现了诸多状况:2015—2019 年,主题公园建造与设计如火如荼,但大多是房地产企业出于"圈地"目的,将主题公园作为"拿地"的噱头——这样的"动机不纯",也是主题公园 IP 化道路上最大的问题。

由于这种不单纯的目的,主题公园的建造往往成了对迪士尼模式的简单抄袭。这种公园空有形式,没有灵魂,也不好玩——设计公司在拿到 IP 之后,却不懂得怎么让内容与游乐方式深度结合。因此,在巨额投资后,这种主题公园的后续运营往往乏力,成了"赔钱货",甚至出现了"一年兴、两年旺、三年平、四年下、五年关"的魔咒。一些打着"超级 IP"官宣的项目,后续并未真正落地。例如 2015 年官宣的浙江千岛湖"玉郎巨星文化创意园",在对外披露的新闻中,这个武侠风的主题乐园,将融入黄玉郎的漫画作品《龙虎门》《醉拳》《如来神掌》《天子传奇》《大唐双龙传》等知名 IP——然而,数年过去,这个项目早已销声匿迹。

这种"地产商主投、文化 IP 做噱头"的不良模式,渐渐得到了改善。越来越多真正懂得内容、深耕内容的企业,投入了实景娱乐。例如超级大 IP《剑侠情缘》系列游戏的拥有者——西山居,从 2018 年起就开始了对于实景娱乐产业的布局。

金山网络旗下的西山居,是游戏《剑侠情缘》的"生父"。从 1997 年制作发行的单机电脑游戏,到如今拥有千万玩家、单月流水过亿的网络游戏,西山居对于自家 IP 的珍惜也是毋庸置疑的。为了将虚拟游戏世界变成线下实体,西山居也做了多方尝试:最初,他们接触了许多地产商,发现双方的诉求并不相同,之后转而与专业做乐园的团队联合。终于在 2021 年 3 月 21 日,西山居与欢乐谷集团于西安举行了战略合作签约仪式,双方宣布达成深度合作,在西安欢乐谷陆公园"盛唐区域"打造剑网 3 主题园区,结合游戏 IP 打造特色游玩区,建设运营十余个娱乐项目。该园区计划于 2022 年 10 月与西安欢乐谷陆公园同步开园——于是,《剑侠情缘》这个 IP,成为国内首个武侠游戏 IP 的主题乐园项目。

虽然是游戏 IP,但《剑侠情缘》也与网络文学息息相关:这个作品拥有数部反向定制的官方小说,同时各大文学网站平台上也都拥有大量以《剑侠情缘》为背景、标签为"剑三"的同人小说。

未来的中国网络文学产业中,主题公园将是一个新的发展方向,这不仅是文化产业发展的规律、是资本的逐利点,也是国家政策的倡议和导向。

2020 年,中宣部文改办下发了《关于做好国家文化大数据体系建设工作的通知》,其中,关于"文化体验园建设"方面,明确提出:

> 以旅游景区、游乐园、城市广场等为目标,建设具有一定空间规模的文化体验园,把地域文化、红色文化从博物馆和纪念馆"活化"到文化体验园,促进文化和旅游深

度融合。①

关于"文化体验馆建设",《关于做好国家文化大数据体系建设工作的通知》中,明确提出:

> 以城市购物中心、中小学幼儿园、公共文化机构、城市社区等为目标,建设技术含量高、传播力强的文化体验馆,使其成为爱国主义教育、文化传承传播、大众学习鉴赏的重要场所,推动红色文化、传统文化进社区、进校园、进商场。②

这一系列政策,推动了中国网络文学与线下实体企业的联系,使得中国网络文学产业向着更加积极、健康、高效,更具社会影响力的方向发展。

案例分析4　网络文学产业线下2.0版本:密室逃脱

比起主题公园的庞大投入,密室逃脱是一个投资量相对较小的、联系 IP 内容的实景沉浸体验项目。

密室逃脱的原型来源于一款由日本设计师 TAKAGISM 开发的 Flash 小游戏《深红色房间》。随后,美国硅谷的一群程序员

53

---

① 中央宣传部文化体制改革和发展办公室. 关于做好国家文化大数据体系建设工作的通知[EB/OL]. (2020-05-11)[2022-04-25]. https://www.gsass.net.cn/zdxm/whypt/zlhj01/content_3972.
② 中央宣传部文化体制改革和发展办公室. 关于做好国家文化大数据体系建设工作的通知[EB/OL]. (2020-05-11)[2022-04-25]. https://www.gsass.net.cn/zdxm/whypt/zlhj01/content_3972.

由于对推理小说的热爱,将知名推理小说作家阿加莎·克里斯蒂《东方快车谋杀案》中的场景搬到了现实中,并将其命名为 *Origin*,史上第一个真人密室逃脱就此诞生,坊间曾传闻,这个密室因为难度很高,至今仅有 23 人成功逃脱,后来成了硅谷的一个景点。

2012—2013 年,嗅到商机的创业者们看到了机会,把真人密室逃脱引入国内,并且将之商业化,也正是在这几年间,密室逃脱开始在国内普及。

作为舶来品,密室逃脱在国内已经走过十年,正朝着规模化方向发展。根据艾媒咨询 2019 年统计数据,中国密室逃脱行业市场规模(包含产业上中下游引起的交易)逼近 100 亿元,行业消费人数达到 280 万人次,门店个数超过 10000 家,行业发展较快。

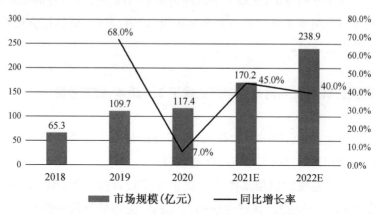

图 1-7 2020 年中国密室逃脱行业市场规模分析(数据来源于艾媒咨询)

密室逃脱在中国的发展,也经历了三个阶段:

早期:以鬼屋为代表的恐怖密室。

早期的密室逃脱主要以鬼屋形式出现,主打恐怖场景与氛围的营造,工作人员会装扮成鬼怪对玩家进行惊吓。

中期：以机关解谜为主的密室逃脱。

中期的密室逃脱中对机关打造有较高要求，并带有一定剧情元素，玩家需在密室场景中进行解密，打开机关方能"逃出生天"。

后期：以角色扮演为主的沉浸式密室逃脱。

后期的密室逃脱更加注重"沉浸式"体验，对场景营造、剧本塑造的要求均较高，玩家以换装 Cosplay 扮演的形式进入密室当中，与饰演角色的工作人员进行对话和剧情发展，完成剧情探索——这种沉浸式密室逃脱，也是与网络文学产业结合最为紧密的一种。

国内已拥有多个与 IP 相结合、标杆性的密室逃脱空间，笔者以《风声》和《暴风岛》两个项目作为案例进行分析。选取这两个案例有两方面的原因：一是这两个项目开发时间早，是行业中起步较早的"老大哥"。二是因为这两部作品的效果呈现均在市场上赢得了良好的口碑。

TFS 超级密室《风声》项目：TFS 超级密室的创始人满毅，从华谊兄弟手中买下了电影《风声》的版权，创造性地将经典影视 IP、沉浸式戏剧与密室融合，自创出游戏门槛更低、大众接受度更高的带有真人 NPC 的超级密室概念，2016 年投入运营。

"暴风岛"次时代密室《无人生还》项目：暴风岛次时代密室是一个密室逃脱游戏运营商，该公司致力于为用户提供多线剧情密室、全智能密室等相关服务。其中最为知名的项目为《无人生还：缘起》悬疑推理互动密室，由阿加莎·克里斯蒂推理小说《无人生还》改编，以沉浸式的环节与精妙的设计成为 2017 年获奖主题。

此外，与网络文学结合较为紧密的还有《鬼吹灯》《盗墓笔记》主题密室逃脱，两者均以"盗墓"为主线，主打恐怖体验和机关解谜，是结合了一、二两代密室的产物，曾在北京、上海、杭州、长沙等多地的核心商圈中，设立 300—500 平方米的密室逃脱店铺。

由游戏改编、有网络文学反向定制的《仙剑奇侠传》，也自

2017 年起开设了密室逃脱场馆,还原了仙剑客栈、锁妖塔、鬼王窟等游戏场景,并设立了 150 分钟时长的剧情线。

未来,密室逃脱将迎来颠覆性的新改革:在内容上,对剧情 IP 的要求更高;在技术上,加大对于人工智能的使用。毕竟,目前的密室逃脱在机关设置上仍以机械居多,主要有碰触式、光学反应等等。而随着人工智能 AI 和物联网技术的革新,未来的密室逃脱可能会加入语音识别、图像识别等新技术,带来更多奇幻、可变的元素,提升玩法的多元性,提高密室的商业价值和文化竞争力。

案例分析 5 **网络文学产业线下 1.0 版本:剧本杀**

前文曾说到,类似《鬼吹灯》《盗墓笔记》等沉浸式密室逃脱,能够让玩家重度体验网络文学 IP,并身临其境地扮演故事中的角色,在玩法上极具吸引力。用户愿意为这种深度体验而付费,最低消费在 200 元/人,最高 800 元/人,盈利模式也很分明。但这种模式存在两个问题:

一是前期投入成本太高,主要是场租和软硬装的投入;

二是 IP 更换难,复购率差。

于是近年来,我们看到了一种投资较小、更"轻"的玩法,这就是"剧本杀"。

剧本杀是桌面游戏"狼人杀"与"谋杀之谜"的结合体:"剧本杀"起源于欧美,是一种以剧情为核心,围绕剧情开展的逻辑推理游戏。游戏中玩家扮演剧情中的角色,模拟相应的剧情,最终探索真相。一场剧本杀时间通常 2—4 小时,参与人数 6—10 人。剧本杀吸收其他桌游的优势,沉浸体验和内容丰富度更高,新手门槛更低;剧本内容为游戏参与者提供独一无二的表演体验。①

2016 年 3 月,湖南卫视推出《明星大侦探》(综艺灵感来自韩国综艺《犯罪现场》),至今播出 7 季,累计播放量超 250 亿次。《明星大侦探》在国内的火爆使得更多年轻观众了解并熟悉剧本杀;更重要的是,该节目推动剧本杀游戏从单一的悬疑推理向更加娱乐、轻松趣味、多主题扩展。这也成为剧本杀游戏在青年群体中快速流行的重要原因。

不同于密室逃脱的沉浸式体验,剧本杀的特色在于更"轻"。针对密室逃脱的两大痛点:"硬置景要求高,装修成本高"以及"无法快速更换 IP",剧本杀则显得小巧玲珑,只需要一个舒适的空间、可玩性高的剧本、主持人(DM)。

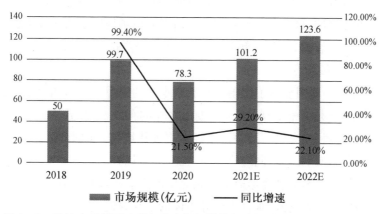

图 1-8　2021 年中国剧本杀行业市场规模数据分析(数据来源于艾媒咨询)

---

① 杨艾莉.游戏行业之剧本杀专题研究报告:Z 时代的线下娱乐新场景[EB/OL].(2021-05-18)[2022-04-25]. https://www. vzkoo. com/document/8aa0090c9c35ef04834805b435e69fa6. html.

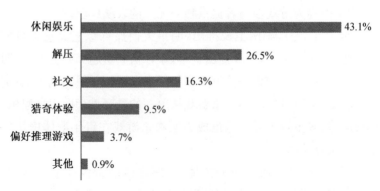

图1-9 2021年第一季度中国玩家玩剧本杀的原因调查分析
(数据来源于艾媒咨询)

如图1-8所示,2019年中国剧本杀行业市场规模超过百亿元,同比增长68.0%;2020年受疫情影响市场规模依然逆势增长,但增幅回落至7.0%。预计到2021年中国剧本杀行业市场规模将增至170.2亿元。

图1-9则显示了中国玩家玩剧本杀的原因,43.1%的玩家认为休闲娱乐是他们的第一目标,此外的两大需求分别是解压(26.5%)和社交(16.3%)。年轻人更爱用剧本杀的形式,完成一场另类的人生体验,同时达成与人交流的目的。

如今剧本杀已经形成了一条完整的产业链,剧本创作者、发行商、演员、门店商家、垂直平台等主体的参与,将会推动行业规模持续扩张。

在剧本杀的产业链中,其上游为内容制作(IP、剧本创作)、中游为内容发行、下游为内容渠道(线上App/线下门店游戏体验)。其中,剧本是产业链核心资源,优质剧本决定玩家消费频次;剧本发行是中游环节,连接上游内容和下游门店;下游门店是产业链价值的集中体现;当前,剧本杀产业链所有环节格局均极度分散。[①]

从行业空间与未来看,剧本杀的单店模型良好,市场规模有望看齐电影。从产业链价值分配来看,线下门店分走了产业链中超90%的规模,是产业链价值的集中体现;从单店模型来看,一线及二线城市的剧本杀门店,其年利润率分别为36%与24%。

在剧本杀的产业当中,居于核心位置的是内容制作——也就是剧本的把控。

从剧本规格上看,分为:盒装、城市限定、城市独家三种形式。[②] 其中,盒装本是对全国销售的剧本套盒,价格在500元左右;城市限定本价格在2000元左右,一座城市只有几本;独家本价格在5000元左右,一座大城市就只有一家店。

从剧本难度上区分,可分为:新手、进阶、烧脑,针对不同类型的玩家喜好。

从剧本方向上区分,可分为:恐怖、欢乐、推理、校园、硬核、情感、机制等。

从剧本背景上区分,可分为:古装、民国、现代、科幻、欧式、日式、架空等,这与文学创作的题材非常类似。

其中,所谓的"硬核本"重推理、重诡计,往往在难度上与"烧脑"相重合。而"情感本"则轻推理、重扮演,更加契合于新手玩家的"入坑"需求。

59

---

① 杨艾莉.游戏行业之剧本杀专题研究报告:Z时代的线下娱乐新场景[EB/OL].(2021-05-18)[2022-04-25]. https://www. vzkoo. com/document/8aa0090c9c35ef04834805b435e69fa6.html.

② 杨艾莉.游戏行业之剧本杀专题研究报告:Z时代的线下娱乐新场景[EB/OL].(2021-05-18)[2022-04-25]. https://www. vzkoo. com/document/8aa0090c9c35ef04834805b435e69fa6.html.

案例分析 6 **芒果 TV:剧本杀的中国传播者,产业链的绝对头部玩家**

正如前文所说,芒果 TV 的综艺节目《明星大侦探》带火了整个行业,令剧本杀在国内市场逐渐起飞。因此,芒果 TV 也成了剧本杀这条产业链当中的"头号玩家",占据了三个方面的优势:

第一,剧本资源。公司已储备数百个剧本资源,在剧本开发、独家剧本占有、剧本授权方面有绝对优势。

第二,门店模型。公司直营的首家剧本杀门店"芒果 M-CITY"于 2021 年 4 月开业,拥有 6 大主题,储备 300 个剧本,开业近 10 日即成为长沙剧本杀门店热度排名第一。

第三,品牌声量。《明星大侦探》有望成为芒果 TV 旗下剧本杀门店的重要宣传营销阵地。

案例分析 7 **红色剧本杀,成为党建活动新风潮**

剧本杀这种新形态的娱乐方式,在被《人民日报》等官方媒体肯定之后,在 2021 年这个"红色大年",市场上多了不少致敬"建党 100 周年"的剧本,而许多单位的党建活动也采取了剧本杀的形式,通过让党员们体验红色剧本杀,"梦回当年",感受高代入感、沉浸感的先烈抗争史。

表1-5 2021年与各地党建活动相联系的红色剧本杀①

红色剧本杀	出品发行团队	题材类型	应用政府、街道
兵临城下	老玉米联合工作室	家国情感沉浸	福州古城遗址公园、襄阳樊城区委办、苏州东沙湖社工委
无双	葵花发行工作室	推理还原	襄阳樊城共青团
与妻书	探案笔记	民国情感沉浸	长沙图书馆
野火	GODAN发行工作室	民国情感沉浸	无锡广益街道
孤城	铭思文化	机制阵营	淮安党建
回声	浙江音乐学院原创	推理还原	浙江音乐学院
惊蕾	成都高新区芳草街道定制	推理还原	成都高新区芳草街道
光芒	上海普陀区联合魔箱科技出品	推理还原	/
囚徒	三亚文旅党宣部定制	推理还原	/
红色恋人	上海市委、静安团委联合奇闻密室出品	沉浸式戏剧＋剧本＋密室	上海各党支部

这些红色主题剧本,大多聚焦在抗日战争或是解放战争时期,或是主打谍战阵营,或是偏沉浸情感,均以爱国爱党为核心,极具主旋律气质。

2021年"建党100周年"这个独特的时间,也给红色剧本杀和实景体验带来了新的结合机遇。表1-5中的《红色恋人》就是上海市委、静安团委联合奇闻密室出品的新型实景剧本杀,结合了沉

---

① 郭吉安.政府定制,文旅推广,红色剧本杀成党建新潮流[EB/OL].(2021-07-09)[2022-04-25].https://www.sohu.com/a/476457429_159592.

浸式戏剧、剧本、密室三位一体的主题创作。

3. 网络文学产业的变现渠道：从虚拟走向现实

网络文学产业的体验方式，由线上转向线下，已经是从虚拟的文化内容，转向了现实世界。而从变现渠道上来看，网络文学产业的新"财路"，也正从虚拟的线上流量，走向现实的产品销量。

众所周知，网络文学的流量数据是相当庞大的。但虚拟的线上流量，如何转化为现实的消费力，顺利"变现"，仍是行业内的难题。要扩大网络文学的产业规模，就要通过多元的文化产品，让网络文学的产业衍生，逐步走入消费终端——这是行业急需探索的新方向。

2020 年，网文试探市场发展趋势，积累原始势能，以多种转化模式为手段，扩大 IP 影响力，最终多种渠道同频共振，将 IP 潜力发挥到最大。以网文为核心的中国数字阅读行业产值为 372 亿元，拉动下游文化产业，包括影视、动漫、游戏、有声阅读在内的总产值，超过 10000 亿元。

但是，我们要看到，纯粹的线上文化经济，和线下实体销售，还存在很大差距。以快消品牌优衣库为例，仅在 2019 年"双十一"这一天，优衣库的销售额达到了 15 亿。优衣库与 IP 的结合向来紧密，包括漫威的超级英雄系列，以及日本知名动漫《七龙珠》《火影忍者》《银魂》《死神 BLEACH》《全职猎人》《网球王子》等联名款都在发售当时引起了一阵风潮。

2021 年的春季，优衣库与文学作品联动，将日本作家村上春树的作品《挪威的森林》《1973 年的弹珠玩具》《舞·舞·舞》《人造卫星情人》《海边的卡夫卡》《1Q84》设计为联名款 T 恤，这也是值得中国网络文学产业借鉴的。

前文中提到的《哈利·波特》也是经典案例,在其带动的 2000 亿元的巨型文化产业链中,主要销售来源于线下实体经济:主题公园的运营以及衍生品销售方面,玩具、服装、箱包、日用品等多种品类,均获得了极高的收益。

(三) 网络文学产业化的新趋势

网络文学产业的三大特点:产品类型从一元走向多元、体验方式从线上走向线下、变现渠道从虚拟走向现实,也将催生出新的产业趋势。

第一,多元的技术革新,将会催生新的文学类型。

先前以网配文为例,已经进行了阐述,不再赘述。笔者在此大胆预测,一旦 VR 技术成熟,虚拟现实与网络社交相联系,成为人们重要的娱乐方式,或许到那时候,文学作为母本也会有新的变化:适应于影视改编的"第三人称"故事叙述方式将受到挑战,而适应于 VR 体验的第一人称故事叙述方式,将再度崛起。

第二,线下沉浸式体验,将成为网络文学产业新的增长点。

目前线下沉浸体验还未大规模兴起,主要问题在于投入过高。从投入上看,核心是建设方(场地)、版权方(类型化的经典文本)、投资运营方。运营的要求主要有三点:其一,从文本到场景,对文本解读、美学设计的能力;其二,从文本到编剧,在故事中寻找玩法,策划和运营的能力;其三,配套运营的长期投入。

但在不久的将来,随着产业的不断发展与成熟,优质网络文学内容＋线下沉浸式体验,满足娱乐与社交的双重属性,定会成为网络文学产业新的、重要的增长点。

案例分析 8　**2021 淘宝造物节,已关注到年轻人的沉浸式体验**

2021 年 7 月 21—25 日,第六个淘宝造物节,搭载着沉浸式体验和国风崛起的浪潮,再度惊艳市场。"遗失的宝藏"这一主题和东方奇幻古城的概念,以及沉浸式互动体验玩法的线下空间,打破以往造物节独立叙事的 IP 现状,实现了造物节 IP 的延展性和完整性。

2021 年淘宝造物节最鲜明的特点,就是携手《长安十二时辰》美术概念设计团队共同打造了一个 30000 平方米的奇幻古城,并且联合了顶级密室团队"暴风岛",打造出沉浸式密室寻宝体验。天机阁、真香酒楼、九州霓裳坊、山海异兽坊、军机处等 15 个大型电影级场景,分别散落在商业、娱乐、文化、科技四大区中。[①]

第三,网络文学破圈化,必须要内外产业链的双重链接。

网络文学是 IP 源头,但网络文学想要"破圈",想要走上产业化道路,需要内在产业链与外在产业链的双重链接。

内在产业链,是以 IP 作为头部体验内容的产业链,其特点是 IP 及品牌产品的"一鱼永吃"和"一鱼多吃",如影视、动漫、游戏等,是 IP 的衍生。

外在产业链,是指溢出型的、具有产业带动性的产业链,包括食、住、行、娱、购、游。

外在产业链是跨行业收益,往往是"别人吃肉,内容喝汤",但

---

① 肖晓. 淘宝造物节"掀密室打卡热"背后,北斗北工作室尝试书写文商旅联动新解法?[EB/OL]. (2021-07-21)[2022-04-25]. https://www. sohu. com/a/478830785_549401.

网络文学不能局限在小圈子里,文化产业的破圈、大众化,需要更多行业的介入。拓展品类、跨界联动、品牌联合,以及相互赋能,这是网络文学产业化的新方向。

四、中国网络文学与海外文化的关系

(一) 中国网络文学发展早期,受外国文艺作品影响较大,是文化交流与文化融合的产物

中国网络作家主要集中在 80 后、90 后群体,生于这两个年代的创作者受欧美、日韩文艺作品的影响,对于虚构题材、浪漫主义创作,具有明显的偏爱。

二十世纪八九十年代,中国的文艺作品产量相对较少,类型也比较单一。在影视作品上,当时受电视台播出时长的总量限制,中国每年可播映的电视剧数量极少。1985 年,全国一共拍摄了 5 部电视剧。二十世纪九十年代初期,中国每年电视剧的生产量为几十部,逐年增多,直至后期的上百部。

那时,虽然国产剧作中不乏精品,但由于总量过少,不能满足广大观众的需要。因此,彼时的日本动漫、美国好莱坞电影电视、韩国电视剧,成为观众们娱乐的多元选择。同时,我们不得不承认的是,彼时的国产影视作品,在制作水准上,距离欧美、日韩的作品,存在着一定,甚至较大的差距。而人民群众向往更高级的文艺产品,也是极为正常的选择。

另一方面,彼时中国的文艺作品,大多强调写实、接地气、反映群众生活。而欧美日韩的文艺作品中,则带有更多的浪漫主义色

彩,更注重非常规的幻想设计,这一点对于青少年来说是极具吸引力的。

中国的网络作家,在大量观看图书、影视、动漫的"积累"时期,的确从外国文化中,汲取了大量激发想象力的元素。而这些外国文化元素,又随着创作者自身的成长,被吸收和转化,最终融合,成为中国网络文学作家笔下描绘的千奇百怪、瑰丽绚烂的世界。

除了前文中提到的"穿越"案例之外,在网络文学作品中,还有一个经典的戏剧设置——"变身",也是经典文学作品中曾出现的幻想元素。卡夫卡的《变形记》就是典型的变身故事,而2006年上映的英国影片《女男变错身》是最早的男生、女生性别互换的文艺作品,此后在网络文学中被一再借鉴。2017年,开心麻花还曾以此故事核心为命题,拍摄了作品《羞羞的铁拳》。

文艺是不分国界的,"真善美"是人类共同的渴望,从优秀的国外作品中汲取养分,不是一件坏事。网络文学作家在自身成长的经历中、在自身的脑海中进行了文化交流和文化融合,又通过自己的创作,将成果加以呈现。这也是中国网络文学能走出中国、走向海外,并能被海外读者接受的原因之一。

(二) 中国网络文学发展中期,形成具有"网感"并结合中国传统文化的网络文学文化名片

网络文学创作者虽然从外国文艺中汲取了养分,但产生创作的广袤土壤,仍然是中国传统文化。从源流上看,网络文学"上承变文、志怪、传奇、话本、明清小说、鸳鸯蝴蝶派和金梁古、琼瑶为代

表的港台通俗文学的轨迹"①,其中,传统的儒学思想、侠义文化更是在网络文学中继续发挥着余热。

一些著名的网络文学作品,能够得到大众的广泛认可,正是基于对中华传统文化的书写。例如《琅琊榜》淋漓尽致地展示了儒家"仁"的遗风,阐释了礼和、孝悌、忠义、诚信等中华民族的美德;《诛仙》传递了道家万物自相治理的哲学理论,宣扬了人性中的至善至美。

网络文学发展的二十年,恰恰是将中国传统文化的精髓,与外国文艺中的元素进行融合,产生了适应互联网传播的、具有"网感"的作品,才得到了中国读者的认可,也逐渐拓展至东南亚、欧美等地区,获得了外国读者的追捧。

(三)"网文出海",如今的中国网络文学,已成为中外文化交锋的新武器

一方面,早期创作者从外国优秀文艺作品中汲取了养分,吸取了某些创作元素。另一方面,外国作家也对东方文化抱有极强的好奇心,将中华元素融入了文艺作品里。

《2019年度网络文学发展报告》指出:海外传播的网络文学作品特征是中国元素突出。② 基于"中国风"鲜明的神话故事、历史传说以及背后的人文内涵,历史、武侠和玄幻仍然是网文"出海"的主要题材。

---

① 范伯群,刘小源. 通俗文学的传统与网络类型小说的历史参照系[J]. 中国现代文学研究丛刊,2015(8):102.
② 中国作家协会网络文学中心. 2019年度网络文学发展报告[EB/OL]. (2020-02-20)[2022-04-25]. http://www.chinawriter.com.cn/n1/2020/0220/c404027-31595926.html.

67

正如前文所述,中国网络文学开始出海并获得成功,早期是在泰国、越南、马来西亚等国流行,如今已进入欧美国家,用中国的仙侠、玄幻等要素,征服了海外受众。曾有调查显示,海外网文用户阅读中国网文的原因:20.7%的读者想从中了解东方文化。①

"网文出海"大致可以分为三个时期:

2007年以前,是"网文出海"的萌芽期。此时,网络文学内容的外文出版授权开始启动,出海了一批网络文学作品如《鬼吹灯》等,在东南亚地区出版。

2008—2014年,是"网文出海"的积累期。此时,在东南亚等地区出现了网文内容输出平台,并且在欧美国家出现了中国网络文学的翻译网站。

2015年至今,是"网文出海"的发展期。海外翻译网站不断推出,从东南亚拓展到了欧美、俄罗斯等地。中国的网络文学平台也在海外建站上线。

如今的海外线上阅读平台发展迅速,中国网络文学发展模式输出到海外。以阅文集团为例,起点国际海外原创作者超过45000人,共审核上线原创英文作品72000余部,大部分作品世界观架构深受中国网文的影响,蕴含众多中国文化元素。平台建立了基于中国文化的粉丝社区,每天产生6万多条评论。

据统计,2020年海外网络文学读者阅读中国网络小说的渠道以移动端为主,使用手机App阅读中国网文的数据达到88.8%。用户阅读黏性高,从阅读频率来看,91.0%的海外网络文学读者几乎每天都看网文,可见对网络文学的黏性很高。而在阅读时长上,每次阅读大于1小时的人数占72.9%,其中花3小时以上的人数

---

① 艾瑞咨询.2020年中国网络文学出海研究报告[EB/OL].(2020-09-08)[2022-04-25].https://www.sohu.com/a/417093154_445326.

占 36.9％。可见阅读网文已成为海外用户生活的重要组成部分。[①]

曾有研究机构预估,按照中国网络文学出海的现有趋势来看,海外用户将不断壮大。

在东南亚地区,因为具有相似的文化背景及中国网文在东南亚多年的发展铺垫,随着移动端的火热,未来英文网文的用户规模还将持续增长,预计将超过 1.5 亿。

在欧洲,基于奇幻文学的长期人气累积及欧洲电子书市场的不断发展,中国网文将受到更多的关注,未来欧洲地区预计有 3 亿以上的英文网文小说用户。

在美洲,海外网文论坛、翻译网站及出海阅读平台的共同发力,在整个美洲市场形成一定影响力,随着海外网文平台的不断发力,预计未来美洲地区的网络文学用户潜在规模会有 4 亿以上。

无论是网络文学的产业化道路,还是国际传播道路,笔者相信,中国网文一定会出现像 JK·罗琳《哈利·波特》那样的航母级头部作品,吸引全世界的目光。未来,一定会有越来越多的中国网络文学作品,从一维走向多维,从线上走向线下,从虚拟走向现实,从国内走向国外。

文化产业的发展是多变的,文学的表达形式也可能因技术发展而变化,而我们身为作家,在某种程度上,只有以不变应万变,那就是不忘初心、坚守创作,创作更精彩的内容,描绘更美好的情感,塑造更瑰丽的故事世界!

---

① 艾瑞咨询.2020 年中国网络文学出海研究报告[EB/OL].(2020-09-08)[2022-04-25].https://www.sohu.com/a/417093154_445326.

五、中国网络文学与网络文艺需警惕的四大问题

（一）碎片化阅读、短视频对中国文艺产生的信息茧房、二元对立影响

目前中国文艺领域遇到的最强劲敌是两个字："短"和"碎"。

网络文学也好，电影电视也好，这些文艺形式在表达上，是需要一定的体量支撑的，是需要铺陈和叙述的，是需要故事结构的打造的，是需要起承转合讲述主角人生境遇的变化的。必须要有前因后果，才能完整传递出一部文艺作品所构建的世界观和所要表达的情感。

但在目前的中国文化市场中，人们生活的现实压力，造成了民众往往依靠碎片阅读、短视频等方式，进行信息的收集、娱乐与放松。这样的信息和娱乐渠道，是短小的，是破碎的，是不完整的，是断章取义的。

短视频往往在 30 秒到 2 分钟，一般不超过 5 分钟，其内容容量极小，对于观点的表达、社会的呈现，都是片面而局促的。另一方面，短视频基于推送算法，又会将同类作品不停地推送给用户，造成了"信息茧房"的产生。

一方面，本就短小破碎的信息，使得观点片面化；另一方面，信息茧房的束缚，又堵住了用户多维度的信息渠道。于是，最终造成了如今网络舆情的状态：大众往往以简单的标准来判断事物，产生了非此即彼、非黑即白、非对即错的二元对立。

根据第 48 次《中国互联网络发展状况统计报告》，截至 2021

年 6 月,我国网民使用手机上网的比例达 99.6%,短视频用户规模为 8.88 亿,占网民整体的 87.8%。①

随着智能手机和 5G 的广泛使用,互联网运用场景的覆盖率更高,短视频用户数量庞大,人们对事物的分析难免存在差异。而短视频和碎片化阅读,又简单地进行了片面的观点论述、社会呈现,并且不断加深用户的固有印象。长此以往,二元对立的评判模式,成为某些用户习以为常的判断标准,有极大可能对社会产生非黑即白的不满情绪。

(二) 唯流量论催生出急功近利的创作氛围与评判标准

在网络文艺中,流量是相当重要的判断标准。这一点无可厚非。但过分强调流量,就会造成创作的僵化,造成市场趋于急功近利,造成虚假的"数据繁荣"。

以网络文学为例,流量的重要性带来了创作字数的不断攀升,作者不以优秀作品为创作的标准,而是以流量、收益作为创作目标,不断拉长创作字数。截至 2022 年 2 月,在起点中文网完本(即完结)人气排行榜中,前二十名作品均超过 100 万字,其中有 5 本超过 500 万字,最高达 1834 万字。

文学作品的创作是有一定客观规律的,数百万字的总篇幅,日更万字的创作速度,必然造成创作质量的下降,自然也就偏离了"精品创作"目标。

---

① 中国互联网络信息中心. 第 48 次《中国互联网络发展状况统计报告》[EB/OL].（2021-09-15）[2022-04-25]. http://www. cnnic. cn/hlwfzyj/hlwxzbg/hlwtjbg/202109/P020210915523670981527. pdf.

（三）网络平台对网络日常用语的把控尺度过严

在当下中国的互联网环境中，有些正常的汉语表达，正常的词语，被视为敏感词，列入了网络平台的黑名单。这些名单并非有关部门公布或要求的，而是文学网站、社交媒体、短视频 App、视频内容平台等，为减少自身的编辑成本、将内容把控的风险降到最低，而制定的方案——这种简单的"一刀切"式的方案，对于企业自身来说，是最为省时省力的方案；对于社会舆论、大众情感来说，却是一种最差方案。

以抖音短视频为例，网友曾整理出抖音的敏感词汇，其中描述："门神""招财进宝"为封建迷信词语，"秒杀"为刺激消费用语，"大男人""小女人"为性别歧视用语，"防癌""中草药"为医疗用语……这些词语都不能在视频中使用，否则视频将被限流或者直接删除。

然而，仔细查看这些词语，它们大多是正常词汇，甚至有些不含任何褒贬色彩，是人们日常生活中可能表达的内容。抖音没有能力监管自己的用户，便设置越来越多的敏感词、关键词，加以封禁。而用户想表达自己的观点，必须采用汉语拼音缩写、谐音、错别字等方式，才能加以表述。

笔者曾在文学作品中叙述"这截 DNA 片段中蕴含的信息"一段文字，亦被当时发布的网络平台视为涉及淫秽色情而下架，笔者审视三遍，才反应过来文中含有"A 片"，令人啼笑皆非。

(四) 对当下网络文学中的新奇内容缺乏足够的理解与包容

随着政府对网络文学、网络文艺关注的加强,针对文艺创作的引导和审查日趋完善,早期网络文学为了流量博出位、博眼球的状态,被有效地遏制,扫除了许多涉黄涉暴、三观不正的垃圾作品,这当然是一件好事。然而对某些小众类型文艺的探索也应给予足够的理解与包容。

以韩剧《名不虚传》为例,在这部作品中古代的针灸大师,因寻找"医者本心",穿越到了 21 世纪,遇见了一名外科女医生,两人相识并相恋,穿越于现代与古代之间,用中医和西医治疗病患。

这部韩剧用穿越的手法,完成了对中医针灸的褒扬和表达。在观影过程中,观众们完全可以带入女主角的视角,从对韩医(实际上应为中医)抱有偏见,到渐渐为韩医的智慧所折服,这种宣传效果,是化于无形,是润物细无声的。

笔者不止一次地设想过,这样的影视作品,在中国能不能拍得出来?从故事核心设定上看,古代中医来到现代、现代西医回到古代,这样的设计从网络剧的角度,似乎是可行的。但在前期立项、后期拍摄、审核上线的过程中,这种"可行性"是一步一步地被降低的。

广电立项申报时,要关注"穿越是否会造成历史虚无主义"的问题。就算穿越能通过,这样一个医疗题材的艺术作品,又需要卫生部门、中医药管理局的审查和许可。而作为专业技术人员,他们更擅长把握剧中的手术、医疗镜头是否有纰漏,涉及的中药和针灸手法是否真实可靠,但他们不一定能理解"中医和西医为什么要穿越?"这个母命题。

在中国的文艺作品中，文学创作尚有创新的可能，会有实验性的创作，会有"放飞自我"的思考，会有先锋文学。但是电视剧目，这种面向广大群众，影响广大群众，并且投资巨大的艺术，向来是以"稳妥"为重的。一部电视剧的上映，所经过的流程和相关部门更加复杂。生产单位要面对的"婆婆"太多，付出成本又高，自然不敢分毫踏错，于是，必然会造成"不敢创新"的后果。

然而，我们越是求"稳妥"，越是畏缩而不敢创新，就越是会失去我们的宣传舆论阵地。而我们失去的阵地，就被别人堂而皇之地占有了。

请战斗吧！用网络时代的趣味设定，去吸引观众。用代表先进文化的文艺作品，去征服观众。用蕴含社会主义核心价值观的精神内核，去感染观众。

唯有我们的文艺作品有互联网时代的新奇趣味，有群众喜闻乐见的故事表达，有挑战禁锢、推陈出新的心劲儿，有弘扬千年中华文化的傲气——敢打，敢战，敢创新，才有可能真正"讲好中国故事"。

第二章 网络文学创作的核心维度·概述

在开始网络文学创作维度的分析之前,我们先简要地梳理一下,传统意义上的小说写作分为哪些方式和方法。

一、小说三要素

早在初中语文学习中,我们就学过了相关知识。一部小说的创作,分为三个要素,即人物、情节、环境。

- 人物:以塑造人物形象为反映或表现生活的主要手段。
- 情节:有较完整、生动的情节。
- 环境:有具体的、典型的环境描写。

1. 如何开始写人物

人物形象的核心是人物的思想性格,人物描写的角度有正面描写和侧面描写。

正面描写(又叫细节描写),包括外貌、语言、动作、神态、心理描写;

侧面描写(又叫侧面烘托),指以他人言行或环境来反映人物等。

写一个故事,人物是最重要的环节之一。人物形象立不立得住,能不能吸引人,乃至能不能跟读者产生心灵上的共鸣,是一部作品成败的关键点。

正面描写是从外貌、语言、动作、神态上进行的,以鲁迅先生在《祝福》中对祥林嫂的描写为例:

> 那是下午,我到镇的东头访过一个朋友,走出来,就在河边遇见她;而且见她瞪着的眼睛的视线,就知道明明是向我走来的。我这回在鲁镇所见的人们中,改变之大,可以说无过于她的了:五年前的花白的头发,即今已经全白,全不象四十上下的人;脸上瘦削不堪,黄中带黑,而且消尽了先前悲哀的神色,仿佛是木刻似的;只有那眼珠间或一轮,还可以表示她是一个活物。她一手提着竹篮。内中一个破碗,空的;一手拄着一支比她更长的竹竿,下端开了裂:她分明已经纯乎是一个乞丐了。
>
> 我就站住,豫备她来讨钱。
>
> "你回来了?"她先这样问。
>
> "是的。"
>
> "这正好。你是识字的,又是出门人,见识得多。我正要问你一件事——"她那没有精采的眼睛忽然发光了。
>
> 我万料不到她却说出这样的话来,诧异的站着。
>
> "就是——"她走近两步,放低了声音,极秘密似的切切的说,"一个人死了之后,究竟有没有魂灵的?"
>
> ——鲁迅《祝福》

至于侧面描写,金庸先生的《笑傲江湖》是一个经典案例。故事开始时男主角令狐冲没有出场,全靠仪琳师妹的表述,靠他人的反应来衬托,在主角出现之前,就描绘出了一个少年侠客的形象：

　　仪琳忙道："师父，你别生气，令狐师兄是为我好，并不是真的要骂你。我说：'我自己糊涂，可不是师父教的！'突然之间，田伯光欺向我身边，伸指向我点来。我在黑暗中挥剑乱砍，才将他逼退。"

　　"令狐师兄叫道：'我还有许多难听的话，要骂你师父啦，你怕不怕？'我说：'你别骂，咱们一起逃吧！'令狐师兄道：'你站在我旁边，碍手碍脚，我最厉害的华山剑法使不出来，你一出去，我便将这恶人杀了。'田伯光哈哈大笑，道：'你对这小尼姑倒是多情多义，只可惜她连你姓名也不知道。'我想这恶人这句话倒是不错，便道：'华山派的师兄，你叫什么名字呢？我去衡山跟师父说，说是你救了我性命。'令狐师兄道：'快走，快走！怎地这等啰唆？老夫姓劳，名叫劳德诺！'"

　　劳德诺听到这里，不由得一怔："怎么大师哥冒我的名？"

　　闻先生点头道："这令狐冲为善而不居其名，原是咱们侠义道的本色。"

　　定逸师太向劳德诺望了一眼，自言自语："这令狐冲好生无礼，胆敢骂我，哼，多半他怕我事后追究，便将罪名推在别人头上。"向劳德诺瞪眼道："喂，在那山洞中骂我老糊涂的，就是你了，是不是？"劳德诺忙躬身道："不，不！弟子不敢。"

　　刘正风微笑道："定逸师太，令狐冲冒他师弟劳德诺之名，是有道理的。这位劳贤侄带艺投师，辈分虽低，年纪却已不小，胡子也这么大把了，足可做得仪琳师侄的祖父。"

定逸登时恍然,才知令狐冲是为了顾全仪琳。其时山洞中一团漆黑,互不见面,仪琳脱身之后,说起救她的是华山派劳德诺,此人是这么一个干瘪老头子,旁人自无闲言闲语,这不但保全了仪琳的清白名声,也保全了恒山派的威名,言念及此,不由得脸上露出了一丝笑意,点头道:"很好,这小子想得周到。仪琳,后来怎样?"

仪琳道:"那时我仍然不肯走,我说:'劳师兄,你为救我而涉险,我岂能遇难先遁?师父如知我如此没同道义气,定然将我杀了。师父平日时时教导,我们恒山派虽都是女流之辈,在这侠义分上可不能输给了男子汉。'"

定逸拍掌叫道:"好,好,说得是!咱们学武之人,要是不顾江湖义气,生不如死,不论男女,都是一样。"

众人见她说这几句话时神情豪迈,均想:"这老尼姑的气概,倒也真不减须眉。"

仪琳续道:"可是令狐师兄却大骂起来,说道:'混账王八蛋的小尼姑,你在这里啰里啰唆,叫我施展不出华山派天下无敌的剑法来,我这条老命,注定是要送在田伯光手中了。原来你和田伯光串通了,故意来陷害我。我劳德诺今天倒霉,出门遇见尼姑,而且是个绝子绝孙、绝他妈十八代子孙的混账小尼姑,害得老子空有一身无坚不摧、威力奇大的绝妙剑法,却怕凌厉剑风带到这小尼姑身上,伤了她性命,以致不能使将出来。罢了,罢了,田伯光,你一刀砍死我罢,我老人家活了七八十岁,也算够了,今日认命罢啦!'"

众人听得仪琳口齿伶俐,以清脆柔软之音,转述令狐冲这番粗俗无赖之言,无不为之莞尔。

——金庸《笑傲江湖》

一段侧面描写,令狐冲尚未出场,但他的侠义心肠,他的有礼有节,他的风趣灵活,他的放任不羁,全然显示在故事之中。每个人的反应,都从侧面衬托出他的美好,也将这个复杂的人物,多面化地展现出来。

这两个片段,是人物描写的典型。其实,人物描写的技能,恐怕是存在于我们每个人的血液中的。在日常的闲聊之中,我们也会对人物的外貌、动作或语言进行评价或复述。

早在小学语文课程中,老师就会让我们创作《我的爸爸》《我的妈妈》之类的作文,让我们从身边人的形象开始写起。很多同学会从爸爸妈妈的身形样貌开始描述,高矮胖瘦,穿什么样的衣服,这就是典型的正面描写能力训练。几乎每个经过九年制义务教育的学生,都能进行人物形象的描写。

然而在我们读书接受学校教育的过程中,几乎没有老师告诉我们"为什么要写这样一个人",不会去教大家怎样从无到有,完整地构思出一个人物形象。而这正是小说创作,特别是网络文学创作里的关键。

2. 如何开始设计情节

故事情节的结构:(序幕)→开端→发展→高潮→结局→(尾声)用以展示人物性格,表现作品主题。

一言以蔽之,基本的故事结构包括四个部分,即起、承、转、合,也就是我们所说的起因、经过、高潮、结果,只是表述有所不同,这是一篇小说故事标准的结构模式。而我们所熟知的衍生文化产品,如电视剧、电影等等,往往也遵循这种叙事结构。

3. 如何进行环境描写

环境描写分为自然环境和社会环境。

自然环境描写,是指对人物活动的时间、地点、季节、气候及花草鸟虫等的描写;

社会环境描写,是指对人物活动的具体背景、处所、氛围以及人际关系等的描写。

写故事离不开环境的营造:主角生活在什么时间、空间,周遭有什么场景,这是基础元素。而不同的题材,对环境的设置完全不一样。比如青春校园,最基础的需要学校、教室的环境设置;古代武侠需要对江湖、古代的生活方式和生活环境进行设置;科幻太空需要对超前科技的生活环境进行设置,如与当下不同的交通工具等;都市职场需要对工作单位、办公室等进行详细的设置。

自然环境、社会环境,是故事发生的大背景。除了与题材相关的环境设置之外,对于风霜雨雪等环境的描写,也是小说创作中渲染气氛的一种手法。特别是在影视作品中,常能看到一些镜头表述:比如人物在悲伤困顿之时,淅淅沥沥的小雨打在他的身上,面容凄苦。又比如曲终人散,镜头里最后一个人,走向一轮西斜落日中,背影更显寂寥。金庸武侠剧里经常用这一手法,《天龙八部》里,乔峰误杀阿朱,这时大雨滂沱,乔峰抱着阿朱的尸体屹立在风雨之中,悲痛万分。

这些镜头语言,和创作小说的过程中所采取的环境描写,其实是有异曲同工之处的。环境描写,既有实实在在的自然、历史、社会背景,也可以进行发散和特别设定,通过环境制造出意境。

4. 如何开始写小说

小说具备人物、情节、环境三要素,看似简单,但一个故事从无到有,从构思到撰写,传统意义上的文学故事写作往往需要准备工作,它需要:

（1）生活的积累;

（2）思想的成熟；

（3）技巧的把握。

这样的要求似乎把网络文学作者拒之门外，正如前文提到的，根据网络作者画像上公布的调查数据，年轻作者占据了网络文学创作的绝大多数，他们中很多人还是在校大学生，当然没有生活的积累。

至于思想成熟更是一个宽泛的话题，怎样才算思想成熟？ 是否有明确的标准？ 答案是否定的，思想成熟是一个主观判断，就算是耄耋老人都不敢轻言自己的思想已经完全成熟了，何况是在校学生。这样的主观判断的标准，成为年轻人进行文学创作的门槛，至于技巧的把握，则是将非汉语言文学专业的学生，推到了文学创作的大门外。

那究竟要怎样才能开始一篇网络文学作品的撰写呢？ 笔者将网络文学的创作分为几个维度。

81

二、网络文学创作维度概述

我们每个经历过九年制义务教育的朋友，都具备基本的创作能力，多多少少都能完成"讲故事"这个任务。

但是，从讲故事到编故事，传统的语文教育没有告诉大家的是，如何从 0 到 1 去写一篇故事。新人作者在面对创作时，往往会面临几个问题：

（1）我要写一个什么样的故事？ 为什么我要写这个故事？

（2）我要创造一个什么样的人物？ 我要怎么写他（她），他（她）才像是一个真正的人？

（3）故事怎么构思才有趣？ 为什么我写了起因、经过、结果，结果故事结构还是松散的,故事本身没有可读性?

......

创作初期,各种问题会接二连三地涌现出来,有的问题想不通,新人作者往往连动笔的欲望都没有。有些新人作者尝试了写作,但创作的过程和结果往往与自己的预期相去甚远,产生怀疑的心理,甚至放弃。

笔者认为,这都是正常的过程,尤其是现在文化市场这么繁荣,大家看到的小说、电影电视都是高质量的作品,大家的审美层次提升了,对故事的要求也提升了,但自己下笔的实践能力较差,达不到自己的预期,就会产生强烈的心理落差。

那究竟如何才能从无到有,从 0 到 1,撰写一篇属于自己的网络文学小说作品呢?

笔者总结了新人创作的特点与困境,结合自己创作十余年来的感想和经验,对网络文学创作进行分解。一部文学作品的内核包含五个维度:题材、立意、主梗、人设以及体量。

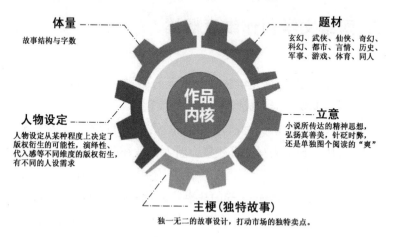

体量
故事结构与字数

题材
玄幻、武侠、仙侠、奇幻、科幻、都市、言情、历史、军事、游戏、体育、同人

作品内核

人物设定
人物设定从某种程度上决定了版权衍生的可能性、演绎性、代入感等不同维度的版权衍生,有不同的人设需求

立意
小说所传达的精神思想,弘扬真善美,针砭时弊,还是单独图个阅读的"爽"

主梗(独特故事)
独一无二的故事设计,打动市场的独特卖点。

图 2-1 网络文学作品内核的五大维度

1. 题材

题材是创作的基础,首先选取哪个类型的题材,是每个创作者都必须要思考的问题。

目前的中国网络文学,从题材上看,主要分为以下类型:玄幻、武侠、仙侠、奇幻、科幻、都市、言情、历史、军事、游戏、体育、电子竞技、二次元……

当然,随着题材的不断扩充,随着各种新创意的涌现,这些类型还在不断地扩大和变化,例如"种田""重生"也成为新的题材流派。而传统的武侠、仙侠,以及西方奇幻等题材,如今风头不再,甚至成了冷门。前文提到,从 2017 年开始,现实题材的创作是网络文学创作中的新方向。

2. 立意

立意是什么? 立意是指小说所传达的精神思想。

传统文学往往讲究弘扬真善美,针砭时弊,要有社会价值的承载,讲究"文以载道"。

但是在网络文学发展的今天,文学所承载的教化和警示作用正在消退,取而代之的是以娱乐性为导向。发生这种变化的主要原因在于网络文学订阅制度的出现,"订阅"的付费方式,让很多作者在创作之时,更需要去迎合读者的口味,甚至是讨好读者。在这样的主导思想下,吸引读者的眼球,让读者在看文的过程中产生更多的爽快感,就成了作者创作的重点。在这样的现实背景下,典型的"爽文"应运而生了,这种文章不需要有立意,单纯以娱乐为主,吸引读者付费阅读。

当下的网络文学,大多数作者都以娱乐性作为创作导向,那么,网络文学的创作,是否还需要立意呢? 这个问题要从两个层面分析。

第一，从功利的角度分析。

百年前的中国，文学是属于小众精英的，是士大夫各抒己见的方式，是精英文士抒发情怀的手段。而当代中国，随着时代的发展、教育的不断普及，绝大部分受过义务教育的人都具备基础的写作能力，只不过是水平高低的问题。不可否认的是，在基础语文教育中，我们就初步具备了公文写作、记叙文写作、议论文写作等一系列的文字创作能力。

一方面，具备基础写作能力的人多了；另一方面，互联网在全世界飞速发展，中国更是凭借庞大的人口基数，赢得了互联网发展的巨大红利，这是中国网络文学能发展到如此规模，甚至领先世界的根本原因。

在庞大的网文作者群体中，大家的目的也各不相同。有的作者只是想展示自我才华，成为一代网红甚至大咖；有的作者是为了写出优秀的作品，希望自己的作品能够得到读者的共鸣，为读者带来感慨或思索；有的作者更直白一些，就是靠写文章争订阅赚钱。

这些目的都无可厚非，全然在于个人的选择。但是从功利性的角度来谈，写作目的决定了文章是否需要立意。特别是2018年以来文化政策的收紧、管控方式的变化，让网络文学非常明显地分出了两个大方向：

一是无线向，纯粹依靠掌上阅读和移动互联网结合，在手机、Pad、Kindle等终端进行阅读的文章，这些作品一般都是百万字、千万字的大长篇，完全依靠读者订阅，依靠流量收费。这种类型的网络文学，阅读量和订阅量是作者首要考虑的事情，而立意则是次要的，作品是否需要立意，则看作者的自我要求。

二是IP向，这类作品故事体量本身不大，一般是二十万字到百万字，主要依靠动漫、影视、游戏等改编。多元化的文化产品开发要求这样的故事必须要有明确的立意,要弘扬真善美,要有正确的三观,要宣扬正能量,起到一定的教化作用,才能经得住各方的考验。毕竟影视动漫游戏公司,除了追求经济效益之外,同样要承担起社会责任。

这两种创作方向没有高下之分。无线向的网络文学作品,虽然 IP 开发的机会小,但是订阅和流量分成的收益颇丰,作者可以从中获得较大的利益。而 IP 向的网络文学作品,依靠动漫影视游戏改编,看似风光无限,但实际上开发周期长,其中也存在各种不确定因素的风险,经济收益未必有无线向的作品高,但是对于个人品牌和价值的提升,有很大帮助。

所以,从功利的角度看,文章是否需要立意,要弘扬什么精神,表达什么观点,全看作者个人的选择。

第二,从个人价值的实现、未来发展的规划来分析。

诚然,从功利性的角度出发看作者的写作目的,这个只能自由选择,但如果我们进入更深层次的讨论,当作者发展到一定阶段,解决了经济问题之后,下一步要考虑的,就是人生规划了。

中国网络文学的头部作者——唐家三少,在当选全国政协委员之后,发表过这样一番言论:“自己写的东西要敢给孩子看,正能量的东西才能长久。”唐家三少认为,这是网络作家创作的底线。

根据马斯洛的需求理论,当人解决了经济问题,满足了基础性需求时,会转而追求高层次的精神需求,寻求精神的富足,寻求个人的成就,寻求未来的发展,希望自己能变成一个更好的人。而这个“更好”,既表现在社会地位的转变上,也表现在精神世界的丰盈上。

很多网络文学作家,靠着自己的创作获得很好的收益之后,会面临一个自我怀疑的过程:我的作品,能够流传下去吗? 我的下一部作品,是否可以写得更好?

特别是一些无线向的作家,多少有过一些自我怀疑。笔者曾与同行的作家朋友们聊起这个话题,无线向创作的作家朋友们,往往会流露出疲惫,在创作了以"千万字"为单位的超级大长篇之后,他们会对自己的创作感到厌倦,会对未来的创作感到迷茫。他们不敢结束手里的连载作品,因为完结就意味着收入的大幅缩减。他们更害怕开启一部新作品,因为新的作品还是一种自我重复,他们希望突破,但又无法割舍这种盈利取向明确的套路的创作。

到了这种时候,他们可能会选择挑战。他们会下定决心跳出固有的舒适圈,进行新的作品创作。而在这个过程中,他们会明确作品的立意,提高创作的难度,这是自我的进化和提升。

因此,无线向与 IP 向的创作既是矛盾的又并非水火不相容的。IP 向的作者羡慕无线向的作者收益颇丰且稳定,无线向的作者羡慕 IP 向的作者有文化产品,可以提高个人品牌和价值。但在这样一个阶段的相互歆羡之后,每个作者都会生发出属于自己的人生规划,最终,创作还是会回归到本质,作者也会领悟到自己的使命:

写出一部好作品,可以流传下去的作品,可以光明正大给孩子看、给师长看,能够让各个年龄层级的人都能领略到故事价值的经典作品。

回归到创作本质,从求快钱、求改编,到求作品,只有不断提升自己的精神境界,提升自己的文学水平,才能不断接近"创作一部好作品"的目标。这时候,作者就变成了作家。而作家一旦明确了自己的目标,"作品的立意"就根本不是一个问题,而是一个自然的结论了。

3. 主梗（独特故事）

主梗是什么？

梗是一个网络词语，也是随着网络文化的发展，逐渐巩固和确立含义的词汇。现在的网络文学市场，特别是 IP 向的作品，从文化经济到影视公司，往往会强调一个作品是否"有梗"，也有人会将作品描述成"是否有网感"。

梗是什么？网感是什么？这似乎是一个虚无缥缈的主观感受，但如果我们用一些案例来进行分析，就会发现梗是一种新奇的、独特的、原创的、打动市场的卖点。

它可以是一种独一无二的情节设计，也可以是一种前所未有的思维碰撞。一个梗好不好，一要看它的市场稀缺性，也就是有没有人做过相应的题材。二要看它的社会话题性，这也是一种价值的体现。

以电影《夏洛特烦恼》为例，这里我们不评价这部电影作品的好与坏，不谈及它所传达的三观，只谈它的故事主线，它的剧情可以用一句话概括为："落魄的中年男人夏洛回到过去，重新掌握自己的人生。"这个主梗是有趣的，但不算很新鲜，网络文学中常见这种"重生"设定，比如一个蒙冤而死的人，回到过去重新展开一条时间线，开始复仇计划，将自己的敌人消灭等等。但《夏洛特烦恼》却是首次将这个设定，以大电影的形式展现在中国的大银幕上。正是由于这个独特的故事设计，这部电影才成为 2015 年的票房黑马，从此"开心麻花"的名号，也在江湖上开创了属于它的传说。

此外，《闪光少女》也有一个独特、有趣的主梗。《闪光少女》属于青春励志题材，国内电影史上的青春励志题材作品，屡见不鲜，但像《闪光少女》中这么有"梗"的青春，在国内的影片市场并不多见。国内的青春题材作品多令人诟病，以复杂的感情纠葛作为卖点,脱离实际,难以让观众产生共鸣。

《闪光少女》将故事背景设置在音乐学校里,主梗可以概括为"民族乐学生 VS. 西洋乐学生"的真人 PK,以中西方文化碰撞作为核心矛盾点,用 Cosplay、漫展、同人音乐等二次元的手法,结合中国传统民乐,弘扬传统民乐,让更多的年轻人喜欢民乐的故事。"民乐 VS. 西洋乐""传统文化 VS. 二次元",成为这个故事的两个关键概念,这个主梗令人眼前一亮,也引起了年轻人的共鸣。

主梗设计在文学创作、影视创作这些 IP 向的领域中,是十分重要的。日本、韩国的一些影视剧集,就非常擅长"玩梗",创作出一些新奇的主梗。如《来自星星的你》讲述大明星和外星人的恋情,《Doctor-X》讲述一个自由医生与医院体制的碰撞。美剧更是看重主梗,漫威系列的所有设定,都有着独特而新奇的主梗,比如《蜘蛛侠》就是一个被蜘蛛咬了的少年获得了超能力,从而打击犯罪的故事。

近年来,国内也涌现出一批主梗设定新奇的网剧,早期有万合天宜的《万万没想到》系列,以网络小段子凸显新意。发展到后期,则有更多的、与众不同的故事设定,如《太子妃升职记》讲述男儿心女儿身的太子妃热血闯荡皇宫,一路顺利升职的故事;《柒个我》讲述一个角色人格分裂,形成七个自我人格的故事;《盲侠大律师》讲述一个盲人律师,专门为弱势群体进行法律援助的故事;《传闻中的陈芊芊》是女编剧穿越到自己创造的角色身上,改变主角命运的故事。这些拥有独特主梗的网剧往往更具有网感,符合网络剧的特性,更能带给观众新鲜感,吸引观众的眼球。

4. 人设

人物设定也是一部网络文学作品的核心竞争力。在某种程度上,人设的优劣,决定了这部作品的流传度,也决定了它版权衍生的可能性。

一个好的人设，人物本身要有成长性、话题性，能引起读者的共鸣。而从版权衍生的角度来看，有演绎性、有代入感的人物设定，才能获得导演和演员的青睐，成就一部可供真人化的优秀作品。

以《我不是药神》为例，众所周知，这个电影是由真实事件改编的。主人公程勇的原型——陆勇先生，是一位慢性粒细胞白血病患者，他在无锡开了一家针织品公司，是一位企业家，为了给自己治病以及为广大病友提供救命药，他购买了抗癌药物格列卫的印度仿制药。而到了电影当中，为了带来更强的戏剧效果，编剧将主角的人物进行了重新设定，采用了夸张、反差等一系列艺术加工手法。于是，程勇成了一个卖印度保健品的小老板，个性也加入了懦弱、鸡贼，甚至不可理喻的部分。在电影中，随着故事的推进，程勇从开场的一个小人物，成长为一个有担当的好人——这种改编和艺术夸张，都是我们创作文艺作品时应该考量的元素。

当然，不同类型的作品，对人设也有不同要求，比如《阿甘正传》是典型的小人物励志故事，又比如"开心麻花"的一系列喜剧，每一则故事，人物设定的侧重点都不一样，对人设的饱满度和复杂性，也有不同的要求。

5. 体量

在网络文学写作的五个维度中，这是最好理解的一个维度。所谓的"故事体量"，由以下几个层面组成。

体量的第一层含义，可以简要概括为作品的篇幅，也就是这个故事写了多少字。

长篇小说、中篇小说、短篇小说，对于作品的体量要求不同。

89

传统文学作品对于篇幅的定义和网络文学也完全不同。传统文学将十万字以上的作品视为长篇小说，但放到网络文学的衡量范围中，十万字属于一个短篇的范畴。尤其是靠订阅流量取胜的无线向网文，需要依靠长篇连载增强读者的黏性从而达到获利的目的。

体量的第二层含义，是指故事内容的丰富性，包括情节是否复杂，人物是否众多，描绘的时代背景是否广阔等等。

体量的第三层含义，是指故事结构的复杂性，这属于写作技巧的范畴——叙事是单线还是多线并行，故事结构是否完整甚至宏大。

不同类型的作品，其体量是不同的。根据作品的不同体量，情节设计、人物设定、时空环境，以及叙事手法，都有不同的展现形式。

以日本畅销书作家田中芳树为例，他的作品类型丰富，每部作品的体量都不相同。被改编成电影、动漫、游戏、舞台剧的《银河英雄传说》系列，被评价为"太空史诗"。其故事背景设定在宇宙当中，以人类星球的三大势力为主要叙述对象，登场角色众多，三线并行，也被称作"宇宙战舰版的《三国演义》"。而他的另一部作品《创龙传》则是现代都市异能的轻小说，人物数量相对精简，更注重情节的刺激性和人物关系的互动。田中芳树先生的每一部作品，都依照不同的作品类型，选取不同的体量，进而影响到他的行文方式。

以上五个维度：题材、立意、主梗、人设、体量，是笔者在自己十二年的创作之中，总结出来的网络文学写作经验。这五大维度，和传统小说写作的三要素，是有共通之处的。

众所周知，小说写作三要素是指：人物、情节、环境。但在创作之初，首先要考虑的是题材和立意，也就是思想的部分。由此观之，网络文学创作有其明确的基本步骤。

图 2-2 网络文学与传统小说写作的相通之处

第一步,思考,确认故事的思想性,也就是明确创作的立意。

第二步,选定一个题材,这决定了故事的基调、自然社会环境、时代背景。

第三、四步,人物设定＋主梗设计,也就是人物塑造和情节设计的环节。

在实际创作的过程中,故事的基本驱动力会有所不同,因此人物设定和主梗设计难以分清谁先谁后。有的故事是人物驱动型的,也就是"我想以这样一个人为主角,我想写这个人的故事"。有的故事是主梗驱动型的,也就是说"我脑子里有一个好玩的梗,我想写这个有趣的故事,至于主角是谁,我还没有完全想好"。两种不同的驱动力,造成了我们在实际的创作过程中,构思的先后顺序会有所不同。

笔者通过自己的作品分析与解读这种从 0 到 1、从无到有的过程,如:

我是怎么想到这个故事的?

91

我为什么要选择这个题材?

我为什么要设计这个人物?我为什么要给这个人物设计这个背景、这种经历?

我想借用这个故事表达什么?这本书我是为了赚钱写的,还是为了让读者看得开心,还是一种自我表达与个人心情的展现?

三、网络文学创作维度实例分析

案例分析1　　赖尔《我和爷爷是战友》

1. 创作时间

2008—2009 年

2. 作品内核 · 五大维度

- 题材:儿童文学、抗日战争
- 立意:爱国主义教育
- 主梗:两名高三学生穿越到 1938 年,参加新四军,参加抗日战争。
- 人设:热血活泼学渣＋书呆子学霸
- 体量:15 万字

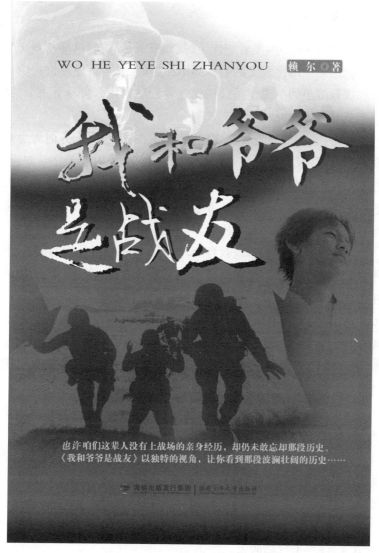

图 2‑3　《我和爷爷是战友》封面

3. 创作经历分享

2008—2009 年,笔者创作了《我和爷爷是战友》这部儿童文学作品。这是中国出版史上第一部用穿越的手法,讲述现代青少年参加抗日战争的小说作品。在此笔者分享为什么会写下一个"穿越＋抗日战争"的故事。

撰写《我和爷爷是战友》之时笔者正在读研,研究方向为思想政治教育,涉及大量的马克思主义哲学、心理学、社会经济学知识,涵盖的范围非常广泛。笔者具体的研究方向偏向于大学生在校思想政治教育工作。笔者在日常学习、研究的过程中,发现大家非常排斥现行的思想政治教育模式。

学生们认为这些思政教育十分老套,既不贴近他们的审美,也不贴近他们的生活。比如在爱国主义教育方面,多是一些无聊的主题活动。他们喜欢的是穿越故事,喜欢《步步惊心》《寻秦记》等。女生想要回到清朝,跟阿哥们谈恋爱,最后成为皇妃皇后;男生们希望回到秦朝,征战天下,最后成为王侯将相,一呼百应。他们是如此希望自己置身于历史之中,展示自己的能力,绽放自己的才华。

于是笔者产生了一个大胆的想法:如果把"穿越"和"爱国主义"教育结合起来,会怎么样?

思想政治教育要让同学们喜欢,其中很重要的一点就是要贴近他们,让他们喜欢看、喜欢读,让他们能够自我代入,引发他们的思考。

而笔者有一杆笔,写故事正是笔者擅长的。于是,《我和爷爷是战友》这本书应运而生。

这个故事,讲述的是两个 90 后的高三学生,穿越到 1938 年抗日战争时期,加入中国新四军进行战斗的故事。

　　两个来自现代的主角,一个是只爱玩游戏的学渣,一个是一心做试题的学霸,他们都很讨厌爱国主义教育,因为他们觉得这种教育徒劳无功,还耽误了他们玩乐和学习的时间。

　　这样的人物是我们生活中极普遍的学生形象,也表现出他们的共性问题。

　　当两位主角因为意外来到了 1938 年,他们曾抱着"我这么聪明,还搞不定你们这些农村来的小战士","什么抗战,不就是打仗吗?有什么好歌颂的"等想法,直到他们上了战场,直到他们被血淋淋的历史甩了一巴掌,他们被吓得尿了裤子,他们想过当逃兵,他们想躲想逃,却逃不离这遍地疮痍的中华大地。

　　终于,他们理解了什么叫作"国仇家恨",什么叫作"天下兴亡,匹夫有责";他们理解了烈士们抛头颅洒热血,是什么样的信念在支撑着他们,战斗下去,为了中国,战斗下去。

　　随着战友们一个个倒下,学渣和学霸接过了新四军的旗帜,他们从少不更事的学生仔,成长为真正的战士。

　　笔者知晓抗日战争题材出版、市场化的难度,创作《我和爷爷是战友》这本书不是为了出版与挣钱,而是笔者觉得自己有责任写这样一部作品。

　　在创作完成之后,笔者在第一时间将故事发送给了母校的一些在校本科生阅读。他们能与之产生共鸣,有一位男同学说道:"我现在特别能够理解,什么叫作'我们今日的幸福生活,来之不易',真的是烈士们拿血和命换来的。"而这正是创作的价值。

　　这也让笔者坚定了自己的创作立场——无论写什么样的故事,一定要有立意。

图 2 - 4 《人民日报》《光明日报》《解放军报》《文艺报》
人民网等主流媒体,纷纷对《我和爷爷是战友》进行报道

4. 版权衍生分析

目前依托于小说母本的版权衍生,主要分为六大类:小说发表(图书出版或网络连载)、有声读物、动漫、游戏、真人影视,以及线下实体体验店(主题公园、体验空间等)。而这些衍生的方向,其实完全是根据作品内核最终决定的。

像《我和爷爷是战友》这部书,它的内核决定和限制了它的衍生产品发展。

其一,它适合图书出版,不适合网络连载,这是由作品的体量决定的。《我和爷爷是战友》这部书由福建少年儿童出版社在2011年出版,但笔者保留了电子版权。因为这部作品只有15万字,篇幅短,不适合长篇幅的网络文学连载模式。

其二,它可以做成有声读物和广播剧。有声读物对体量要求不高,只要有卖点或流量的作品,都可以尝试以有声读物的方式变现。

其三,它在动漫的改编上存在难度,这是由故事题材决定的。这部作品的故事是抗日战争题材,而目前国内动画公司对这个题材的接受度相对较低,受众也较狭小。

其四,它无法改编成游戏,这是由题材和读者定位共同决定的。战争游戏的受众和儿童文学的读者群,几乎没有重合地带。

其五,关于真人影视,目前《我和爷爷是战友》正在进行网台联动电视剧和大电影两个方向的改编。之所以能进行影视开发,主要得益于它的题材、立意,以及人物设定三个方面。

图 2 - 5　《我和爷爷是战友》电视剧海报

首先，与动漫游戏截然相反的是，抗战题材在影视产品中是一个便于开发的成熟类型。其次，作为影视产品，这部作品有立意、有教育意义，故事弘扬了正能量，又绝不假大空。最后，故事里角色众多，特别是主角的人设，都是青年人，个性鲜明，具有成长性，很适合影视公司推出年轻的新鲜面孔。

其六，也是最后一种变现方式，包含主题公园、体验空间在内的线下实体体验店。这部作品的世界观设定并不奇特，不具备视觉"奇观性"，所以并没有线下实体的价值。

线下体验店的要求极高，除了流量基础之外，对于故事的世界观有着非常苛刻的要求，故事必须有与众不同的奇观性——比如《鬼吹灯》在北京大悦城就设立了线下体验店，让玩家可以真实地走进古墓，跟胡八一、王胖子他们一同进行探险，甚至与僵尸激战。这种故事 IP＋密室体验的设计，能令玩家们真的身临其境。IP 与线下结合的模式，是文化市场新的风口，将逐渐成为一种新的体验主流。

回归到创作的本源，在创作之初，除了故事立意和"我想写，我必须写这个故事"之外，笔者没有去思考任何功利性的变现问题，这样纯粹的创作目的也是这部作品能够获得成功的原因之一。

不求出版，不求稿费，不求任何文化产品变现，只是因为想写，这样的"无欲则刚"的创作状态，反而可以更静下心来去思考这个故事，尽自己所能，做到最充分的发挥。不过，笔者在创作时采取了一种投机取巧的方法——当时笔者分析了自己的能力和笔力，明确自己没有能力去写战争类的鸿篇巨制，所以采用了儿童文学这种形式，用了两名青少年作为主角，贴近自己，贴近生活；二是可以用"青少向"来规避很多创作中的难点，比如宏伟的战争场面、更为深刻的人性探讨。

　　然而出乎意料的是，正是因为无欲无求，《我和爷爷是战友》这部书，获得了极大的成功。这部作品在 2011 年出版之后，参评了全国第十二届精神文明建设"五个一工程"奖，后来被《人民日报》《光明日报》《解放军报》《文艺报》《文学报》等众多主流媒体报道，中国新四军和华中抗日根据地研究会给笔者发放了"文学创作员"的聘书，人民网对笔者进行了专访，更被众多影视公司、平台网站相中，都想要买它的版权，改编成电影、电视剧。可以说，这部作品从某种意义上改变了笔者的人生。

　　从这部作品的创作经历中，笔者领悟到：

　　第一，好的立意，是作品成功的基石。

　　在实际创作中，IP 向和无线向对立意的要求是不一样的，有没有立意，都是个人的选择。但在创作中考虑到故事的立意，往往会给作品带来截然不同的层次提升。

　　第二，如果有一个创意，让你产生了"无论能不能赚到钱，我都想写写看"的念头，那么请一定把它写出来，因为那是来自你内心最深处的表达，是最为真挚的创作欲望。

　　诚然在写作之初考虑文化市场，考虑文学母本如何进行变现，这是很自然也是很正当的事情。但如果有一个故事徘徊在你的脑海里，让你觉得哪怕不挣钱也想写写看——那么，请别犹豫，请不要放弃这个构思，它将是你创作生涯中，最珍贵的财富——因为你知道，创作这个故事，你可以不去考虑市场，不去考虑变现，只为了自己，为了表达自己内心深处的创作欲。

案例分析 2　　　**赖尔《母亲大人是萝莉》**

1. 创作时间

2014 年

2. 作品内核·五大维度

- 题材:少女、青春校园
- 立意:亲情、友情、两代人的观点冲突
- 主梗:老妈变成 17 岁,与女儿一起上高中
- 人设:有梦的少女＋现实的老妈＋同学
- 体量:15 万字

3. 创作经历分享

如果说《我和爷爷是战友》是一个完全不为钱而写的故事,接下来,笔者分析一个完全为了钱而写的故事《母亲大人是萝莉》。这是一篇约稿类作品,从创作之初收到大鱼文化的邀约,就已经决定了它的故事受众、体量、稿费标准等基本信息。

这是笔者的 40 多部作品中,创作水平属于中等的一部作品——这不是对出版单位的不尊敬,而是考虑到约稿信息的各个层面做出的综合分析。

笔者以这部作品为例,分析如何在命题作文的情况下进行创作,又怎么在这种"戴着脚镣跳舞"的情况下,争取加入更多自己的创意元素。

首先,2014 年大鱼文化的编辑与笔者沟通,需要一部 10—15 万字的小说类作品,读者是小学和初中的在校女生。因此,整个故

事的文风,要有"萌萌哒"少女风味,故事要梦幻,要可爱,但不能有任何早恋的元素。故事里可以设置男女主角,但是两个人不可以谈恋爱,不能涉及任何感情戏和亲密戏。

在收到这份邀约和相应的要求时,笔者进行了基础分析和判断。这个故事无论在体量上,还是在创作难度上都相对较小,稿酬合理,于是笔者欣然接单。

其次,这是一个标准的出版定制类作品,不求网络连载,题材、字数、读者定位都已经规定好了,所以就必须走 IP 向的故事策略。先前说过,在 IP 向作品中,剧情线和感情线是故事的两条腿。但是现在这个约稿,明摆着男女主的爱情戏是万万不能写的,就得另辟蹊径,推出双女主的设定,主打亲情线。

于是,《母亲大人是萝莉》的主梗和人设,很快就确定下来。

第一女主角,方未艾,17 岁,高一,是家里的独生女。她是一个喜欢画画、喜欢明星男团"STORM"的年轻女孩。她对未来充满梦想,她希望将来自己能成为一名服装设计师,但这个想法总被妈妈抨击为"不切实际,你还小,应该好好读书,考大学是第一位的"。

第二女主角,姚德芳,47 岁,家庭主妇。在她生下艾艾不久之后,就选择做了全职太太,整天围绕着丈夫和孩子转。两年前,艾艾 15 岁的时候,爸爸去美国参加一个科研项目,一去就要三年,家里只留下妈妈和艾艾两个人,母女俩常常为了一点鸡毛蒜皮的小事而火星撞地球。直到突然有一天,妈妈误用了研发中的药水,整个人返老还童,重新回到了 17 岁,她吵着闹着要和艾艾一起去上学,艾艾不由地头大了……

大家可以看到,这个故事主梗不算新鲜,就是一个"返老还童"的故事,笔者是从《名侦探柯南》的变小药水里获得的灵感。但在这个故事中,笔者以母女俩的亲情,两代人的观念冲突作为核心

101

内容。

一面是新新人类，女儿艾艾是"潮人"，玩着智能手机刷着抖音，追着自己喜欢的男团明星疯狂打 Call，上课也喜欢哼着歌在本子上画出漂亮的衣服。

一面是老古板，妈妈——故事里被同学们起了外号叫"姚妈"——是勤俭持家，恨不得一分钱掰成两分用，不听流行音乐，不知道《偶像练习生》，下了课架起三根毛线针开始织毛衣、会跟着广场舞大妈们一起扭秧歌的校园里的"怪胎"。

艾艾和姚妈，一同上课，一同参加运动会。而在这个过程中，艾艾渐渐理解了妈妈，也意识到妈妈的很多节俭的做法，以及谨慎的、强调安全的态度是有必要的。而姚妈也真实地感受到现在的孩子们喜欢什么，她渐渐意识到，艾艾做服装设计师的梦想，不是一个虚无缥缈的幻梦，而是女儿源自内心的追求。

在这个故事里，母女俩最终冰释前嫌，母亲理解了女儿的梦想，支持女儿，甚至陪女儿一起去看了男团明星的演唱会。而女儿也理解了妈妈对她毫无保留的爱，很多"不准"和"不可以"，恰恰是因为爱得深沉，生怕出现一点差错，导致终生的遗憾。

除了母女俩，故事中还有许多同学的人物设计，对于这些人物，笔者力争做到"接地气"，让每个读者都能在故事里找到那个属于她的角色。如学校里所谓的"差生"，将心思放在钩心斗角、欺负别的同学上。还有因为胖就被欺负的胖妞，因为不够 man 就被全班同学嘲笑的"娘娘腔"等。

这个故事不复杂，以立意作为核心看点——母女亲情＋两代人的价值观冲突，从相互看不顺眼到相互理解，最终到相互支持。

图 2-6　《母亲大人是萝莉》封面

4. 版权衍生分析

受出版定制的影响,这部作品从母本创作上,就偏向于实体风格。故事体量小,也不适于网络连载。但是,这种青春励志文由于背景设定在校园里,拍摄成本小,又有青春偶像的热门元素,再加上有独特的立意和卖点,非常受影视公司欢迎。

《母亲大人是萝莉》这部作品不长,但是因为与众不同的立意,在被大鱼文化及河北少年儿童出版社出版之后,很快被多家影视公司问询,最终被乐视影业购买了影视和动漫版权,但影视公司本身的原因导致项目搁置。之后大电影《重返 17 岁》上映,两部作品的故事设定相似,在同类作品已经上映,先机已失的情况下,《母亲大人是萝莉》这部作品恐怕很难再有影视开发的可能性了。

尽管《母亲大人是萝莉》没有开拍影视剧目,但这是一部可以模仿、可以写出来的作品。它的故事不复杂,故事设定还为出版行业掣肘,总体水平一般,但创作难度低,主要靠立意和主梗取胜。这种短平快的创作节奏,对于致力于 IP 向创作的新人作者来说,是一种可以模仿的方式。

尤其是这些年,随着抖音、快手等视频平台的兴起,3—5 分钟的"短剧""泡面番"的流行,成为长视频的劲敌。新手作者"脑洞向"的作品,更容易与时下流行的短剧相结合,成为这种网络文艺产品的创意源头。

案例分析 3	赖尔《魔法城》

1. 创作时间

2014 年至今

2. 作品内核

- 题材：儿童文学、奇幻冒险
- 立意：中国少年的奇幻之旅，友情、希望、梦想、勇气
- 主梗：中国少年步凡穿越到魔法世界
- 人设：热血少年＋活泼少女＋可爱萌宠
- 体量：120 万字

3. 创作经历分享

　　《魔法城》是笔者的创作生涯中较为独特的一部作品。《魔法城》小说是共计十二本图书的系列作品，是笔者与加拿大作家麦克·菲利普斯共同创作的。菲利普斯先生是好莱坞影视公司的策划与编剧，他的世界观里，有人类魔法师的国度、有兽人居住的丛林之地，有人鱼居住的海底王国，有精灵居住的空中岛屿，有石人居住的地下洞窟——这个世界观，极其适合主题公园的内部环境构造，被主题公园的建造者一眼相中。笔者接到这个企划后，负责将这个只有世界观框架的脚本，进行全新的故事加工与创作，编写出一个符合中国市场的有趣故事。

　　众所周知，西方魔幻的类型文学，在中国文化市场有极大的局限性，并不能很好地适应中国的市场和审美。除了《指环王》《霍比特人》这样依靠视觉特效的电影大片、再以流量反哺英国作家托尔

105

金先生的文学文本的超级 IP,其他在中国获得认同的"西魔"类作品,可以说是凤毛麟角。而菲利普斯先生的故事设定,是一个标准的西方魔幻体系,主题公园建造企业看中的,也是这样一个充满西方味道的魔幻世界。

从创作者的角度,笔者坚持了自己的观点:第一,西方魔幻在国内水土不服,受众群体相对较窄,视效投资巨大,需要谨慎考虑;第二,对魔法主题最有憧憬的是孩子,他们相信魔法,他们希望看见最炫目的奇幻世界,同时主题公园行业的特殊性,决定了与其抓成人市场不如抓亲子市场;第三,也是最重要的,要针对中国市场,要抓住孩子的心,故事的角色设定一定要进行重新编排,甚至要推翻菲利普斯先生原先的一些设定,必须要打造中国主角,让国内的孩子有强烈的代入感。因此,笔者建议:设立第一男主角——步凡,这个中国孩子,要用他中国化的思维方式,去审视、去参与整个西方体系的奇幻世界。

这个创作思路得到了甲方的认同,笔者将《魔法城》定位为以中国少年步凡为主角的儿童文学作品,打造一个充满魔法与奇幻冒险的故事,主旨是友情、希望、勇气,刻画角色的关系与个性的成长。

4. 版权衍生分析

《魔法城》系列图书不但得到了中国市场的认可,还被翻译成多种语言在欧美和东南亚国家出版发行。故事从 100 万字的小说文本(儿童奇幻类型,2014 年首次出版,2018 年再版),先后被改编成了 45 集动画片、60 集网络剧、3D 动画大电影、MMO 手机游戏,以及位于南京、秦皇岛的两家线下主题公园。

图 2-7 《魔法城》封面

2016 年 9 月 28 日,第一家魔法城室内主题公园在南京开业。这座 15000 m² 的室内公园里既有丰富多彩的演出,也有少年儿童们喜欢的娱乐项目,更有月月不同的主题活动。秦皇岛的室外主题公园尚未建设完毕,2021 年 10 月 8 日,《魔法城》光影剧以城堡建筑投影的形式,在秦皇岛旅游发展大会上盛大呈现。

在运营的这五年多时间里,魔法城主题公园吸引了大量人流。在乐园中,《魔法城》的各项文化产品相互作用,形成了联动效应。不过非常可惜的是,由于疫情反复的影响,南京魔法城在运营了五年多之后,于 2021 年 12 月 31 日停止营业。

《魔法城》45 集同名动画片自 2019 年起上映,先后在江苏优漫卡通、山东少儿、上海炫动、成都少儿等频道,以及腾讯、优酷、爱奇艺、芒果 TV 等各大视频网站播出。2021 年 1 月,《魔法城》少儿网络剧在优酷上映。

图 2-8 《魔法城》动画照片

笔者作为原著小说作者，先后以顾问和管理者的形式介入项目，和开发公司进行深度合作，全程参与了《魔法城》线上线下文化产业链的开发周期，深入业务。尤其是在实体公园建造方面，笔者从小说文本到建造图纸，从施工流程到主题公园运营，从游乐项目、衍生卖品设计，再到游客服务，对文学作品的产业化开发流程，获得了极其直观和深刻的理解。

第三章 网络文学创作的题材与立意

在网络文学创作中,设有以下五大核心维度:题材、立意、主梗、人设、体量。其中,题材和立意排在最前面,因为这是开始构思、创作一个属于自己的故事的起点,是创作的基础。

一、传统写作中"题材"与"立意"的基础概念

1. 题材

在文学创作中,"题材"的定义有广义、狭义之分。

广义的"题材",泛指文学作品描绘的社会生活领域,即现实生活的某一面,如工业题材、农村题材、历史题材、现实题材等等。

狭义的"题材",指在素材基础上提炼出来的,用以构成艺术形象、体现主题思想的一组完整的具体的生活材料,即写进作品里的社会生活。在叙事性作品中,题材包括人物、情节、环境。

题材是文学作品内容的基本因素,是产生和表现主题的基础。题材是由客观的社会生活事物和作者对它的主观评价这两个不可分割的方面构成的,是主客观的统一体。

主流文学中的题材主要分为五类:

(1)工业题材。

描绘工业时代,反映工人生活。例如:《摩登时代》《钢的琴》《厉害了我的国》。

（2）农村题材。

取材于农村，反映农民生活，农民百态。例如：《白鹿原》《老农民》《刘老根》等作品。

（3）历史题材。

取材于历史，尊重、描绘、还原历史场景与事件。例如：《大秦帝国》《大明王朝1566》等作品。

（4）现实题材。

取材于当下的现实生活，反映时代特征和人民生活。例如：《人民的名义》《急诊科医生》《猎场》等。

（5）虚构题材。

运用虚构、幻想等手法进行创作的作品，如浪漫主义小说的创作，科幻、奇幻等故事类型。而网络文学作品大多属于虚构题材作品。

2. 立意

立意是一篇作品所确立的文意。它包括全文的思想内容，作者的构思设想和写作意图及动机等，其概念的内涵要比主题宽泛得多。

立意产生在写作之前，与主题有所区别。一般意义上所说的主题，是指作品的中心思想和文章的中心论点及基本观点。主题没有立意的全部特征，立意大于主题，包含主题思想。有时，立意可以包含多重主题。

在传统的语文教学中，好的作品立意，有"四要"：

（1）要正确鲜明。

所谓"正确"，是指所确立的主题反映了自然的本质和规律，反映了生活的本质和主流，符合自然和社会的发展规律。

所谓"鲜明"，是指所确立的主题能旗帜鲜明地表示爱什么，憎什么;赞成什么,反对什么。

（2）要集中单纯。

主题是统摄全篇文章的总纲,必须单纯明确。

（3）要深刻新颖。

所谓"深刻",是指所确立的主题能反映生活的本质及内部规律,能揭示事物所包含的深刻的思想意义。而"新颖"是指所确立的主题是作者的新认识、新感受,能给人以新的启示。

（4）要积极向上。

所谓积极向上是指作品不能有任何不健康的因素存在,符合文章主题,顺应文章中心。

这"四要"是传统语文教学中,需要大家遵循的立意原则。

但是写小说不等于写作文,网络小说对于题材的选择和立意的确定,更是有其独特的方式和方法。

二、网络文学创作中的"题材"和"立意"

1. 网络文学的题材

早期的网络文学创作都以虚构类型为主,题材天马行空。而大多数的网文,也不讲究立意。

近年来,国家在积极鼓励现实主义题材的创作,无论是母本的文学作品,还是影视产品,都希望文艺创作能更接地气,能反映时代特色,反映人民群众的生活风貌,而非扎堆在幻想类题材中。

一方面,仙侠、奇幻、科幻、网游等题材大受欢迎,是因为现在的人想象力丰富,喜欢幻想、喜欢冒险,想去体验生活以外的神奇世界。幻想类的作品不受现实的束缚,只要能够自圆其说即可,因而创作难度较低,这也带来了两种结果:部分幻想作品层次较低,逻辑混乱,作者难以自圆其说,甚至胡编乱造。有的幻想作品层次比较高,除了世界观的虚拟之外,对于人性和人生的探讨,同样深刻有力。

另一方面,现实主义题材的作品也同样存在两种结果:有的故事接地气,人物出彩,故事性强,震撼人心。但也有一些故事趋于平淡,甚至接近纪实,缺乏趣味性和可读性。

因此,从题材本身而言,现实题材和浪漫幻想题材并不存在孰优孰劣的问题,只是每一个阶段或时期,受多种因素的影响,有一部分题材的表现会更突出,更受欢迎。

让自己的作品更具有影响力,能在不同的发展时期脱颖而出,就需要考虑题材和立意的选择。网络文学创作不能仅仅追求娱乐性,特别是拥有粉丝和影响力的"网络大咖"更要意识到自己所肩负的社会责任,考虑"文以载道"。

目前,网络文学创作的题材,主要有以下几个类型:

玄幻、奇幻、历史、网游、同人、武侠、科幻、军事、言情、仙侠、都市、体育、推理等。

图3-1 起点中文网的作品分类

在目前阶段,奇幻、仙侠、武侠还是创作题材中的大类,因为在网络文学发展的这二十年内,积淀下来大量作品。但近年来,这几类题材逐渐式微,特别是武侠题材,读者的关注度越来越低,点击量也呈现不断下降的趋势。

近几年,原先相对小众的题材,如都市、现实、体育、游戏等类型,正在如火如荼地发展。特别是"二次元"这个门类,已经成立了专门的分站。

图 3-2 显示的是起点女生网中的作品分类,也直接地表现了女性向创作中的重点题材,主要分类为:古代言情、仙侠奇缘、现代言情、浪漫青春、玄幻言情、悬疑灵异、科幻空间、游戏竞技……

男频和女频在题材上是有很多相交地带的,特别是流行题材,主要集中在古代仙侠、现代都市这两大类。而悬疑、灵异、科幻、游戏等,虽然小众却是非常鲜明的题材类别。

图 3-2 起点女生网的题材

结合各大网站的题材和数据,网络文学创作的题材大致可以分为三个层面:

(1) 男性向。

更受男性读者欢迎的作品,主要题材有:仙侠武侠、历史军事、都市异能、体育竞技等类型。

(2) 女性向。

更受女性读者欢迎的作品,主要题材有:古代言情、都市言情、仙侠玄幻、浪漫青春等类型。

113

（3）中性向。

不特别去针对性别创作的作品，主要题材有：悬疑、灵异、网游、科幻等题材。另外，还有一类被命名为"二次元"的轻小说类型，更偏向动漫游戏的表现形式，故事剧情更轻松跳脱，人设更为夸张有趣，是中性向创作中的一大门类。

此外，随着中国文化市场的发展，特别是从 2018 年开始，从宣传部到网信办，从中国作家协会到各家网站，都纷纷号召作者创作关注现代生活、关注社会现实的现实题材作品，使得现实题材也成为网络文学创作中一个单独列出的子频道。

2. 网络文学的立意

立意是什么？立意是指小说所传达的精神思想。

前文已经说过，有别于讲求"文以载道"的传统文学，很多网络文学创作者，是不去思考"立意"这个问题的。受网络文学订阅付费制度的影响，很多作者在创作时，更需要去迎合读者的口味，甚至是讨好读者，以娱乐性为主旨创作所谓的"爽文"，这类作品不需要立意，只需要能够紧紧吸引读者，让读者为之付费即可。

在网络文学的创作过程中，作者是选择爽文路线，还是秉承"文以载道"、对自我有更高的创作要求，这是作者个人的选择。但从长远角度来看，无论是对作品本身层次的提升，还是对作者个人的未来发展，创作一部有立意的作品，都是有百利而无一害的。

作品的立意有无数种，但在具体创作过程中，首先要遵从一条原则：正能量。

什么是"正能量"？在这一点上，文学创作的立意是共通的，不分传统和网络的区别，那就是——弘扬真善美，鞭挞假恶丑。

3. 网络文学创作中，题材与立意的禁忌

相较于传统文学，网络文学创作相对自由，对作品的结构、语言的揣摩、立意等要求相对较低，但也存在若干禁忌，是基础的"红线"，创作者们不可轻易触碰。特别是广大的学生作者，请不要尝试。

第一，坚决不要碰黄赌毒。

对于涉黄、涉赌、涉毒的内容，创作者不可触碰，不要拿暴力色情作为卖点，更不要宣扬犯罪还自以为有个性，这是创作的底线问题。

第二，不要宣传封建迷信。

网络文学虽然淡化了文学的教化功能，但作为大众读物，仍然需要承担一定的社会责任。作品的核心价值要符合社会主义核心价值观，不能在现代背景下去写鬼怪题材。这类作品虽然可以在网络上发布，但不利于创作者的个人发展，也不可能有版权变现的渠道。

第三，没有足够的知识积累，请不要触碰专精的职业题材。

雷米能写《心理罪》，因为他是公安系统的老师，秦明能写《法医秦明》，因为他是一位真真正正的专业法医。他们有这样的知识积累，才可以真实、可靠地驾驭这些题材。而在网络文学创作中，许多创作者对于官政军警等人物设定，往往都是靠臆想，靠胡编乱造，写出来的作品严重脱离实际，甚至会抹黑人物。这种乱编的事情新手小白、学生党，切勿轻易尝试。

三、立意的寻找与题材的确定

怎么开始写小说？不同的作者有不同的开始写作的方法，写小说，编故事，有时候就如同脑筋急转弯一样，某些步骤是难以用言语描述清楚的，有时候往往就是灵光一闪，"写什么?"＋"怎么写?"的问题，就迎刃而解了。

如果真要用言语来表述，只能粗略地把它分为三步：

第一步——定：题材/立意；

第二步——想：主梗/人设；

第三步——写：开头/剧情。

这三步里，每一个步骤的两个选项，其先后顺序是可以调整的。每个作者的创作习惯、灵感出现的时间不同，所思考的顺序也不同。这里笔者先论述如何进行立意的寻找，以及题材的确定。

传统文学创作与网络文学创作，二者截然不同。两种不同类型的创作，其题材与立意确定的顺序也是不同的。

传统文学的创作，一般情况是立意决定题材。

传统文学的创作过程中，更注重文学的思想性。在故事里，作者想表达什么，想反映什么，往往会思考：作品能对社会产生什么价值，能不能改变一些社会现象，能不能改变一些人。

在这种创作过程中，作家往往是背负着一种责任的。他有一种强烈的社会使命感，他不是想单纯写一个故事，更多是想在这个故事的背后，表达自己的理念或情绪。

比如一位作家想写农民工子弟上学的问题，想反映这种社会现实，于是，创作了一个故事，并针对这种现象选择现实题材加上儿童文学的类型。又比如，有作家想写改革开放主题，那么他就会选择现实题材＋都市商战。

在这些传统文学创作中，都是立意决定题材，以思想性为先导。

而网络文学，因为是由市场主导，以读者导向性为主的故事创作，所以往往是先选择创作的题材，再在创作过程中加一个立意。

比如作者平时喜欢玩游戏，想写一个自己写得开心、读者看得开心的网游文，就选择了网络游戏题材。在创作的过程中，想加入一点立意，于是就写了一个辍学的学生参加电子竞技的成长热血故事。又比如，作者觉得古代言情的网文比较火，又有 IP 改编的可能性，于是就写了一个大女主的古装言情故事，设定出明代女医官遇上皇太子的故事，再在其中增加一些女主角的美好品质，以歌颂美好的爱情作为立意……这些都是先选择了题材，再为故事加一个立意。

从这里可以看出，传统文学更多体现了思想性，也就是作者的自我表达，对社会的反映和责任感。而网络文学更多体现的是娱乐性，创作的动力源于喜欢，喜欢写什么就写什么。创作本身就是自我愉悦的过程，取悦自己，再取悦读者。

题材决定立意，还是立意决定题材，没有高下之分，因为创作本身就是一件很私人的事情，外人无从置喙。笔者仅从网络文学创作出发，分析确定了题材之后，应该怎么样构想立意。

（1）立意的设定，基于人物，即人物的成长，由坏到好，由稚嫩到成熟，由普通人到人才……

（2）立意的设定，基于环境，即环境的变革，国家由贫穷到繁荣，社会由黑暗到光明，小团体由分散到团结……

（3）立意的设定，基于情节，即情节的改变，如改革了什么，战胜了什么，获得了什么……

人物、环境、情节，这又回到了小说的三要素。立意的寻找，可以通过这三要素来发散。

第一种方法，从人物出发，可以描写人物的成长性，人物怎么从弱到强，从坏到好，从"傻白甜"到成熟睿智，从摇摆不定到意志坚定。这种立意方法，也经常用于电影故事的编剧当中，前文分析的案例《我不是药神》电影，就是基于这种人物成长的立意。

第二种方法，从环境出发，思考故事的立意。比如灾难片《后天》里讲述的是整个地球的环保主题，是环境的变化让我们更需要保护地球。从国家层面，国家由贫穷到繁荣，社会由黑暗到光明，也可以生发立意。还有从小环境思考，一个小的城市、小的学校，甚至是几个人的小团体，如何发生变化，也都可以归结出一个"善"的立意。

第三种方法，从情节出发，去寻找故事立意。情节的进展，让主人公获得了什么，改变了什么，战胜了什么，克服了什么，可以通过这些情节，深挖出立意的价值。

总之，归根到底还是一句话：立意要正，要有正能量，要符合社会主义核心价值观。

案例分析 1　**求真与求善——现代都市题材的"高概念"立意**

现代都市题材的文艺作品，无论是在网络文学领域，还是以文学为母本拓展到影视领域，都是主流和热门的类型。

近年来，由阿耐原著小说改编的电视剧《都挺好》，由墨宝非宝原著小说《蜜汁炖鱿鱼》改编的电视剧《亲爱的，热爱的》，由紫金陈原著小说《坏小孩》改编的悬疑电视剧《隐秘的角落》，都是 2019—2020 年的话题性作品，获得了极高的人气。

我国早期现代都市类作品，其作品内核可以概括为"生活化""接地气"，比如 1990 年的电视连续剧《渴望》，2007 年的电视连续剧《金婚》,都是着重刻画现实生活中的人情冷暖,甚至是生活的鸡零狗碎。

可是到了互联网时代,在网络文学盛行的这些年,随着读者品位的不断提高,都市生活题材作品不再以"真实"作为唯一的判断标准,无论是小说文本还是影视改编,都更加要求"有网感",逐渐兴起了一批所谓的"高概念"作品,比如 2019 年的《想见你》,讲述了分别在 1998 年和 2019 年的男女主人公们,通过一盘磁带穿梭时空,找寻彼此的爱情故事,掀起了网络点击热潮。

高概念作品往往包含以下要素:独特的原创设定、可以用一句话概括的剧情、符合普世价值的立意。

在都市生活题材与高概念立意方面,欧美日韩都涌现了一批优秀的作品,如美剧《别对我撒谎》、韩剧《听见你的声音》——这种利用异能解决事件的类型,与网络文学的设定高度相似,都是读者们喜闻乐见的内容。

笔者借助电影《你好,李焕英》、TVB 剧《盲侠大律师》这两部现代都市作品,分析"异能"在都市生活题材中的设定与运用,并阐述笔者创作网络文学作品《与人形测谎仪没法谈恋爱》的思考过程,讲述如何用"异能"这个具有"网感"的外皮,去传达"求真"与"求善"的思想内涵。

1. 生命垂危,遗憾之际:母女俩回到过去弥补遗憾

《你好,李焕英》是 2021 年春节档的一部电影,其主题立意是十分暖心的——母女俩一起穿越回 20 世纪 80 年代,重新体悟人生,弥补遗憾。

从小毫无闪光点、经常闯祸的贾晓玲为了让妈妈高兴一回,冒充考上名牌大学,妈妈却在回家的路上不幸出了车祸,生命垂危。在这个时候,贾晓玲穿越回了 1981 年,遇见了年轻的妈妈,并致力于让妈妈过得更好,过得高兴。

贾晓玲帮妈妈买了厂里的第一台电视机,让妈妈看自己舞二人转,逗她开心,鼓励妈妈参加排球比赛。现实中炉灶工的父亲让妈妈生活辛苦,所以在可以改变现实时,贾晓玲极力撮合妈妈和厂长的儿子沈光林。当妈妈再一次选择与爸爸结婚时,贾晓玲不理解,甚至误撕了妈妈的结婚证。

贾晓玲的闹腾,其实都源于妈妈的宽容与爱。电影的后半段,原本还没有经过生活的磨炼,还是个年轻姑娘的李焕英居然会给裤子打补丁。贾晓玲也终于意识到,20 年后的妈妈也穿越了,面前二十几岁的李焕英身体里住着一个四十几岁的灵魂。

这部电影独特的设定在于母女俩一起回到 20 年前,女儿想让妈妈过得更好,而妈妈却一如既往地爱着女儿,不后悔过去的每一个决定。电影探讨了"子欲养而亲不待"的话题,但没有以沉重的说教方式呈现,反而以富有"网感"的双穿越的形式,配合喜剧的元素呈现。在传递情感的同时,赚足了观众的眼泪。

2. 感同身受,扶助弱者:盲人律师的自强奋进之路

香港 TVB 拍摄的职业剧出现了不少经典作品,律师题材更是编剧们驾轻就熟的类型,但《盲侠大律师》找到了一个非常好的切入点。

身为盲人的天才律师文申侠因为自己患有视障,深知残疾人的苦恼。而在他接下的官司中,苦主往往都是弱势群体,不局限于残障人士,还有同性恋者、病人等等。他们的共性是小众、弱势,他们往往不受主流社会待见,因此受到利益侵害时,更加求助无门。文申侠则凭借他超强的个人能力以及团队的帮助,为这些弱势群体讨回公道。

虽然在故事演绎上,2017 年播出的《盲侠大律师》脱不开

TVB 惯有的风格：存在狗血、煽情的要素，但是在故事立意上，《盲侠大律师》找到了一个非常正能量的话题，能给观众带来思考。这部剧的立意同样可以用一句话概括：盲人律师，专为弱势群体打官司。或许也正是因为这个切入点异常动人，这个系列才会延续下去，并在 2020 年推出了第二部。

但是，《盲侠大律师》里也存在着很多问题：同情弱者、扶助弱者当然是一件好事，但是不能激进，不能过于依赖感性，而缺少理性的判断，不能成为"谁弱谁有理"的情绪表达。

3. 辨明真相，斩断谎言：超能少女与她的"自媒体"武器

在研究了一系列的都市异能文艺作品后，笔者也一直在思考，如何创作一部有网感、反映现代生活、符合社会正能量的网络文学作品。而这个创作契机则是 2020 年 2 月，我国正处于疫情之中，互联网上有许多信息和传闻，笔者很想知道哪句是真的、哪句是假的，于是灵光一闪，设定了一种"借我一双慧眼"的超能力。

故事的主角慕真真是一位红绿色盲。在现实世界里，她看不见红色和绿色，但是她却有一项特殊技能：她能从文字上分辨出真假，真话就是红色，谎话是绿色。《与人形测谎仪没法谈恋爱》讲述的就是这样一个"金手指"女孩的故事。

拥有"看文字，识谎言"之异能的超能女孩慕真真，偶然遇到了当红"小鲜肉"司霖，并通过微博文字发现对方是个十足的谎话精。在揭露司霖"真面目"的过程中，真真发现明星的"两面派"有其原因，而真实与谎言，也往往不能通过 140 字的短文来判定。另一方面，明星人设崩塌的司霖，也逐渐放下了偶像包袱，他与不打不相识的慕真真一起，站在网络舆论的风口浪尖，一起探究事件的真相。

大学生与教授发生的学术冲突，网瘾少年为骗取游戏币采取

一系列奇妙操作,粉丝群体力挺"爱豆"陷入舆论旋涡,深情男青年全城搜索一见钟情的"心上人"……这些网络事件背后,究竟是黑是白,究竟谁倾诉了真相,谁又在编造谎言?

仗着自己"金手指"超能力的自媒体写手慕真真,与超级学霸、偶像男神司霖,还有被誉为"剪刀手"的视频剪辑师季薇,以及狂拽霸炫酷的摄影师宁不群,一起组成了超强团队,成为视频 UP 主。在甜蜜恋爱的同时,青春热血的他们,也成了为网络暴力的受害者发声、对抗键盘侠和造谣者、查明网红事件真相的"The Truth Teller"(真言者)……

正如笔者为这个视频 UP 主小分队所取下的名字——The Truth Teller,求真与求善是笔者在这部小说里表达的主要观点。如果用一句话来进行立意的总结,就是色盲女主"金手指":看文字,识谎言。辨别真假,拒绝网络暴力。

笔者希望通过这部作品,反映现实生活,关注社会话题,贴合现代都市年轻人的生活状态,讲述网络时代年轻人的生活方式。主角团队是视频网站 UP 主,他们有才华,有能力,也有思考。他们用制作视频并进行网络传播的形式,探讨一系列社会话题,诸如:新媒体与网络传播的双刃剑,网络谣言的产生与发酵,流量明星的影响等等。

而在人设上,笔者则采取了富有"网感"的设定。女主角虽然具有红绿色盲的先天不足,但同时又有"通过文字看透真假"的奇特能力,可以判断网络言论的真伪。男主角则是一个人气主播,刚刚要步入流量明星的行列,他被经纪公司要求扮演酷哥人设,实际上却是个热血正义、好管闲事的话痨。这种"反差萌"的手法,也是网络文学创作经常采用的方式。

在故事的整体风格上,正如标题《与人形测谎仪没法谈恋爱》,是一种轻小说的、轻喜剧的创作方向。一方面是高甜恋爱的情感线，另一方面是单元剧式的事件，每个小事件都有各自的起承转合，并且埋入伏笔，最终融入一条揭露背后阴谋与反派 BOSS 的大主线。整个作品既轻松搞笑，诙谐有趣，又有引人入胜的疑点与抓人的"钩子"。

在这部网络文学作品的创作中，笔者将故事格调定位为女性向都市甜文，虽然主打的是"轻"和"甜"，但这只是一种创作风格的选择，并不会影响到对文章立意与追求的表述。

笔者一直认为，娱乐性与思想性并不是相互排斥的。在小说中加入正能量的立意追求，也不必牺牲市场。弘扬真善美，是文学创作中最基础的主题，网络文学自然也不例外。我们身为网络作家要做的，正是用读者喜闻乐见的娱乐形式，将故事写得新奇好看，在娱乐大众的同时，传递一种美好的、积极向上的力量。

案例分析 2　　寻宝探墓类作品的书写界限

寻宝与探墓，是探险题材作品里经久不衰的关键词。这种故事非常猎奇，里面充斥着惊悚刺激的探险过程、探索未知的恐怖感，还会有吓人的怪物或者反派，以及最终探索到的金银财宝——这些因素，能够刺激读者或者观众的肾上腺素分泌，从而产生"爽感"。

但是，同样追求"爽"，同样注重刺激，不同的故事与立意带给读者的感受和市场的反馈是不同的，尤其是其中的立意，决定了故事层次的不同。

在中国网络文学的发展历程中，"盗墓流"曾经红极一时，后期因为涉及违法、立意不当的问题被处理，当下的"盗墓"变成"探墓"。

1. 探索宝藏，保护文物，获得金钱与成就

电影作品《国家宝藏》是由华特迪士尼出品的，于 2004 年推出的冒险动作片，故事描述了喜爱考古的冒险家本·盖茨追寻宝藏的故事。

在电影中，充斥着大量的探险、解谜内容，也有凶残的反派、惊悚的古墓机关。而当冒险最后，主角一行果真找到了所谓的"国家宝藏"，那是数不尽的金银财宝。面对重重诱惑，本·盖茨做出了心灵的选择，他选择了保护文物，而不是占为己有——不过正是这个选择，让他同时获得了金钱与成就。

2. 探寻古墓，寻找真相，中国网络文学盗墓流鼻祖

《鬼吹灯》是中国网络文学中悬疑盗墓类小说的鼻祖，在网络文学中地位奇高，算是新一代"开山之作"，也是中国网络文化市场中最早的一批爆款 IP，衍生产品众多。《鬼吹灯》系列，从畅销图书，到动画漫画，到网页游戏，到真人网剧，到话剧舞台剧，到线下体验店，再到票房惊人的《寻龙诀》大电影，是中国原创网络文学作品衍生到全文化产业链的典范之作。

在故事设定上，第一男主角胡八一是一个"三观很正"的汉子，虽然他下墓探险，但事出有因，不是为了一己私利，这一点难能可贵。

另一部中国网络文学史上的大热作品《盗墓笔记》，也是国内最热门的 IP 之一。故事沿袭了《鬼吹灯》的悬疑盗墓路数，但又具备与《鬼吹灯》截然不同的作品生命力，其人物设定极其另类，主角间的感情纠葛，吸引了无数读者。在百度百科上，《盗墓笔记》系列有超过十七种版权衍生产品，文化衍生的丰富度极高。而在线下实体这一板块，《盗墓笔记》不但开发了专属于自己的线下体验店，

并且已经实现了多点连锁的成就。

一方面,《盗墓笔记》在中国网络文学的发展历程中,占据重要的地位。但另一方面,不可否认的是,《盗墓笔记》的立意问题,也一直被主流媒体所诟病。在小说故事中,主角吴邪、张起灵、王胖子,是一个盗墓团队,以倒斗赚钱为主要职业——这个主角团队设计,引起了主流媒体的批判,也是《盗墓笔记》系列绕不开的硬伤。

幸好在后期的衍生产品开发,特别是影视版开发中,《盗墓笔记》真人影视版的编剧,用其他手法改善了这个立意问题。将网文版原本"盗墓倒斗,捞明器卖钱"的立意,变更为"被迫盗墓,上交国家"。

3. 说历史,反盗墓,在热门题材中寻找新出路

《返魂香》是笔者在 2010 年创作的作品。在当时的市场环境中,因为《鬼吹灯》和《盗墓笔记》的盛行,市面上涌现了一大批"盗墓流"的小说作品,而其中大多数作品都有相似的套路:一群盗墓贼集结之后,去探索一个或多个古代墓穴,斗僵尸、斗怪物,其间牺牲了很多人,最后主角团队幸存,盗出了古墓里的宝贝,赚了大钱。

笔者能理解"盗墓流"的流行,因为它集结了若干读者喜闻乐见的元素。国外也有类似的探险类作品,比如《夺宝奇兵》系列、《古墓丽影》系列。但是,盗墓流作品盛行,不代表这些作品就没问题。首先,它从本源上就有一个先天性的缺陷:

盗墓是犯法的!

在盗墓文流行的那个阶段,网络管制相对宽松,网络文学也正处于起步阶段,其中三观和违法的问题,还没有被提到台面上。但那时候,笔者已经意识到了这个问题的存在,于是,这篇反盗墓的《返魂香》,也就应运而生。

笔者将《返魂香》的关键词定位为:悬疑惊悚、考古探险、反盗

墓。其剧情可以用一句话来概括：文物保护专业的研究生方鸿卿，被盗墓贼劫持并被要求协助贼人盗窃古墓，他与盗墓贼斗智斗勇，最终保护了文物。

在这样的故事设定下，这部作品有了清晰的核心卖点：

第一，这个作品主打"反盗墓"的概念。文物保护研究生 VS. 凶残盗墓贼，既悬疑有看头，又三观端正积极向上。

第二，故事以单元剧的形式，主打历史谜团的解密。从博物馆里的辛追遗体，到韩世忠、梁红玉的生死战局；从北宋婴儿瓷枕的秘密，到吴道子壁画天宫图，再到进入武则天乾陵，历史文化与古墓谜团，在文中一一展现。

因为顺应市场潮流，也就是"跟风"的关系，《返魂香》出版神速，2010 年 5 月刚写完，就签署了出版协议，2011 年 2 月就出版上市了。后来，《返魂香》还发行了中文繁体的版本，并被翻译成越南语，在越南出版发行。

案例分析 3　　将爱国主义情怀融入网络文学创作

爱国主义教育题材的文学或影视创作，在国内一向是被主流价值观所需要，却又被读者和观众们纷纷诟病的类型。在网络文学中，也有一些男频中的历史、军事题材，蕴含着爱国情怀的作品。

对于年轻读者，特别是 90 后 00 后的读者来说，他们出生在祖国繁荣昌盛的新时代，有极强的民族自豪感，因此他们既希望看到爱国主义类型的网络文学作品，但又厌烦一些脸谱化、形式化的作品。

在前些年，中国的一些传统爱国主义作品，往往不受观众欢迎。这其中一个主要原因，就是在故事设定上太过于"高、大、全"，伟人形象光芒万丈，故事设计脱离生活，不接地气，没有生活的"烟火气",令读者和观众们提不起兴趣。

另一方面,为高尚事业献出人生的好人,在国产故事中往往过着两袖清风、疾病缠身、鞠躬尽瘁死而后已的凄苦生活。普通人对于生活有着最朴质的憧憬,那就是"好人有好报"。做好事的人,更应该收获幸福,生活顺利。

而网络文学的读者,往往是思维更加跳脱、更加随意的群体,他们往往更希望能在阅读中获得"爽感"。要让他们既觉得"带感",又觉得"感动",是一个难题。那么,在创作中要如何兼顾爱国主义和趣味性呢?

笔者将通过美国漫威电影《美国队长》、中国畅销小说＋电视剧《士兵突击》、中国电影《战狼2》、网络文学作品《女兵安妮》这四个案例,分析爱国主义题材的立意。分析这些主旋律作品,是怎么在有崇高立意的同时,又能讨读者和观众的欢心的。

1. 瘦弱青年变身超级英雄,投入战场对抗法西斯

以第二次世界大战作为背景创作的《美国队长》,是一部教科书般的主旋律作品,它将爱国主义教育与漫画超级英雄这两个看似毫不相关的题材结合起来,缔造出一个美国本土的传奇。

故事主角史蒂夫·罗杰斯,在故事开场是一个特别瘦弱的青年,他有心报效国家,但因为自己身体孱弱,所以几次参军都被贴了"F"的标签,而被拒绝入伍。就是这么一个从外形上看绝对不可能成为士兵的人,却成了超级英雄。机缘巧合之下,他参与了超级士兵改造计划,他的形体发生了极大变化,成为一名孔武有力的士兵。但正因为他孱弱过,他曾经被霸凌过,他才懂得温柔,懂得守护的重要。于是,他凭借自己超级强悍的力量,与他的战友们一起,捣毁了德国纳粹一个又一个据点,最终保卫了家园。

的确,《美国队长》是一部超级英雄片,它的剧情构架非常奇

幻,但它传达出的核心观念,也就是立意,却又十分正统,那就是:瘦弱青年变身超级英雄,投入战场对抗法西斯,心灵强大,身体才会更强大。

2. 不抛弃,不放弃,一个"孬兵"变为"兵王"的故事

由兰晓龙原著改编的电视剧《士兵突击》,记载了普通士兵的心路历程,讲述了一个中国军人的传奇故事。一个有着性格缺点的普通农村孩子,单纯而执着,在军人的世界里摸爬滚打。他的笨,让全连队受累;他的认真,让全连队为之感动;他的执着,让全连队战士为之骄傲。

《士兵突击》被改编成同名电视剧后,引起了强烈的社会反响,绝对是一部"现象级"的超级 IP 作品。在这部剧里,几乎没有女性角色,没有任何感情线的存在。令人热血沸腾又感动至极的小说原著,支撑了《士兵突击》的电视剧。而一众演员的专业演绎,又给虚构的人物塑造了活生生的形象。由王宝强扮演的许三多、由陈思诚扮演的成才、由段奕宏扮演的袁朗、由张译扮演的史今、由邢佳栋扮演的伍六一、由张国强扮演的高城……这些生动的形象,成为一批演员的经典角色。特别是王宝强的许三多,成为荧幕上的经典。

在故事立意上,这部作品可以说是正能量满满。从角色的成长,到战友的情谊,再到钢七连"不抛弃,不放弃"的口号,成为影响一代人的精神力量。

3. 有使命感的中国军人,无论在哪里都代表着国家

《战狼 2》绝对是中国电影史上的一个神话。56.8 亿的票房让它打破了国产电影历史最高票房纪录,成为中国电影票房的TOP 1。而在观影人数上,《战狼 2》的累计观影人次超过了1.4 亿,

甚至超过了《泰坦尼克号》，成为全球范围内单一影片观看量最高的电影，是一部成功的电影。

故事的主人公，由吴京扮演的男主角冷锋，是一位中国军人，他因为保护死去的战友的家属，与人发生冲突，最终被开除军籍。这个"退役特种兵"的设定，在影片的一开始，就调动起了观众的情绪。有赞同，有怜悯，甚至会有人为他打抱不平。随着剧情的发展，冷锋所在的非洲某国，发生了武装叛乱。中国大使馆组织撤侨。本可以安全撤离的冷锋，却无法忘却军人的使命，毅然进入战区，保护中国侨民撤离危险地带，带着他们安然回到家园。

冷锋的人物设定，再加上脱胎于"利比亚撤侨"事件的故事设定，完全将国内观众的爱国情绪点燃。英雄的出现，国家的保障，让每个普通人感受到了"被保护"的安全感。再加上影片中对军舰的展示，对撤侨行动的刻画，让观众们直观地体会到祖国强大了。

不谈《战狼2》这部电影在艺术上的优缺点，光在爱国主义情怀这一点上，它确实做到了极致。影片不但弘扬了主旋律，而且能将观众的情绪完全调动起来，哪怕走出了电影院，仍有人津津有味地谈论。

以上案例都是经典的影视作品，从故事创作的角度，网络文学的故事内核与影视剧目有高度的共通之处。接下来，笔者将以本人创作的文学作品《女兵安妮》为例，讲述如何以故事性的方式，展示题材与立意，并且兼顾爱国主义情怀。

4. 亲近历史，渴望升华——从《我和爷爷是战友》到《女兵安妮》

前文笔者已经分析了《我和爷爷是战友》的创作过程和出版后的反响，此处不再赘述。在笔者完成《我和爷爷是战友》这部作品后，如何进行下一部战争文学作品的创作，却没有思路。抗日战争这段历史太过悲壮，不容得半分戏谑。《我和爷爷是战友》中笔者用了"穿越"这个概念，将新视角与旧历史融合在了一起。这个设计已经用过了，下一次的创作，笔者要如何在尊重历史的基础上，找到一个现代学生能理解、能代入，甚至能喜爱的切入点，展现这段鲜血与战火中的历史？

这一想，就又想了八年。笔者始终想不透。直到 2019 年，笔者寻找到了一个切口——女性创作的切口。

"我要写一个有 PTSD 的女战士。"

PTSD，创伤后应激障碍，是指一个人在目睹他人死亡，或者自身经历严重伤害之后，产生的一种持续存在的适应障碍和精神痛苦。

在我们过往的战争作品中，太多故事强调英雄的"高光时刻"，却很少描述他们的痛苦，也几乎从未提出过"PTSD"这个实际存在的病症。

我们几乎从没有想过，董存瑞舍身炸碉堡、黄继光舍身堵枪眼之后，那些目睹英雄陨落的战友们，是如何怀着愤怒与悲痛，在战火中活下来的。我们也很少描述，狼牙山五壮士之一的葛振林，作为一名幸存者，又是否会带着伤痛，梦回 1941？

为什么现在的大学生们，不能理解那些战争里的英雄？因为他们觉得英雄的行为太过伟大，伟大到不真实。可事实上，英雄也是人，他有伟大之时，就会有怯弱之时。那些经历炮火的战士，他们不后悔当年置生死于度外地战斗，但这不代表他们就没有心理创伤。

是英雄，也是普通人，他们有强有弱，有苦有乐，有笑有泪——这些，恰恰是现在的年轻人，想要知道的，能够理解的。就像 2020 以来的新冠疫情中，涌现出那么多 90 后、95 后的年轻医护人员，那些最美逆行者，他们都是战"疫"的英雄。穿着防护服，他们是如此坚定，迎难而上，无所畏惧，守护着每一个普通民众。可当他们脱下厚重的防护服，却也有流露怯弱的时候，而这样的"怯弱"，显得那么可爱，那么真实。

所以，笔者既想写战士们的伟大，也想写战士们的怯弱。英雄无畏，却也会流泪。

笔者想写一个真真正正的新四军女兵，她会受伤，她会痛苦，她会疯狂，但她又是如此坚强勇敢，立于沙场，能举枪杀敌，能救援战友。

于是就有了这样一个故事——《女兵安妮》。

故事的主角安妮，拥有 1/4 的中国血统。她的祖父周一博是清朝政府派遣的留学生，阴错阳差地滞留在国外，并与英国医生世家的妻子相恋，生下儿子乔治·兰德。没能回到祖国，是祖父毕生的遗憾。

1937 年 7 月 7 日，卢沟桥事变爆发。75 岁高龄的周一博在看到日军发动侵华战争的消息后，悲愤之下，中风去世。乔治·兰德为了完成父亲的遗愿，以一名医生的身份，参加了国际红十字会，来到中国南京，救助当地的民众。

1937 年 12 月，安妮与母亲来到南京，想要寻找乔治，却遭遇了"南京大屠杀"。为了保护安妮，母亲被日本兵残忍地杀害了……

故事一开场，笔者就将安妮丢进了人间炼狱。身为土生土长的南京人，笔者对那段历史，有着特殊的敬畏。笔者让安妮目睹了母亲临死的惨状，她因此患上 PTSD 和逆行性失忆症。

如果不是因为父亲，母亲就不会死——在这样的心理暗示之下，安妮误将父亲当作凶手。原本乖巧可爱的安妮，性格大变，变得暴躁、狂怒，对所有人都不信任，她像是一只受伤的小狮子，为了报仇而加入了新四军的队伍……

在故事的创作中,笔者没有按照顺叙的时间线来叙述,而是采用悬疑的手法来写,通过安妮的噩梦(记忆闪回),来逐步还原事件的真相。而在寻回记忆的过程中,安妮也获得了心灵的成长,她从偏激、狂怒、戒备,到一步一步地信赖自己的新四军战友,成为一名新四军战士。

故事的结尾,在党员同志的关心帮助下,安妮放下了对父亲的憎恨,不但谅解了父亲,还决定像父亲一样做一名战地医生,成长为真正的国际主义战士。

安妮,从一个"有病"的"小疯子",成长为一名战地医生,一位具有"铁军"精神的战士——这样的成长历程,正是我想探讨的,也是现代的年轻学生们感到好奇的。

在安妮的人物设定上,笔者让她出生于知识分子家庭,而在新四军的队伍中,她不仅上过前线,也在云岭军部的战地服务团工作过,兼具知识与文艺两个趣味点,更能让现在的学生朋友们理解,让他们能够找到自我代入的位置。

《女兵安妮》的创作,是笔者又一次的自我挑战,又一次的自我提升。笔者运用了网络文学中悬疑小说的创作手法,通过回忆片段来设置悬念,同时在人物禀赋独特性的刻画以及人物命运的叙述上增强"网感",明暗双线交叠,使得作品节奏更紧凑,戏剧性更强。

案例分析4 现实题材医疗作品的书写

前文提到,自十九大以来,国家正在大力扶持现实题材,积极鼓励现实题材的创作。无论是作为母本的文学作品,还是影视产品,都希望文艺创作能更接地气,能反映时代特色,反映人民群众的生活风貌,而不是让文艺创作悬浮,呈现出非现实性的特征。

以医疗题材为例。医疗题材的文学创作自古有之,随着互联网时代的不断发展,网络文学创作平台的不断完善,医疗题材的文学创作开始网络文学化。疫情前的医疗题材创作有两种类型:一是具备强专业性的医疗题材作品,这类作品由于题材限制和内容专业性等问题,只在小众的圈子里流行,受到一小部分读者的追捧。

二是借助"医疗元素"与其他元素相结合,以通俗的、流动的新媒介叙事方式,通过医疗题材的类型性,合并重组题材元素。这类作品或是主角团"打怪升级",或是借助医疗元素书写爱情故事,是浪漫主义创作。以晋江文学城为例,疫情前的医疗题材通过与"民国旧影"标签结合,产生了锦晃星的《民国女医》(2018)、三春光不老的《药罐子和她的医生小姐》(2019)等;与"仙侠修真"标签结合,如竹亦心的《医剑双修》(2018);与"快穿"标签结合,如桃子灯的《凶神医生》(2019);与"星际""机甲"标签结合,如寒门丫头的《星际超级医生》(2018);与"血族"标签结合,如佛笑我妖孽的《鬼医十三》(2009);与"末世"标签结合,如齐氏孙泉的《末世村医》(2017);与"科幻"标签结合,如英仙洛的《某医生的丧失投喂日记》(2016)等。

这类作品不能被称为真正意义上的医疗题材作品。这类作品的作者并不具有医疗方面的专业知识,却又想让作品融合医疗题材,这就导致了医疗题材网络文学作品多数只是借用某些"医疗元素"来推动情节发展,或者是利用对医护人员职业的印象进行角色刻画,关于医疗领域的描写不是一带而过就是浮于表面。

疫情以前,医疗题材网络文学的创作还是小众的,作品数量也不算多。新冠肺炎疫情发生后,网络文学作家的情感爆发迅速反映到作品创作上,中国医疗题材的网络文学创作比例大幅提升,读者也成倍数增长。各大平台利用政策导向,举办了许多关于抗疫题材的征文活动,全国 40 多家重点文学网站上线的抗疫题材作品已达万余部,其中大部分都是医疗题材的抗疫网文。

受疫情影响,医疗题材网络文学的创作类型逐渐从浪漫主义转向现实主义,文本创作着眼于医疗题材内容本身。非虚构的医疗题材网络文学作品数量逐渐增多,报告文学和纪实文学等题材也开始出现于医疗题材网络文学的创作中。例如王鹏骄的医疗题材网络文学系列作品"共和国系列"三部曲中《共和国战疫》(2020)就是长篇报告文学,作者根据自身所在的新冠肺炎定点收治医院诊疗筛查经历及对疫区中心同仁的采访完成了此文的创作,《共和国医者》(2020)和《共和国天使》(2020)则是长篇纪实文学。

疫情前,为了降低读者关于医疗题材网络文学的阅读负担,部分作者在进行专业的医疗题材网络文学创作的时候常常会将穿越、空间、异能和系统等非常规手段和医疗领域结合起来,让读者在阅读的时候不会因为晦涩难懂的医学名词而放弃,反而产生继续阅读的兴趣。但这样往往会让医疗题材网络文学的创作过度具有娱乐性,失去了医疗题材内容本身的专业性。

在疫情的影响下,读者们不再只关注网文作品的"爽感",而是追求医疗题材的专业化内容。他们希望能借助小说更加了解医疗行业,从而坚定成功抗击疫情的信念。因此,医疗题材网络文学的创作也不再受困于娱乐性和专业性的两难,越来越多具有专业性医疗知识的网文作品进入读者的选择范围。更重要的是,许多具有专业知识的网文作者开始创作与新冠疫情相关的医疗题材网络文学作品,借此表达他们对新冠疫情的关注和思考,王鹏骄创作的"共和国三部曲"是典型代表。因为新冠疫情的影响久居家中的人们也通过阅读此类非虚构的医疗题材网络文学作品切实地感受到了疫情下各行各业各城市所经历的事情,有利于缓解疫情下人们的紧张情绪和对未知的恐惧。这类作品能取得成功有以下两点原因：

一是作者身份上，具有职业优势。

扎根现实书写的医疗题材作品，对作者的知识储备提出了更高的要求。在这样的现实背景之下，行业从业者在信息、资源等方面获取了先机。好的现实主义创作不仅要求能书写现实题材，还要"真实地再现典型环境中的典型人物"，这样，行业中的从业者无疑占据了天然的优势。如王鹏骄是三甲医院的核医学科工作人员，借助工作经历，让"共和国系列"有了说服力。

二是创作原则上，讲究细节真实。

细节真实，故事才有说服力。医疗题材的真实包括两方面：一是人物真实，二是情节真实。以《共和国医者》为例，其主角团的事迹是根据驰援武汉专家、中央指导组重症救治指导专家邱海波教授为首的医疗战队真实救治案例改编的。主角的行为和动机都有迹可循，足以让读者信服。

《共和国医者》中描述道："师姐杨天琪不仅自己奋战在抗疫一线，在她的言传身教下，重症监护室医护人员积极主动请战。她谈及这些年轻有为的同事时充满了骄傲和自豪，同时也能感受到她的不舍和担心。但是每次前线有需求时，重症监护室的每一个人都做好了随时出发的准备，关键时刻绝不掉链子。穿上白袍便是无畏风险的战士，正是有了像师姐杨天琪这样一群勇敢冲锋的'平凡英雄'，才换来许多人的'岁月静好'。师姐杨天琪说，阴霾总会过去，明媚的阳光很快便会照亮这片被疫情惊扰过的土地，大街小巷也必将重现人声鼎沸，人们将会很快摘下口罩，迎来花开春暖……"简单的几句描述，却能瞬间把读者拉回那个令人恐慌又团结一心的春天，而这些字里行间的细节，才是支撑起整个故事的核心。

135

　　疫情促使医疗题材的创作由浪漫主义转向现实主义,促进医疗题材网络文学创作规范化、主流化,关注当下的现实人生,直面民族家国的时代命题,讴歌医疗工作者,缓解人民群众恐慌情绪,调解医患矛盾,促进网络文学的转型升级发展,建立中国医疗题材网络文学的"全民疗伤机制"。

第四章　网络文学创作的人物设定

　　笔者将网络文学创作的主要元素概括为五大维度：题材、立意、主梗、人设、体量。上一章我们分析了如何确认题材，寻找立意，这一章主要探讨创作的第二步——如何想主梗，确定人设。

　　主梗与人设，这两个维度其实是并行不悖的。有的作者在创作的时候，脑子里会首先显现出一个故事，是主梗的大致构思。但有的作者在创作的时候，则是先有角色形象，先有主角的人物设定，再想这个人会发生什么样的故事。这其中的先后顺序，因个人创作的习惯会有所不同。

　　这一章中，笔者首先探讨网络文学中人物的设定。

一、创意写作与人物设定

　　在第二章，笔者以"如何开始写人物"这个问题为引，探究传统文学中两种主要的人物描写方法。

　　第一，正面描写：肖像描写、心理描写、动作描写、语言描写、细节描写；

　　第二，侧面描写：使用环境描写，利用衬托、对比等手法，侧面烘托人物。

　　写一个故事，人物是最重要的环节之一。人物形象立不立得住，能不能吸引人，能否跟读者产生心灵上的共鸣，是一部作品成败的关键点。

正面描写很好理解,鲁迅先生在《故乡》中通过对杨二嫂的外貌、语言、动作、神态的描写,使杨二嫂"正像一个画图仪器里细脚伶仃的圆规"的形象深入人心,是经典的正面描写案例。至于侧面描写,前文提到的金庸先生在《笑傲江湖》中对令狐冲形象的侧面描写是一个经典案例。

前文已经提到,其实在小学阶段,老师就已经在训练我们描写人物的能力了,例如作文题目《我的爸爸》《我的妈妈》,让我们通过观察,描述自己父母的特征。到了初中、高中阶段,语文课程的内容更加丰富。我们在课程训练中,需要解读经典名著里的角色形象,对他们的行为进行分析,揣摩人物个性,最终推论出中心思想。

总之,在传统的文学课里,我们被教育、要学习的是:

(1)如何解读角色,从经典课文中解读角色的经历,剖析角色的内心。

(2)如何描写角色,写作文的时候,如何用一些技巧,让角色形象更加丰满,更加形象生动。

这是语文教学里的重点,我们通过九年制义务教育,以及高中、大学阶段的学习,也切实地掌握了这些技能。但是,这对于一个小说作者来说,是远远不够的。作为一个讲故事的人,我们的构思是第一位的。语文课程从来没有教我们,从无到有,如何创作出一个完整、丰富、立体的人物形象。

所以,身为小说的作者,我们更要思考的问题是——

我要创造一群什么样的角色?

为什么要写他/她/它?

二、网络文学中的人物设定

　　每一个网络文学作家,都是自己笔下世界的神明。我们为故事打造独一无二的世界观设定,给予人物丰富、立体的形象,设置情节,让读者相信作者笔下的人物和情节。

　　这听上去似乎很难操作,却是每一个作者在创作的过程中,都将经历的问题。在分析怎么进行人物设定前,需要理清思路,考虑故事与人物的优先级。

1. 分清故事与人物的关系

　　在开始创作前,首先要想清楚人物和故事的关系。网络文学创作一般有两种导向类型,即人物导向型和故事导向型。

　　(1)人物导向型。

　　人物导向型,顾名思义,就是以人物为先。作者在进行故事创作的时候,可能整个故事构架、世界观和情节还没有想好,但是在脑海中,已经存在一个相对立体的人物形象。作者先明确了自己想写一个什么样的人物形象,然后再衍生出这个人会发生什么样的故事。

　　网络文学创作需要以"爱"为源动力,想要取悦读者,首先要取悦自己。很多作者自我愉悦的方式,就是设置自己喜欢的角色,然后尽情延展这个角色所经历的情感、境遇,跟随这个角色进行各种历险,进行人生的抉择。大部分作者在这个创作的过程,都会有愉悦的感受。

　　人物导向型的创作有非常多成功的作品,比如古龙先生在创作《陆小凤传奇》的时候,用的就是这种手法。他未必想好了这部

139

武侠小说将有怎样的主梗,将有什么样的阴谋,他首先明确了几个角色形象:

四条眉毛、拥有名为"灵犀一指"之绝世武学的侠客陆小凤;

温文儒雅、眼盲心不盲的翩翩贵公子花满楼;

白衣胜雪、人剑一心的江湖第一剑客西门吹雪;

夜走千家的江湖第一神偷司空摘星……

古龙先生塑造了江湖上的一众侠客,至于故事如何发展,人物如何纠缠,在创作之初他也没有进行完善的构思。更多的是随着几个个性鲜明的人物的不断成长,自然而然推动故事情节的发展。

与《陆小凤传奇》这种创作方式相似的是前文提到的影视作品《盲侠大律师》,编剧也是先确定了人物形象、人物个性,完成了人物小传的部分,再来为整体剧情搭框架。

这种人物导向型的作品,最大的优点在于人物形象会异常鲜明。由于最初的重点都在人物塑造上,因此作品中的人物往往非常讨喜,是人物大于剧情的故事。

但是,如果过于强调人物的性格,有时故事剧情上会过于夸张,甚至变成了整个故事主线都在服务于人物。作者对于情节的掌控力,会逐渐被人物削弱,甚至作者会发现笔下的人物不会做这样的选择,因此在情节发展上去向人物进行妥协——当然,从另一个角度来说,如果真遇到这样的困境,那表示这个人物真的被写"活"了。

(2) 故事导向型。

所谓故事导向型的作品,和人物导向型恰恰相反,这类作品不是由人物去影响故事发展,而是作者先有关于故事的概念,决定自己要写一个什么样的故事,或者什么样的主梗,再去思考在这个故事设计里,需要什么样的人物,能够最完美地体现这个故事的发展历程。

　　在故事导向型的创作中，人物是为故事服务的。比如前文提到的笔者在创作《母亲大人是萝莉》时，就是先有了"我要写一个母亲变年轻了三十岁跟女儿一起上学，体现母女俩亲情理解的故事"的创作思路，也就是主梗，再根据这个主要故事构架，来进行两个女主角具体的相关设定。

　　这样的作品也并不少见，以金庸先生的《射雕英雄传》为例，在这个故事的设计上，金庸先生是先有了"侠之大者，为国为民"的基本立意，设计出了"两个出身相同的青年，踏上了完全不同的人生道路，在历史的洪流中做出不同的抉择"这样的主要故事框架，然后才一步一步设计出了郭家与杨家，设计出了牛家村，设计出了天资愚钝的郭靖，以及聪颖狡黠的杨康。包括全真七子、江南七怪、东邪、西毒、南帝、北丐、中神通等人物，都是围绕着整个故事框架设计的。

　　不同于人物导向型的作品，在故事导向型的作品中，主角是否"讨喜"，是否能第一时间获得作者本人以及读者的欢迎，不是作者最关注的问题。以郭靖为例，在故事初期，他大概是一个最没有人格魅力的男主角了，鲁钝，又没有武学修养，如果以当下网络小说的套路来评论，那他是一个不合格的人物，因为没有"打脸"的情节，没有满足读者的"爽感"。但就是这样一个人物设定，在故事背景之下，他的成长性却显得弥足珍贵，再有杨康这个金国小王爷做对比，更显示出人性的优缺点。

　　人物导向和故事导向，并不是相互矛盾的。真正的好故事，如果既能将人设做得生动讨喜，又能将故事构架做得丰富厚重，作品往往能成为经典。

　　比如，同样是古龙的作品，《绝代双骄》就是在"双生子因为惊天阴谋，不得不自相残杀"的故事设定下，设计出了江小鱼、花无缺两个截然不同，又都讨喜可爱的主角。

再比如先前分析过的电影案例《我不是药神》，一方面书写"白血病人为救命去买印度盗版药"的故事，另一方面书写主角程勇的个人成长。这两者并行不悖，在思考故事的过程中，人物设定就已经随着故事设计而逐渐清晰起来。

故事设计与人物设计和谐统一，相辅相成，这对创作者提出了更高的要求。但对于新人作者而言，笔者建议先分清楚故事与人物的关系，这样可以更有效地进行创作。

2. 创作人物小传，脑补人物形象

无论是故事导向型的作品，还是人物导向型的作品，明确了创作思路，理清了创作脉络，之后就要进入实际创作的阶段了。而如何从无到有进行人物设定，笔者根据多年的创作经验，将人物设定的过程分成四个阶段：确认人物的关键词，想象角色的基本形象特征；取名；设计人物背景，确立基本性格，构思行为，挑选职业；构建人物关系。

（1）确认人物的关键词，想象角色的基本形象特征。

进行人物设计的最初工作是寻找人物关键词，也就是"贴标签"。

虽然在现实生活中，我们倡导人的多样性，不鼓励轻易给人贴标签。但是，在文学创作的过程中，寻找角色的标签，却是我们塑造人物的第一步。

人是复杂的，我们笔下的角色亦是如此。在实际的创作过程中，我们需要突出角色的个性，就需要思考一系列问题：他最大的特点是什么，他最擅长的是什么，他大致是一个什么样的人，是活泼外向，还是低调沉稳；是长袖善舞，还是沉默寡言？这些问题，都是一个个的标签，通过不同的标签组合，渐渐将一个人物的形象，一点点积累起来。

对于很多初学者来说,并不好操作。新人作者能意识到标签的存在,却不知道哪些标签是适合于角色的,又有哪些标签似乎是矛盾的。需要明确的是,人物设计,不是标签越多越好,而是越精准越好。

文学创作当然要观察生活,要描摹人们的生活状态,这样创作的人物才能真实、可靠。但对于新手创作者、特别是"学生党"的网络作者来说,由于缺乏生活阅历,对社会的观察不够深入,因此往往难以寻找笔下人物的特质。

根据多年的创作经验,针对网络文学新手的创作,笔者认为新人作者可以使用一些"小技巧"。以下三种方法:MBTI 职业性格测试法、九宫格性格测试法、星座设计法,都可以让新人作者快速便捷地从 0 到 1,从无到有,建立起一个属于自己的人物。

方法一:MBTI 职业性格测试。

MBTI 职业性格测试①,其实跟小说创作属于两个完全不同的领域。它是国际上最为流行的,关于一个人的职业人格的评估工具。换句话说,这是一种测评工具。如同 HR 在招募新员工的时候,通过这种测试工具,对这位新员工进行评价,从而指导他在日后工作上的方式方法。

这种职业人格的评估工具,可以对人的个性进行判断和分析。MBTI 是一个理论模型,它从纷繁复杂的个性特征中,归纳提炼出了四个关键要素:动力、信息收集、决策方式、生活方式。而这四个维度中,每个维度又有两个方向。所以统计出来,一个人的基本性格特征,就被分成八个方面:

143

---

① MBTI 职业性格测试全称迈尔斯-布里格斯类型指标(Myers-Briggs Type Indicator,MBTI)是由美国心理学家伊莎贝尔·布里格斯·迈尔斯和她的母亲凯瑟琳·库克·布里格斯共同制定的一种人格类型理论模型。

精力支配——外向(E)、内向(I)

认识世界——感觉(S)、直觉(N)

判断事物——思考(T)、情感(F)

生活态度——判断(J)、知觉(P)

这八个方向,两两组合,又能将人们分成十六种基本的人格类型:

TSTJ Inspector 稽查员	ISFJ Protector 保护者	INFJ Counsellor 咨询师	INFP Healer/Tutor 治疗师/导师
ESTJ Supervisor 督导	ESFJ Provider/Seller 供给者/销售员	ENFJ Teacher 教师	ENFP Advocator/Motivator 倡导者/激发者
ISTP Operator/Instrumentalist 操作者/演奏者	ISFP Composer/Artist 作曲家/艺术家	INTJ Mastermind/Scientist 智囊团/科学家	INTP Architect/Designer 建筑师/设计师
ESTP Promoter 发起者/设计者	ESFP Performer/Demonstrator 表演者/示范者	ENTJ Field Marshal/Mobilizer 统帅/调度者	ENTP Inventor 发明家

图 4-1 16 种基本的人格类型

这四个关键要素,八个方向,十六个人格类型,可以对现实世界中的职员,进行一个基本的评估,将一个职员的基本性格特征,完整地表达出来。换句话说,MBTI 职业性格测试的基本逻辑就是:先有一个人,分析这个人,然后根据问题和数据,归纳总结出这个人的基本性格。

对于小说创作者,特别是初学者来说,可以对此采取反向操作。创作者可以根据这八个方向,组合出一个完整的人物性格。

　　比如说，我们可以设定出一个主角，他跟人相处的动力相对较弱，也就是个性内向，不是很喜欢主动地与人交流。他认识世界、进行信息收集的方式，是通过各种感知类的信息汇总。他判断事物的决策方式，更多倾向于逻辑判断，非常擅长思考。他的生活方式，更多是偏向情感，个人生活规划性不强。

　　初学者可以考虑通过 MBTI 帮助自己建立角色。除了 MBTI 职业测试，还有另一种适合初学者的工具——九宫格性格测试。

　　方法二：九宫格性格测试。

　　九宫格性格测试①也是一种基于人的个性的测试工具，它将人根据欲望特质，进行归纳总结，分成了九种基本性格区域。

　　① 完美型（The Reformer）
　　· 关键词：完美者、改进型、捍卫原则者、秩序大使
　　· 欲望特质：追求不断进步
　　· 主要特征：原则性，不易妥协，常说"应该"及"不应该"，黑白分明，对自己和别人要求甚高，追求完美、不断改进，感情世界薄弱；希望把每件事都做得尽善尽美，希望自己或是这个世界都更进步。时时刻刻反省自己是否犯错，也会纠正别人的错。

　　② 全爱型、助人型（The Helper）
　　· 关键词：成就他人者、助人型、博爱型、爱心大使
　　· 欲望特质：追求服侍
　　· 主要特征：渴望别人的爱或良好关系，甘愿迁就

145

　　① 九型人格是 2000 多年前印度西部研究出的人性学，后来由苏非学派传承。其后，九型人格学说辗转流传到欧美等地，美国心理学家海伦·帕玛（Helen Palmer）早年将它用作研究人类行为及心理的专业课题，更被包括斯坦福大学在内的多所美国大学作为教学内容。

他人,以人为本,要别人觉得需要自己,常忽略自己;很在意别人的感情和需要,十分热心,愿意付出爱给别人,看到别人满足地接受他们的爱,才会觉得自己活得有价值。

③ 成就型(The Achiever)

· 关键词:成就者、实践型、实干型

· 欲望特质:追求成果

· 主要特征:强烈好胜心,常与别人比较,以成就衡量自己的价值高低,注重形象,工作狂,惧怕表达内心感受,希望能够得到大家的肯定。是个野心家,不断地追求有效,希望与众不同,受到别人的注目、羡慕,成为众人的焦点。

④ 艺术型(The Individualist)

· 关键词:浪漫者、艺术型、自我型

· 欲望特质:追求独特

· 主要特征:情绪化,追求浪漫,惧怕被人拒绝,觉得别人不明白自己,强烈占有欲,我行我素的生活风格;爱讲不开心的事,易忧郁、妒忌,生活追寻感觉好;很珍惜自己的爱和情感,所以想好好地滋养它们,并用最美、最特殊的方式来表达。他们想创造出独一无二、与众不同的形象和作品,所以不停地自我察觉、自我反省,以及自我探索。

⑤ 理智型(The Investigator)

· 关键词:观察者、思考型、理智型

· 欲望特质:追求知识

· 主要特征:冷眼看世界,抽离情感,喜欢思考分析,知识很多,但缺乏行动,对物质生活要求不高,喜欢精神生活,不善表达内心感受;想借获取更多的知识,来了解环境,面对周遭的事物。他们想找出事情的脉络与原理,作为行动的准则。有了知识,他们才敢行动,也才会有安全感。

⑥ 忠诚型(The Loyalist)

- 关键词:寻求安全者、谨慎型、忠诚型
- 欲望特质:追求忠心
- 主要特征:做事小心谨慎,不轻易相信别人,多疑虑,喜欢群体生活,为别人做事尽心尽力,不喜欢受人注视,安于现状,不喜转换新环境;相信权威、跟随权威的引导行事,然而另一方面又容易反权威,性格充满矛盾。他们的团体意识很强,需要亲密感,需要被喜爱、被接纳并得到安全的保障。

⑦ 活跃型(The Enthusiast)

- 关键词:创造可能者、快乐主义型、享乐型
- 欲望特质:追求快乐
- 主要特征:乐观,要新鲜感,追上潮流,不喜承受压力,怕负面情绪;想过愉快的生活,想创新、自娱娱人,渴望过比较享受的生活,把人间的不美好化为乌有。他们喜欢投入快乐及情绪高昂的世界,所以他们总是不断地寻找快乐、经营快乐。

⑧ 领袖型(The Challenger)

- 关键词:挑战者、权威型、领袖型
- 欲望特质:追求权力
- 主要特征:追求权力,讲求实力,不靠他人,有正义感,喜欢做大事;是绝对的行动派,一碰到问题便马上采取行动去解决。想要独立自主,一切靠自己,依照自己的能力做事,要建设前不惜先破坏,想带领大家走向公

平、正义。

⑨ 和平型(The Peacemaker)

· 关键词:维持和谐者、和谐型、平淡型

· 欲望特质:追求和平

· 主要特征:需花长时间做决定,难于拒绝他人,不懂宣泄愤怒;显得十分温和,不喜欢与人起冲突,不自夸、不爱出风头,个性淡薄。想要与人和谐相处,避开所有的冲突与紧张,希望事物能维持美好的现状。忽视会让自己不愉快的事物,并尽可能让自己保持平稳、平静。

......

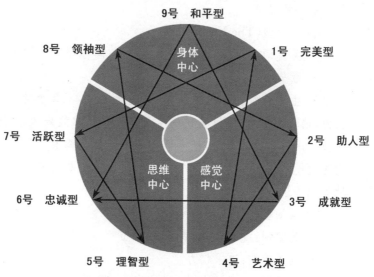

图 4-2 九宫格性格测试基本类型

　　以上九种典型人格，每一种都有优缺点。比如说，看上去非常完美的全爱型，也就是 Helper 的类型，似乎是一种非常无私、自我奉献的个性，但一旦过度，同样会变得面目可憎。曾有社会新闻报道过，有人为了资助贫困学生，散尽家财，不但自己穷困潦倒，还让自己的妻子、父母把钱拿出来一起"做善事"，结果全家连买菜都买不起，过着贫困的苦日子——过分的个性，一旦突破界限，就成了一种心灵上的病症。

　　每种人格都有它的特质，同时也有它的基本缺陷，有欲望，有恐惧，有它的生活风格，以及人际关系。这些复杂的分析，对于网络文学新人作者来说，是可以当作模板来借鉴使用的。

　　举个例子，有新人作者想写一个"霸道总裁"，但他未必了解霸道总裁究竟是什么样子的。除却生活经验和阅历的部分，在人物设定上，完全可以参考第八种人格——领袖型，来塑造自己的人物。可以给这个人物加入权威、行动派的铁腕特质，使他具有高超的行动能力，但同时，他也具有攻击性，以自我为中心，有报复心理，爱辩论……这样，一个霸道总裁型的人物，就初具雏形了。

　　总之，无论是 MBTI 性格测试，还是用九宫格性格测试，都是针对初学者的方法，都是先给角色贴上一个或几个标签，然后再在这个标签的基础上，进行扩展和填充。

　　其实，这个理论并不复杂。而类似的人格分类法，其实在最普遍的范围被人们使用过，那就是——星座。

　　方法三：星座设计法。

　　星座书里将人的基本性格，根据黄道十二宫的星象，分成了十二种，并且被大众广泛接受和相信，甚至还衍生出对星座的刻板印象。

　　星座对应人的性格并没有科学依据，但这可以成为新人作者在创作之初的"小窍门"。

刚刚开始写作的新手,如果想写一个角色,却不知道该怎样去具体填充这个角色的行为、语言、动作等内容,可以给他设计一个出生日期,也就是设定星座。

一旦设定了星座,星座书中所描述的刻板印象,以及周遭相同星座的人的表现,可以帮助作者明晰人物,成为创作的素材库,从而使角色形象丰满。

以双子座为例,星座书上是这么描述双子座的人的:

> 双子座的人喜爱变化,不可能同一时间只做一件事情,反复无常,心不在焉;虽然拥有些小聪明,但不专注,往往流于肤浅,持久力低。盎然的春意表现在双子座的人性格上的主要特征是思维善变,无拘无束,对外界包罗万象的事物的永无休止的好奇心,可以说是机敏、好动又不安的星座。
>
> 优点:多才多艺;擅长沟通;适应力强;充满生命力;懂得随机应变;风趣幽默乐观;知进退,有分寸;八面玲珑,善于交际;足智多谋,反应灵敏;见人说人话,见鬼说鬼话。
>
> 缺点:处事缺乏原则;让人觉得不可靠;意志不坚定、善变;易受外来事物影响;三分钟热度、不专心;过于圆滑、容易紧张;做事蜻蜓点水、没法深入;举一反十、过于神经质。

基本的性格特征、优点和缺点相加,一个人物的基本形象就出现了。在有了一个基本的人物形象之后,作者可以通过观察身边的双子座亲朋好友,想想他们平时是怎么做事的,他们有什么口头禅,有什么动作。这样,一个双子座角色的雏形就浮现在脑海中了。

当然，正如笔者所说，这完全是一个针对初学者的、"不正经"的小窍门。**新手作者，特别是人生阅历较浅的学生党，在经验不丰富、还没有建立自己的创作体系的时候，可以使用这些小技巧。**

但要真正写好角色，还是得靠生活的积累，靠阅历的丰富。见的人多了，自然对不同性格的人物形象，信手拈来。另外，想要写好人物，还需要对故事主角经历的细致设定：成长环境、人生履历、行事动力等等，这一点容后细表。

（2）取名。

在给角色确认了关键词，贴上了最基本的标签之后，人物已经有了一个基本的轮廓，此时应该做的事是取名字。一个好的名字，等于成功的一半。取名最基本的要求是要亮眼，要有辨识度。

如何取名才能亮眼、有辨识度、让人记住？笔者觉得主要有以下四种方法。

方法一：设计深刻的意义。

设计深刻的意义是作者在取名时常用的方法。不仅在文学创作中，在现实世界，普通人也都是这么起名字的。父母将自己对孩子的希望、憧憬、祝愿，全部灌注到了这个名字里，寄托美好的愿望，如"慧、勇、康、健、丽"。

在文学创作中，金庸先生在《神雕侠侣》中采用了这种取名法，创造了一个经典的人物——杨过。杨过这个名字，是郭靖给他取的，单名一个"过"，字"改之"。郭靖的意思是：希望这孩子知错能改，别像他的父亲杨康一样，一条道走到黑，最终万劫不复。结合《射雕英雄传》与《神雕侠侣》的设定，杨过的一生都蕴藏在他的名字里，这个名字一下就立住了，名如其人。

方法二：利用谐音搞笑。

现实生活中名字的谐音容易成为被开玩笑的对象，甚至谐音绰号远比本名更有辨识度。在文学创作中，这是一个非常好用的手法，能够快速地让读者记得主角。

这种取名方法，早在古典名著的文本创作中就经常被使用，最经典的案例就是《红楼梦》，如：甄英莲（真应怜）、卜世仁（不是人）、贾政与贾敬（假正经），还有元春、迎春、探春、惜春四人的名字，实为"原应叹息"。

在流行文化与文艺作品中，电视剧的编剧们更是惯用这种技巧，比如：侯辟谷（猴屁股），韦章（违章），梅友谦（没有钱），吴能（无能）……

在网络文学中，这种取名方法适用于配角，尤其是搞笑类的角色，增加配角的出彩程度。当然，如果作品本身就是轻松搞笑的风格，那主角姓名也可以取谐音，甚至由作者直接给他设计出外号。

比如 2009 年爆红的一篇网络小说——《史上第一混乱》，作者张小花就给主角"我"，设计了姓名和外号：

> 我叫萧强，外号小强，在一条冷冷清清的街道上，经营着一家冷冷清清的当铺……

从萧强到小强，无一不在表述这个设定，主角就是一只打不死的蟑螂。于是，读者立刻记住了这个"我"，也确认了《史上第一混乱》的整体风格：轻松、幽默、搞笑，甚至有点"中二"。

方法三：加入鲜明的时代特色。

取材于社会现实的网络小说，可以采用这种取名方法。特别是以国内为背景的故事，每一代人中，都会有一些标志性的名字。比如，80 后出现最多的姓名格式都是两个字，如：×慧、×勇、×康、×健、×聪、×丽……而说到笔者父亲那一代人，他们之中又有很多的×建军、×建国、×爱军、×爱党……也是鲜明的时代烙印。

在网络文学中,有一个非常经典的案例。那就是《鬼吹灯》里的胡八一。看到这个名字,其含义不言而喻,读者也会自动补充他的背景。既能让读者快速了解人物,又能增强读者对他的印象。

方法四:名字的设计和角色境遇形成鲜明的对比。

越是懒的人,就越是给他取名叫勤快;越是穷的人,就越是给他取名叫富贵;越是身板孱弱的人,就越是要给他取名叫大力、刚强……总之,这是采用"反差萌"的手法,来强化主角的标签,甚至在行文中可以直接拿他的名字吐槽,读者自然而然地将角色属性和名字记住。

举个例子,古龙先生在《欢乐英雄》这部武侠小说里,塑造了一个角色,叫作王动。这个名字看上去非常普通,既没有谐音,也没有什么内涵,更不涉及什么时代特征。但就是这个名字,令人印象深刻,因为王动这个人实际上是个超级大懒蛋,是个绝对的"王不动"。

153

　　只有死人才完全不动。

　　王动虽不是死人,但动得比死人也多不了多少。

　　不到万不得已的时候,他绝不动。

　　他不想动的时候,谁也没法子要他动。

　　油瓶子若在面前倒了,任何人都会伸手去扶起来的,王动却不动。天上若突然掉下个大元宝,无论谁都一定会捡起来的,王动也不动。甚至连世上最美的女人脱得光光的坐到他怀里,他还是不会动的。

　　但他也有动的时候,而且不动则已,一动就很惊人。有一次他在片刻内不停地翻了三百八十二个跟斗,为的只不过是想让一个刚死了母亲的小孩子笑一笑。

　　有一次他在两天两夜间赶了一千四百五十里路,为的只不过是去见一个朋友的最后一面。

他那朋友早已死了。

有一次他在三天三夜中,踏平了四座山寨,和两百七十四个人交过手,杀了其中一百零三个,只不过因为那伙强盗杀了赵家村的赵老先生老两口,还抢走了他们的三个女儿。

赵老先生和那三位姑娘他根本全不认得。

若有人欺负了他,甚至吐口痰在他脸上,他都绝不会动。你说他奇怪,他的确有点奇怪。

你说他懒,他的确懒得出奇,懒得离谱。

——古龙《欢乐英雄》

在故事的叙述中,王动能坐着绝不站着,能躺着绝不坐着。他大门不出二门不迈,天天窝在床上,是个典型的"宅男"。就连贼偷到他家里,偷到他面前,他都不会下床。但就是这么个角色,当他的朋友遇到困难,小说里是这么表述的:

王动不动,谁也想不到他一动起来竟这么快。

一个天天赖在床上,比树懒还要懒散的超级大懒蛋——王动,却在朋友有难之时动了,而且快如闪电,大打出手。就这么一句话的描述,人物形象跃然纸上,王动的有情有义,也在这样的反差中体现得淋漓尽致。比起《欢乐英雄》里的其他角色,这个王动,凭借着"动与不动"的反差,成了最容易被读者记住的配角。

总之,无论是寓意法、谐音法、时代法还是反差法,取名最核心的要求就是要贴合人物设计,要让读者能记得住,要有辨识度。

(3)设计人物背景,确立基本性格,构思行为,挑选职业。

当我们为角色设立好了关键词,贴好了标签,也为他取好名字的时候,下一步,就是要填充他的具体形象了。包括设计人物背景、确立他的基本性格、构思行为,以及挑选他所投身的职业。

在这一个环节,有很多设计工作是和第一步重合的。比如用MBTI职业测试法,或者用九宫格性格测试法给人物设立标签的时候,就已经帮他想好了职业的问题。又比如,用星座法来构思人物的时候,就利用了星座书的描述,构思出了他在某些场合与时刻的行为。但仅靠这些是远远不够的,要让一个角色的形象更为扎实,就要多问问题。越多的提问,越多的回答,才能让这个角色的方方面面,都得到完善。

比如,在设计角色的时候,可以问自己:

他(她)性格上最大的特点是什么? 最大的缺点又是什么?

当他(她)行事面临障碍的时候,会怎么做? 一般困难如何解决,紧急事件又如何解决?

他(她)行事的内在推动力是什么? 他(她)的动力来源于哪里? 他(她)的目标又是什么?

他(她)的底线是什么? 他(她)的道德观是什么样的? 他(她)有没有违过法或者违过规,是什么层级的违规,他(她)对这次违规的态度是怎样的,他(她)有没有接受惩罚?

他(她)有什么极端畏惧的事物? 他(她)内心有无创伤? 他(她)有无极端珍贵的回忆? 他(她)心里最在乎的人是谁?

他(她)有什么可以作为标志的癖好或特长? 他(她)有没有什么口头禅? 他(她)的外貌或者形体上有没有什么与众不同之处?

……

问题越多,答得越完善,这个人物形象也就越完整。**最好能将这个角色从一出生开始,到他的童年、少年时代、青年时代,以及未来发展,他最重要的经历都捋顺,因果逻辑清晰,那这个人物也就"活"了。**

155

我们在看好莱坞大片的时候,往往觉得电影里的角色形象特别分明,每一个人的举手投足,每一句台词每一个动作,都和人物的性格特别贴合。那就是因为编剧在进行人物塑造的时候,把这些问题都问全了,把这些答案都想全了,把一个角色从出生到死亡的人生经历,全部进行了细致的梳理。所以,角色所说的每一句话,他所做的每一件事,都是过往人生经历的呈现,自然也就生动丰满,人物立得住。

不过,网络文学中有不少作品属于"脑洞文",对于人物没有深究,而是在故事剧情、搞笑段落上下功夫,这也是一种写法。但假如想写出一部鸿篇巨制,想将故事写得更复杂,更完美,那就需要这种细致入微的人物设计方法了。

(4)构建人物关系。

当通过一、二、三步,完成了一个角色的人物设定之后,就到了最后一步——要构建人物关系了。笔者认为,此处可以通过绘制角色与角色之间的关系图谱,设计人物之间的矛盾冲突。这些关系图谱和矛盾冲突再进行细分,又可以设立为:

① 设立角色之间的关系;

② 为人物与人物设定矛盾冲突;

③ 完善人物所在的阵营,进行角色的分组;

④ 增添必要的NPC,也就是相关的配角。

通过这几个步骤,在丰富人物设定的同时,又可以进一步完善故事设定,当完成了人物关系图谱后,整部小说的人物格局就出现了。

在人物关系方面,笔者通过以下三张人物关系图分析。

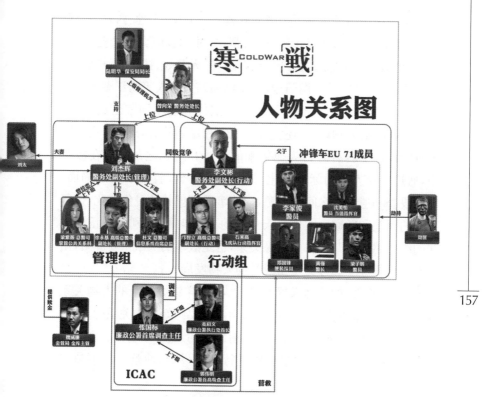

图4－3 电影《寒战》人物关系图
（图片来源于网络）

157

　　《寒战》是一部罪案片,它的人物关系设立和阵营是分不开的,每个部门都有核心人物,案件与人物关系相互影响,共同推进剧情的发展。

　　《寒战》因为电影体量的缘故,人物相对较少,而《天龙八部》的人物设定则可以看出作者宏大的世界观架构。

作者在作品里设置了清晰的阵营——北宋、大理、西夏、女真、辽国、吐蕃、天山回鹘七个国家，丐帮、少林、姑苏慕容、聚贤庄、逍遥派、星宿派、一品堂、大理段氏、万劫谷、天龙寺、拈花寺、神农村、无量剑派、缥缈峰等江湖门派，以及例如四大恶人等的江湖散人。

乔峰、段誉、虚竹三大男主角，分别代表着不同阵营的人物。尤其是乔峰的人物设定，还背负着北宋和辽国的血海深仇，在人物本身的设计上就有阵营为他带来的矛盾和生死之劫。而在故事中，通过一众人物的际遇变化，又打通了阵营，打开了新的局面。比如段誉和逍遥派之间的渊源，跟故事后期虚竹的身份变化，做了很好的铺垫和联通。大理段氏本身的人物纠葛，特别是段正淳一线的纷杂感情及其带来的血缘关系，也是故事的一条重要脉络，由始至终地贯穿了二号男主角段誉的人物发展。

《天龙八部》的武林设置非常宏大，这样错综复杂的人物关系线，是初学者难以模仿的。但是初学者也要画好人物关系图，因为在构思这张图谱的时候，由主角辐射出来的人物，不管是否在文章中呈现，都可以在绘图的过程中进行补充设定，使整个故事愈加丰满。

《名侦探柯南》这张人物关系图，错综复杂，如蛛网一般。不过，别看这张图看上去很庞大，可事实上却是我们初学者可以学习的一种人物关系图的构图模式。

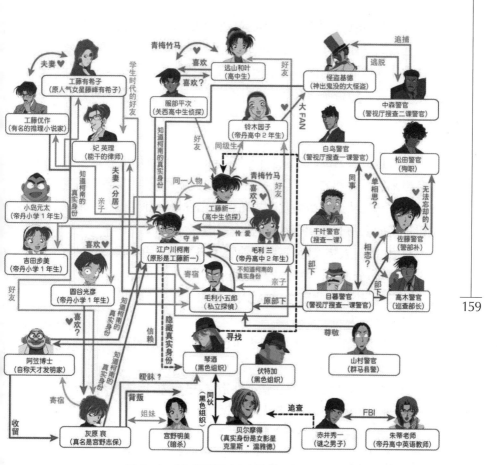

图4-4 《名侦探柯南》人物关系图

(图片来源于网络)

不同于《天龙八部》由三位男主角牵扯出了一场关系到七个国家的纷乱,十几个门派的争斗,《名侦探柯南》是现代都市＋悬疑推理题材的作品,每集都是一个单元剧,除了警察和反派两个阵营之外,不涉及其他复杂的派别。

在漫画连载的过程中,作者是随着案件的构思,不断丰富出场角色,最终使得这张人物关系图越来越庞大。比如,女主角毛利兰的爸爸妈妈是什么样的?她的好朋友园子是什么样的?园子的家庭又是什么样的?柯南的对手和朋友有哪些?服部平次是一个什么样的人物?怪盗基德又是一个什么样的人物?他们有没有女朋友?阿笠博士有没有孩子?反派阵营一共有几个人?每个人的身份是什么?反派之间的相互联系又是怎样的?……

随着这一系列的问题被提出,一个又一个的新角色就渐渐被塑造出来。而这种方式,是新手创作者在实际写作当中,会使用到的手段——先从最开始的几个主角设置出发,从他们身上,衍生辐射出更多的人物关系,渐渐填充整个图谱。

总之,关于人物设定,笔者先前已经归纳了一些步骤,那就是:

第一步,分清楚人物和故事的关系。

第二步,构思人物属性,脑补人物形象。

具体又分为四个步骤:

(1)确认人物的关键词,想想角色的基本形象特征;

(2)取名;

(3)设计人物背景,确立基本性格,构思行为,挑选职业;

(4)构建人物关系,绘制人物关系图。

第三步,就是创作一个人物小传了。

3. 逐一完成人物小传

每个作者都要进行人物设定,但不是每个作者都会撰写人物小传的,业内很多作者都不写人物小传。

事实上,在早期创作的时候,笔者也没有注意到这个问题,更多以腹稿的形式来储存角色的设计。但随着创作难度的不断加大,故事构架的不断升级,笔者发现,人物小传其实是一个锚点,它能让你保持清醒,贯彻角色的发展脉络。

如果不写人物小传，很多时候写到最后，作者就会失去对人物的掌控力，容易跑偏。特别是写网络小说，动辄两三百万字的大长篇，一写就是几年。写到最后，作者很容易忘掉原先的角色设定，人物自然而然地就"OOC"（英文全称 Out Of Character，意为不符合个性）了——换句话说，就连作者本身都不认识自己笔下的角色了。

另一方面，对于 IP 向的作品来说，人物小传还有一个很重要的作用——利于改编。其实"人物小传"这个概念，原本就是编剧用来呈现人物的方式。网络文学作者如果在创作的时候就能写好人物小传，影视方认可这个人设的话，自然也就提高了版权销售的可能性。

那么，一个人物小传，应该是什么样子的呢？下面，笔者以自己的小说为例，呈现一个完整的人物小传。

三、人物小传的参考模板

前文提到，人物小传是非常有用的。那么，一个标准的人物小传包括角色名字、定位、关键词、年龄和人物小传。笔者以《无声之证》为例——这是一部女性向都市悬疑小说，在创作之初，笔者就为它构建出了人物，加入了一些关键词：比如女主角的 WiFi 过敏症、殡导师、高冷御姐，男一号的设定是曾经的官二代、现在的快递小哥、爱钱……

（1）司玥

· 定位：女一号

· 关键词：高冷御姐、WiFi 过敏症、殡导师、耳力爆表、人狠话不多

图 4-5 《无声之证》CG 图

- 年龄:24 岁
- 人物小传:

1993 年出生的司玥,活泼开朗,小学时曾是班上的"百灵鸟",她有一副好歌喉,同时对乐声有独特的辨别能力,小时候还弹得一手好琵琶。然而,到了高中时代,命运向她开了个巨大的玩笑——她有 WiFi 过敏症。

WiFi 是 2008 年开始在中国普及的,这成为司玥噩梦的开始:她对 WiFi 使用的 2.4GUHF 射频频段,有强烈的过敏反应,身上会起红疹,奇痒无比。

　　从高中到大学,现代社会的中国,连高铁上、飞机上都有 WiFi 服务,这简直要了司玥的命,她不得不把自己包成一个木乃伊,却被同学们嘲笑为"粽子"。她从一个外向的女孩,变成了一个不喜欢说话的高冷御姐。

　　同时,因为过敏症的关系,她的生活范围和生活圈子也起了极大的变化。她喜欢去的地方,变成了老年人常去的市民公园,她甚至跟一个老人学了五禽戏,不但强身健体,而且还练出一套实战打击路数。话不多,就是干,正所谓"人狠话不多"。

　　无比痛苦地读完大学,司玥不顾爹妈的反对,选择了一个 WiFi 使用率最小的地方上班——殡仪馆。她成了殡仪馆的"殡导师",主要负责查看死亡证明和去世人的身份证,然后登记信息,主持葬礼等工作。

　　父母不能理解司玥的选择,同时觉得女儿的病在现代社会混不下去,是一种怪癖。于是决定生二胎。这更让司玥做出搬走的决定,跟父母的关系基本处于"相敬如冰"。

　　小时候对乐声的敏感,成年后又主要在安静的地方工作,让司玥练出了如同具有超能力的耳力。

　　司玥的穿着打扮非常 Out,韩风、日风全部不擅长,反而走的是美国 20 世纪 70 年代的复古着装路线,外加防护 WiFi 的薄外套。比起时尚潮流的同龄人,司玥更擅长与不懂智能手机和技术的老人家们相处——当然,还有无声的尸体们。

　　(2)端木真

　　• 定位:男一号

　　• 关键词:快递小哥、拼命三郎、内里火暴脾气但忍着营业笑容、爱钱! 爱钱! 爱钱!

　　• 年龄:24 岁

· 人物小传:

1993 年 11 月 20 日出生的端木真,曾和司玥是小学同学。小时候端木真是校园一霸,因为他爸爸端木正人是本地公安系统的大人物,所以端木真是个名副其实的"官二代",家里吃穿不愁,除了爸爸忙于工作不太回家、父子关系淡漠之外,他从小过的就是蜜罐子里的日子。端木真人生的转折点,发生在 2010 年,在他 17 岁考大学之前,他爸爸被匿名举报贪污受贿,从家里搜出几百万的现金。端木正人被抓之后,偷偷跟端木真说,爸爸没做过。但是端木真一点都不相信他爸爸,认为是他爸爸害了他们全家。

端木真的大学梦破灭,家中还欠下了一大笔赔偿款项。母亲作为从不工作的家庭主妇,到街头摆摊卖早点。端木真痛恨他爸,但超孝顺母亲,也帮着母亲摆摊做煎饼。后来他放弃学业,18 岁就出来干快递,成为"朔风快递"的一名快递小哥。

因为家中欠债,端木真变成了一个财迷,他的人生目标就是:赚钱!赚钱!赚钱!为了钱,什么都可以做——他其实是一个火暴脾气,一言不合就暴走的拼命三郎,但为了讨生活,又强忍着要摆出营业用的微笑。他从人生赢家跌落人生谷底,苦闷被他憋在心底,表面上永远是快递小哥＋淘宝客服的标准对白:"亲,这是你的快递,我放在门卫那儿啦,请注意查收,么么哒。"

他心眼不坏,而且内心其实非常正义(毕竟是警官家属),但小时候是霸道惯了,说话做事不招人待见,所以身边也没一个帮忙的好朋友。

本以为这辈子就要这样孤家寡人、被巨大的债务压得永世不得翻身了,然而,命运又跟他开了一个巨大的玩笑。

有一天,他送出了一个奇怪的快递——收件地址是殡仪馆、收件人是刚刚进了火化炉的女孩,而且,他竟然被司玥指控,说他是杀人凶手……

随着一系列故事的进行,端木真和司玥、柏清泉成了好朋友。在朋友面前,他终于放下了那个营业的假面具,重新展露出他火暴、直率的那一面。

一个完整且有效的人物小传应展示以下关键点:

首先,确定这个角色的定位:主角还是配角,是主角梯队中的第几号人物;

其次,他(她)身上的标签,能够一下子抓住读者的关键词是什么;

再次,尽可能详尽、细致地撰写他(她)的出生环境、年龄、职业,从小到大的生活经历,口头禅和习惯性动作;

最后,概述他(她)在本故事中的发展方向。

人物小传做得越细致,那么这个角色就越鲜活,越能立得住。

四、新手创作人物的注意事项

尽管作者已经知悉了进行人物设计的各方面知识和方法,但新手在进行人物创作的时候,容易出现以下三种问题:

(1) 人物标签化、脸谱化;

(2) 角色缺乏真实性;

(3) 角色心理历程浅薄,没有生活经历,没有深度。

曾有同学说,自己想写一个思想特别有深度、智商特别高的天才 IT 男,但自己怎么写都觉得这个人不够聪明。同学感到疑惑,是不是因为身为创作者的她,自己的智商不够,所以根本写不出来这种高智商的角色?

得到答案之前,不妨先问自己一个问题:你想写一个 IT 天才，你读过乔布斯的传记吗？你研究过扎克伯格吗？你有没有看过以计算机之父图灵为主角的电影《模仿游戏》？

显然这位同学的答案是否定的。

人物不是凭空想象的，他需要有事实的支撑，有大量细节的支撑。如果你想写电脑天才，可以从真正的天才与高手身上汲取养分；如果你想写霸道总裁，可以看看马化腾、任正非的采访。

不仅仅是这些功成名就的科学家、企业家，我们的生活也是创作力量的来源。如果你想写一个网红，至少要上抖音去看看现在最火爆的网红是什么样；如果你想写一个职场女性，最好能观察一下你的女上司如何做事——哪怕你是一个在校大学生，没有女上司，也可以去市里找个高级CBD，去一楼大堂里坐一坐，去看看那些都市白领们，是怎么提着包包踩着高跟鞋，走路带风地奔向电梯的。

艺术源于生活，又高于生活，这些现实生活中的人，他们所展示的风采，都是创作的素材。

新人作者在创作过程中遇到的问题其实不难解决，可以采取以下方法丰富人物。

第一，针对"人物标签化、脸谱化"的问题，可以采取的对策是：进行多元设计，去掉刻板印象，为他（她）设计更多的优点和缺点。

可能有读者要发出疑问：前文提到进行人物设计要给人物贴标签，这里又说人物标签化、脸谱化是个问题，是否相互矛盾？其实不然，贴标签、写关键词，是为了快速地在脑海中建立起角色形象，一旦有了基本形象，就需要大量的细节设定来进行填充，不能只贴上几个标签，其他人物经历都不想，这样创作出来的角色必然脸谱化。

所以，我们先要给角色贴标签，然后通过更加细致的设定，再给角色去标签，尤其是要去掉一些刻板印象。比如，要设定一个高大有力的肌肉男，就想到他的职业是健身教练——这就是刻板印象。笔者在《无声之证》中，就把肌肉男设计成了遗容整理师，是专门给尸体进行美妆美颜的，这个设计就是出人意料，打破刻板。

　　另外，可以给角色再设计一些优点与无伤大雅的缺点。比如，同样是霸道总裁，有人写出来就是"这片鱼塘都被我承包了"，有人却可以让这个总裁因为小时候的落水经历，而患上恐水症，看到水就害怕，到了海边就发蒙。这其实无损一个霸道总裁的"光辉"形象，反而让角色有血有肉，更加鲜明，容易被读者记住。同时，这个角色也就不再是单薄的纸片人了。

　　第二，针对"角色缺乏真实性"的问题，笔者建议要给出准确的信息，用真实生活中的细节，来填充人物形象的塑造。

　　有些新人作者写故事，人物设计得天花乱坠，给他（她）加上了很多优点，看上去好像人设很丰富，但写出来读者一看，人物悬浮，完全脱离了现实，这其中有两个层面的问题：

　　一是作者知识基础薄弱，信息不准确。比如说，有同学说想写女主角是天才，她智商特别高，IQ 280。但事实是 IQ 140 就是天才级的人物了。这位同学没有做基础调查，甚至是写出了错误信息，角色当然就不可能真实。

　　第二个层面的问题，是角色缺乏细节支撑，也就是笔者前文提到的，在创作中，可以去研读人物传记，观察生活中的人。比如说，要写一个金融帝国的"大咖"，那可以先去搜索一下这些企业家的生活，比如王健林是每天凌晨四点起床，每天要开几场会议，一天最多赶飞机能赶几个场子，他的私人飞机是什么样的，还有他"先实现一个亿的小目标"之类的名言，这些是在网络上都可以搜索到的信息。

　　还有生活中的形象，比如，要写一个疲倦的二胎妈妈，可以用细节来填充，以支撑人物的立体性——半夜被老二的哭声闹醒三次，喂了两遍奶。到了凌晨五点，老二才安然入梦。妈妈刚睡了半

167

个小时，就被闹铃闹醒，顶着黑眼圈和鸟窝头，去给老大做早饭，顺手给自己倒了一杯咖啡，然后六点钟去喊老大起床上学。结果老大还不领情，竟然赖床，妈妈火冒三丈，掀开被子就是一顿狂吼，拎着老大进洗手间刷牙洗脸。这时候，老二又哭起来了。妈妈慌忙冲进婴儿房，等到哄好老二再睡下，老大又在饭桌边狂叫"妈！我的早饭呢？我要迟到了"……等到好容易收拾完所有事情，把老大送上门口的校车，妈妈回到厨房，发现那杯咖啡已经凉得透透的，一点热气都不剩了——不需要任何形容词去描绘这位当妈的神态是多么疲倦无力，只写她面对这杯冰冷的咖啡，是不是已经感受到她内心的崩溃了？

这些生活中的细节，不需要作者生过孩子怀过二胎，甚至也不需要作者是女性。发达的网络世界给我们的创作提供了极大的便捷，我们不需要像前辈那样，必须上山下乡体验生活，必须搞实际采访，必须进行大量的采风活动，我们可以选择更多的远距离方式来了解不同的人，不同的生活。我们可以看纪录片，我们可以通过视频连线来远程采访，这些都是互联网给予我们的便利，作为创作者的我们要充分利用网络的便捷，为我们的创作提供素材。

第三，针对"角色心理历程浅薄，没有生活经历，没有深度"的问题，可以采取的对策是：一是增加自我阅历，多看多感受，在生活中汲取养分；二是在塑造角色的时候，一定要加入际遇的变化，使人物有转变。

如何在生活中汲取养分，前文已经有所涉及，这里不再重复。这里探究关于角色转变的部分。一个人的深度，往往是变出来的，是成长出来的，而不是生来就有的。就连托尔金先生的《指环王》系列的甘道夫，那么睿智的一个巫师，他也有从灰袍到白袍的升级。

要让角色有深度，而且真实可信，可以给角色设立若干的

"坎"。让角色经历事件,去迈过这些"坎"。通过角色心理历程的变化,来塑造人物的成长、成熟,甚至是堕落。

仍以《射雕英雄传》举例,杨康,同时也是金国小王爷完颜康,他的思想是经过了几次斗争的。当他发现自己的亲爹是杨铁心时,他也考虑过脱离王府,去认祖归宗。当他打扮成乞丐的时候,连狗都不理;当备受白眼和欺凌的时候,从小锦衣玉食、娇生惯养的他,崩溃了。而这个时候,不是他亲爹,却待他如亲生儿子一般的完颜洪烈的一番温柔之言,彻彻底底地让杨康坚定了自己的信念,那就是跟着养父过日子。在这番心理转变之后,杨康这个角色的深度,自然而然地就生成了。

分析了初学者会犯的错误之后,笔者通过几部经典的网络文学作品和影视作品,分析如何塑造一个立体的人物形象。

案例分析 1　　顾漫《你是我的荣耀》

· 人物介绍

于途,顾漫所著小说《你是我的荣耀》中的男主角。

于途在学生时期是学霸校草,本科毕业于清华大学金融系,研究生时期选择了自己一直喜欢的航天方向,后就职于航天研究所。34 岁时被任命为搜神号探测器的总设计师,成为航天领域最年轻的总设计师之一。

于途年少时拒绝了乔晶晶的表白,多年后因为游戏和乔晶晶意外重逢。长大后的乔晶晶依旧对于途念念不忘,无奈长大后的告白依旧被于途拒绝。而于途有自己的顾虑:经济和时间。于途热爱航天,但迫于经济的压力,他曾一度想放弃航天事业,转行金融。但还是为了理想与责任,坚守初心,最终成为航天器总设计师,并与乔晶晶幸福地生活在一起。

· 案例分析

于途是网络小说中，人物性格发展、行为动机展开比较合理、充分的一个角色。《你是我的荣耀》是一部言情小说，爱情线是作品的核心，于途这个角色有一个突出的特点是：他爱上乔晶晶是有迹可循并且是符合逻辑的。网络小说在爱情叙事上有一个严重的缺陷，就是言情小说中爱情的缺失。换句话说，主角间爱情的产生是没有逻辑和迹象的，读者往往不知道主角什么时候就爱上了对方，这可能连作者也不清楚。

故事的开始，于途不小心将乔晶晶拉入队伍中，此时的他并没有认出乔晶晶就是他的高中同学，他是一个略带冷漠的休假中的航天事业工作者。乔晶晶作为一个当红明星在微博上推广玉兔净化器时，于途对于她的支持既惊喜又欣慰与感谢，对她的态度有了一点转变。乔晶晶"骗"他上门修净化器，两人在楼下久别重逢，相视一笑，过去与当下重合，于途对乔晶晶产生了好印象。酒桌上乔晶晶送酒替他解围，既给足了于途面子，给他解了围，又尊重他，维护他，这让长大后的于途重新认识了乔晶晶，这也是两人关系的转折点。在之后的游戏陪练中，于途对乔晶晶有了更多的耐心，情感一点点升温。

除了有迹可循的爱情，于途对现实、对事业和对父母的考虑也让这个角色由点到面，更为立体地呈现。

于途本科毕业于清华大学金融系，本可以在金融行业找到一份高薪的工作，但是他为了一直以来的梦想，转而进军航天领域。但航天领域是一个既忙碌，薪资又绵薄的行业，当他看到父母来上海治病却只能住在小旅馆的时候，他的内心遭受了冲击。他不是没有能力给父母更好的生活，而是他放弃了高昂的收入，他也由此产生了动摇，想放弃梦想重回金融行业，这也是他再次拒绝乔晶晶的理由——收入和时间。

从一开始的冷淡,到故事的逐渐展开,一个体谅父母、尊敬师长、关爱同事、艰苦奋斗的新时代年轻人的形象跃然纸上。于途不是大多数言情小说、偶像剧中坐拥万里江山、完美无缺的男主角,他是一个小城镇做题家出身的孩子,靠着努力读书改写命运,他的日常是加班,一个电话就让他迅速结束了假期,回到工作岗位,还要为生计奔波,还房贷。他的行为都有动因也有迹可循,一个并不完美却立体的人物展开在我们面前。

案例分析 2　　尾鱼《半妖司藤》

· 人物介绍

司藤原先是一株藤蔓,1910 年小道士丘山因为一己私利造成了司藤的精变,他把司藤养大,教她本事,利用她杀害妖族同类,达到名利双收的目的。在丘山的长期虐待之下,司藤分裂出了两个人格——司藤冷静,独立而强大;白英渴望家庭与爱情。最终,渴望家庭与爱情的人格战胜了独立而强大的人格,造成了司藤的死亡。但也正因如此,渴望家庭与爱情的人格最终被谋杀了。

2013 年,在一次意外中,司藤被秦放的血救活,从此与秦放开始了复仇之路。

· 案例分析

《半妖司藤》被改编成 30 集的网剧,由景甜、张彬彬领衔主演,于 2021 年 3 月 8 日在优酷、腾讯视频、爱奇艺首播。随着《司藤》的热播,景甜的旗袍造型获得观众的认可,"改良旗袍"更是迅速席卷了大众的穿搭。

司藤冷漠傲娇,是典型的"姑奶奶"性格,身着旗袍,婀娜多姿。司藤复活之后,面对安蔓的衣服,她高傲又嫌弃,拈过衣服闻了闻又扔回给秦放,还补了句"破烂衣服",秦放火气上来对司藤说你爱

171

穿不穿,司藤回道"那就不穿",一点也不会为了别人委屈自己。

除了冷漠与傲娇,司藤这个角色吸引人的是她的独立而强大,司藤不依赖任何人,一生都在自我救赎。旗袍造型是司藤的标志,独立、强大、冷漠是司藤的另一个标志。她原本只是一根藤蔓,丘山的一己私欲造成了她的精变,她被虐待,就不动声色地如数归还。她并非干净无瑕,却也不否认手上沾满的鲜血;在情感与理智的拉扯中,精变出渴望爱与家庭的白英;她回归于藤蔓,再次精变出西竹,干净、纯粹的西竹,是司藤的理想,也是她的美好愿望。

半妖加上孤傲的性格,让司藤在 2021 年众多影视剧中脱颖而出,甚至有网友戏称司藤和秦放是"BG"之光。

除了司藤,《庆余年》中的范闲、《全职高手》中的叶修都是形象鲜明的角色人物,这类角色往往不够完美,甚至带有缺陷。范闲原先是个重症肌无力患者,生命垂危之际穿越到一个两个月大的孩子身上,从此以范闲的身份在庆国生活。范闲是个自私自利但带了一点平等观念和善良的普通男青年,多年卧床无法动弹的生活,让他的愿望只剩下好好活着,对他而言,除了活着和亲人,其他都可以放弃,于是他的一系列行为都有了理由。

不单是网络小说,欧美影视剧中也常常塑造这样的角色,福尔摩斯是个古怪不合群,但专业能力超群的侦探;《生活大爆炸》中的谢尔顿·库珀是个物理天才,智商超群,但是缺乏幽默感,还习惯于显摆他超常的智商。《良医》中的主角肖恩·墨菲在医学上颇有天赋,但他患有自闭症,与人的交流不似常人那般简单与顺利。这些"精英+奇人"的设定,往往能够迅速抓住观众的眼球,也会给观众留下深刻的印象。

案例分析 3　　卓牧闲《朝阳警事》

• 人物介绍

韩朝阳是卓牧闲笔下《朝阳警事》的主角，是一位社区民警。韩朝阳毕业于音乐学院，与"警察"完全不搭边，实习期间，韩朝阳因为在下班时间帮师兄救场弹琴，被领导批评，被派往社区警务室工作。韩朝阳从一开始把"不干了"印在脑海中，后来在社区警务室工作的过程中，韩朝阳的思想发生巨大变化，成为一名真正的社区民警。

• 案例分析

《朝阳警事》是一部现实题材作品，展示了社区民警生活的方方面面。社区民警与刑警、特警不同，不能参与大案要案，也没有破大案之后的成就感，有的只是烦琐的鸡毛蒜皮的小事。如果说《庆余年》里的范闲拥有开挂般的人生，那么韩朝阳的人生则过于平凡和普通，但在这个人物塑造上，打动读者的正是主角的平凡、普通与成长。

成长是网络文学中经典的主题，主角由弱到强，思想由幼稚到成熟，是读者喜闻乐见的情节。但不同于幻想类作品中的打怪升级和"草根逆袭"，韩朝阳的成长更有代入感。

韩朝阳是音乐学院毕业的，与警察毫无关系。实习期间，韩朝阳处理完老太太报假警一事，推着没电的电瓶车满头大汗回到所里，还要被所长批评他私下到咖啡厅弹琴，此外还要看一众领导的脸色。一时间，一个刚毕业、专业不对口、工作内容烦琐、领导不近人情的职场新人形象展开在我们面前，这也是中国众多毕业生的真实写照。这使得韩朝阳这个角色更贴近现实，让读者有代入感。

韩朝阳处理的事也是鸡毛蒜皮的小事：抓蛇，处理业主养缅甸蛇问题；阻止野泳；拆迁纠纷；防范城市内涝；外来人口清查等等，在一件又一件的小事中,韩朝阳脚踏实地,依靠群众屡破大案,深受群众的爱戴。在这个过程中,韩朝阳的心态也发生了变化:从一开始把"不干了"刻进血液里,到为居民做了无数好事,调解了无数的纷争,化解了无数的矛盾。他既得到了社区群众的认可,也让自己真心接受、喜欢上这份工作。

案例分析4   迪士尼电影《飞屋环游记》

· 人物介绍

已经78岁的气球销售员卡尔·弗雷德里克森自小就迷恋探险故事,曾经希望能成为伟大的探险家。当他还是一个孩子时,遇到了有着同样梦想的女孩艾丽,他们一块长大并结婚相伴到老。

卡尔与老伴艾丽拥有共同的愿望——去南美洲失落的"天堂瀑布"探险。然而,老伴的去世让原本不善言辞的卡尔变得性格怪僻,更加沉默寡言起来。

这时候,政府计划要在卡尔所住的地方重新建造房屋,而卡尔不愿意离开拥有和妻子美好记忆的屋子。正当政府打算将他送到养老院时,他决定实现他和他妻子毕生的愿望。不过,他并不是打算一个人去,而是和他的屋子一起去,因为卡尔在屋顶上,系上成千上万个五颜六色的氢气球。

· 案例分析

笔者推荐新人作者学习《飞屋环游记》的前十分钟开场。《飞屋环游记》在故事开头,仅仅用十分钟的时间,用画面和镜头语言,将主角卡尔老爷子的一生,都淋漓尽致地展现出来。这十分钟,就是老爷子一生的人物小传,包括他年幼时的梦想,青年时的恋爱,中年时的挫折,晚年时的孤僻……绝对是教科书般的故事设计。

丰满的人物设定,将角色一生的曲线都描绘出来。同时,这十分钟里所埋下的伏笔与细节，也是令人赞叹的——比如那个葡萄汽水的瓶盖，一个细微的设计，就将老人家对亡妻的思念与爱情，描写得淋漓尽致，同时又跟影片后期的故事，首尾相连，彼此呼应。

　　这十分钟，在情绪的调动上，也是做到了极致。从爆笑到温情，再到最后的悲哀，电影用镜头语言，用色调上的变化，用背景配乐，牢牢地抓住了每个观众的情感变化。这些情感变化，是电影打动人的地方，也是新人作者可以学习的地方。

第五章　网络文学创作的主梗设计

在一个故事构思的过程中,故事主梗和人物设定究竟谁先谁后? 对于不同的作者来说,答案也会有所不同。

有的作者倾向于人物导向型,也就是人物设定优先于故事主梗。他们在创作的时候,往往是先对人物有一个鲜明的印象,设计一个自己非常喜欢的主角,然后讲述属于他或者她的故事。

有的作者倾向于故事导向型,也就是故事主梗优先于人物设定。他们的创作中,主角是服务于故事的,根据剧情线的需要,来排兵布阵般地设置主角、配角,以及一些过场性的 NPC。

这一章将从创意写作与"主梗"、网络文学中如何找"梗"和写"梗",以及经典的案例等层面分析网络文学创作五大维度中的主梗设计。

一、创意写作与"主梗"

1. 传统文学的故事设计

优秀的传统文学,在设计故事时,不存在"梗"这个概念。"梗"本身是一个网络词语,来源于网络,传播于大众。

笔者在立意一章中提到,传统文学创作中,"思想性"是第一位的,也是作家们在创作时考虑的第一要素:创作要反映什么,要弘扬什么,要改变什么,能给社会带来什么。

在传统文学的创作过程中,作品的故事性,是从立意与思想性出发,先构建环境、人物,再确立情节。所以,传统文学创作主要遵循以下四个步骤:

图 5 - 1 传统文学的故事设计,以思想性为基础,兼顾环境、人物、情节

第一步,思想性:

立意是优秀的传统文学创作的基础,要表达什么内涵,传达什么思想,是文学创作大家的主要关注点。

第二步,环境:

优秀的文学创作,往往是先构建环境,描绘社会环境背景,再塑造于这个环境下成长的人物。

第三步,人物:

人物是小说作品的灵魂,人物的经历和遭遇,是引起读者共鸣的关键。

第四步，情节：

传统文学创作的故事性，一般不特别注重与众不同的"梗"，而是随着人物于社会环境下的变革，经历不同的事件。

遵循这四大步骤，以思想性为导向，在环境、人物、情节上创设完整构架，具有鲜明的时代特色，这样的经典文学故事并不少见，如雨果的《悲惨世界》、曹雪芹的《红楼梦》，是鸿篇巨制的典范。

· 《悲惨世界》

《悲惨世界》是由法国作家维克多·雨果在 1862 年发表的一部长篇小说，其内容涵盖了拿破仑战争和之后十几年的时间。故事的主线围绕主人公土伦苦刑犯冉·阿让（Jean Valjean）的个人经历，融进了法国的历史、革命、战争、道德、哲学、法律、正义、宗教信仰。该作品多次被改编演绎成影视作品。

· 《红楼梦》

《红楼梦》，中国古典四大名著之首，清代作家曹雪芹创作的章回体长篇小说，又名《石头记》《金玉缘》。小说以贾、史、王、薛四大家族的兴衰为背景，以富贵公子贾宝玉为视角，描绘了一批举止见识出于须眉之上的闺阁佳人的人生百态，展现了正邪两赋有情人的人性美和悲剧美，可以说是一部从各个角度展现女性美的史诗。

这两部作品都不是以情节为导向的，而是随着人物于社会环境下的变革，经历不同的事件，从中体现出作者的思考和批判。

的确，传统文学创作中，几乎没有"主梗"这个概念，但也有以故事优先的作品。在一些浪漫主义、超现实的魔幻题材作品中，有些是以故事优先的。其中，最典型的案例，就是卡夫卡的《变形记》。

· 《变形记》

《变形记》是奥地利作家弗兰兹·卡夫卡于1912年创作的中篇小说。《变形记》中的主人公格里高尔·萨姆沙在一家公司任旅行推销员，长年奔波在外，辛苦支撑着整个家庭的花销。当萨姆沙还能以微薄的薪金供养他那薄情寡义的家人时，他是家中受到尊敬的长子，父母夸奖他，妹妹爱戴他。当有一天他变成了甲虫，丧失了劳动力，对这个家再也没有物质贡献时，家人一反之前对他的尊敬态度，逐渐显现出冷漠、嫌弃、憎恶的面孔。父亲恶狠狠地用苹果打他，母亲吓得晕倒，妹妹厌弃他。渐渐地，萨姆沙远离了社会，最后孤独痛苦地在饥饿中默默地死去。

卡夫卡以自己独特的艺术笔调，用象征、细节描写等手法对"人变成甲虫事件"进行艺术再造，使作品呈现出荒诞、不可思议的基调。《变形记》中萨姆沙的遭遇即是在那个物质极其丰裕、人情却淡薄如纸的时代里处于底层的小人物命运的象征。小说以主人公变为甲虫这一荒诞故事反映了世人唯利是图、对金钱顶礼膜拜、对真情人性不屑一顾，最终被社会挤压变形的现实，反映了资本主义制度下真实的社会生活。

——以上介绍，摘自百度。《变形记》是一部太过经典的超现实题材作品，以夸张戏谑的故事设定，让人变成甲虫来阐述作者的立意。在众多反映社会现实、反映时代特征的鸿篇巨制中，它的故事具有独创性。

一方面，这是由作品体量决定的，《变形记》是一部中篇小说，故事构架不大。另一方面，这也是作者的风格使然，卡夫卡是独一无二的。

179

图 5 - 2 《变形记》——卡夫卡中短篇小说集
（图片来源于网络）

2. 传统文学与网络文学在故事设定上的区别

为什么传统文学创作不讲"梗"？这是由传统文学的思想性决定的。传统文学的创作要求作品具有深刻的思想性——深刻而复杂的思想内涵，时代与人文的反映，不是一两个梗就可以"一言以蔽之"的简单表述。

那为什么网络文学创作必须讲"梗"？笔者认为有以下两个

原因：

一是网络文学的娱乐性，决定了"梗"的存在。这是一个娱乐至上的年代，绝大多数读者看书不是为了寻求被教育的，他们的想法很简单，就是要图乐。所以，有趣的创意，直接决定了作品的被关注度。

创作的故事要与众不同，有独特的亮点，才会有人看。在需要独具"网感"的网络文学作品中，如果仍像传统文学一般，开篇没有直接切入主题，以大篇幅的环境描写作为开头，那么大概率会被读者抛弃。

第二个原因是碎片时间与快速阅读，阅读模式与阅读场景的改变，决定了"梗"的重要性。

现代社会生活节奏快，工作压力大，大家往往利用碎片时间进行阅读，这就造成了阅读还停留在浅层次上，不能深入进行有质量的思考。网络小说的阅读通常是在上下班通勤的过程中，或是忙碌了一天回家之后，睡觉前坐到床上看一会儿网络小说，放松一下自己的心情。所以，现在的阅读模式、阅读场景的改变，也决定了文学创作的风格和套路的改变。

3. "梗"是什么

"梗"是一种网络用语，它最早是一个误写，正字应为"哏"，是笑点的意思——相声里所说的捧哏、逗哏，就是这个"哏"。

随着影视、综艺等流行文化不断被网络化，"梗"这个字的词义也被不断扩大引申，大到雷同的情节设置，小到一个片段、一句台词，都可以叫"梗"。

举几个例子：小说里经常使用的大众桥段"失忆梗"，就属于一种情节设置。

再例如 *Star Wars*（《星球大战》）里的经典台词："I'm your

father",也成为流行文化里的一个梗,被一些影视作品反复致敬,还被印在优衣库的星战 T 恤上。

同样来自科幻界的常青树——《星际迷航》系列里,瓦肯星人的手势,也随着 IP 的火爆与流行,成为一个文化"梗",并且深入人心。它不但反复出现在《生活大爆炸》等影视作品当中,还被真实世界里 NASA 的宇航员带上了太空。

二、网络文学中的主梗设计

明确了"梗"的含义后,在网络文学创作实战中,有一个核心问题:独一无二的主梗设计,究竟从哪里来?

1. 网络文学中的"梗"

主梗,是作品区别于同类产品、吸引读者眼球、增加 IP 影视游戏改编卖点的不二法宝。

网络文学创作中,主要有"IP 向"和"无线向"这两大类型。无论哪种创作方向,都需要"梗"的支撑。

从 IP 向作品来看,故事的主梗,也就是大主线,是实现 IP 改编的主要依据。主梗设定越有趣,越有创意,就越有 IP 变现的可能性。

如《太子妃升职记》,在"穿越梗"流行之时,作者鲜橙在穿越的基础上,加入一个不同于其他作品的设定——主角是男儿心女子身,这样的一位太子妃会不会真的爱上太子? 她又该如何在后宫中闯荡升职? 这个独特的设定,不但吸引了读者,也吸引了影视公司的目光。

无线向作品虽然对于大主线的要求不高,但对于每个段落、每个章节、每一次更新的小包袱,要求却很高。无线向作品中有一类情节简单,没有基本的起承转合结构,桥段套路化的"小白文",这类作品看似简单,但其创作却是有一定难度的。作品要写得抓人,要能让读者看下去,对于段落设计的要求极高。这些小的"梗",笑点也好,桥段也好,钩子也好,是吸引读者不断关注、点击这部作品、并且愿意订阅、付费阅读的唯一方法。

纵观网络文学发展的二十余年,一些独特而有趣的"梗"往往出现在一些"高概念"作品中。前文提到,高概念作品需要同时具备以下三个元素:独特的原创设计、可以用一句话概括的剧情、符合普世价值的立意。其中,独特的原创设计往往是作品出彩的地方,也是区别于其他套路化写作的关键所在。比如热播剧《隐秘的角落》原著《坏小孩》就具有独特的原创设计。《坏小孩》属于"社会派"推理小说,这个流派可以追溯到 20 世纪 50 年代,发展已经完善,《坏小孩》做了一个独特的设定——主角团是三个小孩,三个孩子在景区游玩时无意拍下了代课老师张东升的犯罪行为和随后发生的一桩桩搅入其中的事。这样的设定在一众推理小说中脱颖而出。

2. 怎么创作出一个好玩的、独一无二的"主梗"

关于怎么想梗,问一百个作者,会有一百个答案。有人会说"灵光一闪",有人会说自然而然就出现了,也有人会开玩笑地说"上厕所蹲出来的"……总之,似乎没有一个放之四海而皆准的标准模式。

作家们往往用"灵感"两个字来表述自己构思以及获得"主梗"的过程,但灵感不是平白无故地出现的,它的发掘需要三个步骤。

第一步,素材积累。无论是现实题材,还是幻想类题材,无论是都市还是科幻,每一种创作都离不开基础的素材积累。这些素材,可能来源于现实生活,来源于学习或工作的经历,也有可能来源于作者所吸收到的任何营养,比如读书、观看影视剧目,或者仅仅是跟人聊天所听到的小道消息。

第二步,创意策划。光有素材还不足以设计出一个独特的主梗,还需要有系统整理,用创意来完成一个故事策划的能力。也许没到"灵光"那样绝妙的境界,但策划的过程中,作者已经对故事的大致方向,有了一个朦朦胧胧的感应。还有些创意策划,是根据市场上的竞品来进行分析,最终决定自己的创作方向。比如市场缺什么,策划一个故事填补空白,寻找蓝海。也有可能是评估市场流行的题材,进行跟风创作,最快捷地获取市场关注度。

第三步,灵光一闪。在内心已有市场分析大致方向的时候,某个时刻的灵感凸现,或许就能创造一段传奇。

总之,素材累积、创意策划、灵光一闪,这是长期创作的过程中,一种只能意会、不能言传的体悟。对很多作者来说,难以将这种过程进行明晰地叙述。

3. 找"梗"的方法

寻找主梗的灵感是难以明确地用语言描述的,但不代表没有方向和方法。笔者将结合自己的创作生涯,总结出了一些适用于新手的方法。

笔者从 2003 年开始写作,在 19 年的创作生涯中,不断挑战自我,先后从早期青春言情小甜文,到风云诡谲的武侠仙侠,再到悬疑探案、科学幻想、历史革命……笔者将文学创作当作一种乐趣,每一种类型文学的创作就是攀登一座新的高峰,翻过一座新的山头。

这样的创作模式,在网络文学中多少有些"非主流",但笔者乐在其中。从积累流量的角度,不断变更的题材,让笔者损失了一些粉丝受众。但从自我提升的角度，每一部作品都是新的起点和更遥远的征程。

因为创作的题材广，每个题材的风格又都相差甚大，每一次都是不断去挑战自己，试图去征服一个新题材，每次找梗的方法都完全不同。因此，在不停的创作过程中，笔者也总结出了一些自己认为对新手有用的套路，这些套路帮助笔者度过了创作的新手期和艰难期。

笔者将这份"邪道攻略"总结为四个字：学、反、融、创。

三、新手教学：主梗设定之邪道攻略

学、反、融、创。

这四个字，是笔者在创作过程中总结出来的、适用于新手的主梗设定的方法。随着创作的进行，只要你笔耕不辍，一定能悟出属于自己的路数。但是对于刚刚入行，甚至是还没有入行的初学者来说，可以使用这份"邪道攻略"，快速找到主梗设定的思路。

1. 找梗之"学"

"学"，很好理解，就是学习别人。大多数人都不是天才，不可能第一次创作就下笔如有神，多多少少是要从其他人的作品，包括图书、影视、动漫、游戏等文化产品中汲取养分的。特别是初学者，"学"是开始创作的第一步。

"学"，即观看大量市面上现有的成熟作品（包括但不局限于小说、影视、动漫、游戏等），当我们在这些故事里看见有趣而独特的创意之后，要懂得进行学习，去思考别人为什么写，作者为什么会这么想。

在对这些作品经过一系列的分析之后，接下来，要提取和借鉴别人作品中的创作亮点，然后进行改编，加入自己的创意和新的设计，运用自己的笔法，重新构思一个属于自己的新故事。

这里有两个重点：

第一，切记不能抄袭。

第二，尊重原创，标注所学习的作品名称，并在故事的显著位置，标明"本文创作系受××作者的《×××》作品启发，学习借鉴了×××情节"。

在这里，笔者要强调的是，学习不等于抄袭。文品就是人品的体现，抄袭就是偷窃，是愧对"作者"两个字的行为。摘抄别人的作品，是最低级的行为。偷窃别人的故事剧情拿来自己用，是更加可恶的犯罪。

目前在中国的文化市场，抄袭事件层出不穷。有一些低级的抄袭路数，拿别人作品的文字拼拼凑凑，或者直接用一些写作软件，从网上抓取并摘录各种描写文字。还有一些"高级"的抄袭，用别人的故事剧情，然后"中译中"，同一件事情，用自己的话来重新说一遍——目前这样的抄袭手法还很难去打官司，令受害者苦不堪言。

创作者请一定要守住内心的底线，人要有职业道德。创作的前提是原创，即使日更万字，再苦再累，也不能成为抄袭的理由。

笔者所说的"学"跟抄，完全是两码事。没有人是生来就什么都会的，没有人可以不通过学习，就掌握某种高级技能。写文创作也是同样的。在学习借鉴他人作品的过程中，一定要加入自己的想法、自己的创意，绝对不能将别人的故事进行简单修改就拿来用。

发现别人的亮点，借鉴别人的创意，自己融会贯通，加入自己的新设计的过程中，非常重要的一点，是"度"的把握。

186

什么样才是合理的"度"呢？笔者通过以下几个案例分析——

男女主角进行灵魂互换:《女男变错身》→《羞羞的铁拳》

两个角色进行身份互换:《王子与贫儿》→《变形记》→《换双翅膀飞翔》

角色性别、身份同时互换:《父女七日变》

案例分析 1　　**《女男变错身》VS《羞羞的铁拳》**

· 主梗:男主角与女主角进行了灵魂互换

· 《女男变错身》简介

《女男变错身》(*It's a boy girl thing*),是一部小成本小制作的英国电影,2006 年上映。故事讲述了伍迪和妮儿是一对冤家,突然有一天男变女、女变男两人交换身体,并互相进行破坏大作战的故事。

· 《羞羞的铁拳》简介

由开心麻花出品,2017 年于中国大陆上映的电影《羞羞的铁拳》,主要讲述了搏击选手艾迪生和体育记者马小,因为一场意外的点击灵魂互换的爱情故事。

· 案例分析

《女男变错身》可谓是"女变男、男变女"这个主梗设定的鼻祖。

电影的两位主角,女主妮儿是一个好好学习天天向上的书呆子形象,男主角伍迪是一个身材健硕的橄榄球运动员——两个人就是欢喜冤家,是青春校园背景里最典型的人物设定。

这部 2006 年上映的英国影片,在当时着实让观众们眼前一亮。作为最早的一部讲述男女性别互换的电影,这场校园喜剧,除了青春、爆笑、情感等关键词让观众们捧腹大笑之外,也从某种意义上探讨了人生选择、性别的刻板印象等一系列话题。

而到了《羞羞的铁拳》,这部 2017 年上映的影片,从故事内核的主梗设定上,其实跟《女男变错身》差别不大,但开心麻花在学习借鉴的基础上,进行了全新的改编,以及加入了更多的设计元素:

首先,故事背景从校园变成了职场,人设更加丰满。打假拳的落魄拳手艾迪生与都市白领、体育记者马小,在人物设定上,给予了他们更多的背景故事。

其次,加入了阴谋的成分。《羞羞的铁拳》是喜剧片,但故事线却又十分明晰。艾迪生被陷害的始末,在"打假拳"这条主线上,有从头到尾的剧情剖析。

最后,加入了励志与逆袭的元素。开心麻花非常擅长做爆款,从《夏洛特烦恼》到《羞羞的铁拳》再到《西虹市首富》,都有"小人物逆袭"这条励志线。虽然叙述手法和切入点有喜剧、搞笑的成分,但小人物"咸鱼大翻身"的故事设计,永远不缺乏观众。

有这三点新增要素,再加上"学功夫"等接地气的、专属于中国市场的搞笑元素,《羞羞的铁拳》无论是故事性还是喜剧感,都比《女男变错身》丰富了许多。

从这个案例上,初学者也可以看出,"学"是必经之路,但"学"的重点是:一不能抄,二要有自己的思考和提升。

案例分析 2 《王子与贫儿》→《变形记》→《换双翅膀飞翔》

- 主梗:两个主角进行了身份互换
- 《王子与贫儿》简介

美国作家马克·吐温创作的长篇小说,描写了一个贫苦儿童汤姆和一个富贵王子爱德华交换社会地位的童话式故事。

- 《变形记》简介

湖南卫视的大型真人秀类综艺节目《变形记》,秉承换位思考的概念,体验不同人生,达到改善家庭关系、解决矛盾、收获教益的目的。

· 《换双翅膀飞翔》简介

赖尔所著的《换双翅膀飞翔》,讲述了在一次旅行中,都市公子哥儿裴嘉元遇到了深山里的采药娃儿张务工,两张几乎一模一样的面庞相遇,一段新奇大胆的人生故事就此展开。

张务工在裴嘉元的极力怂恿下,答应两人互换身份,假扮对方。可是当他来到大都市,体验到了城市的繁华和"爸妈"的溺爱后,不愿再回山坳坳里受苦,设法阻断了与裴嘉元的联络⋯⋯

另一方面,裴嘉元在封闭落后的村子里饱受折磨,沉重的生活重担压在他身上,让他几乎支撑不下去。在他诅咒这穷山恶水的鬼地方时,一双瘦骨嶙峋的手伸向了他⋯⋯

无论在都市还是深山,总有一汪潭水倒映出他们的灵魂。互换身份的两个男孩各自经历了什么?他们能否突破心的樊笼,开始全新的人生?他们最终能否各归其位?而他们的梦想,又将飞向何处?

· 案例分析

马克·吐温先生是儿童文学创作的大师。《王子与贫儿》用一个非常奇特的视角,讲述了两个模样相似,但身份截然不同的少年,在皇宫与市井中不同的遭遇。他们进行了身份互换之后,在各自的成长中,领悟了许多。这个身份互换的设定,实在是太过经典,在后来人的文学创作中,一直被借鉴与致敬。

湖南卫视的大型真人秀节目《变形记》,也是采用了"身份互换"这个设计。不过,在节目安排上,使用了更符合现代中国国情、贴近社会现实的方法——山里娃儿来到城里,城里小孩走进大山,体验对方的生活。

在中国,这部综艺节目可谓是火遍了大江南北,掀起了社会探讨。直到今天,网络上还流传着《变形记》第八季的城市主角王境泽,在节目中被拍摄的一系列 GIF 动图——从"我王境泽就是饿死,也不会吃你们一点东西"到"真香"的转变,令人忍俊不禁,成为网络上的爆红传说。

《换双翅膀飞翔》,是笔者在 2012 年创作的儿童文学作品。在开始写这部作品时,笔者非常直白地陈述了这样一个前提——

> 创作《换双翅膀飞翔》,是受美国作家马克·吐温作品《王子与贫儿》,以及电视节目《变形记》的启发。

笔者将这段前提写在《换双翅膀飞翔》的封面上,表达对他们的感谢。感谢大师和节目组的作品,它们是我灵感的来源。

在《换双翅膀飞翔》的创作中,笔者学习和借鉴了两个设定:

第一,受《王子与贫儿》的启发,笔者设定了两个容貌相仿的孩子,一穷一富,互换身份。

第二,受《变形记》的启发,农村娃儿到了城市,城市小孩到了农村,体验不同生活。

这两点,是大师的作品,以及节目组的真人秀直接告诉笔者的创意。而在这个基础上,笔者将二者进行了杂糅,并加入了更多自己的设定:

其一,主角的身份设置上,更接地气。裴嘉元是家里的独生子,手机、Ipad 不离手,自我意识过盛,父母都是知识分子,对他非常溺爱。张务工则是出自贫困家庭,父母都没有文化,父亲酗酒产生暴力倾向,对他和妹妹不管不顾,反而是张务工要肩负起照顾妹妹的责任。

其二,加入了更多戏剧的冲突,心灵的拷问。

张务工不想回山村,一方面他思念妹妹,担心妹妹,但又恋慕城里的繁华、"爸妈"的温柔爱护,他甚至一辈子都不想换回来,因此偷偷切断了与嘉元的联络。他私心想要霸占这个家,又觉得惴惴不安,惶恐愧疚。

而嘉元,从一开始觉得新奇有趣,到憎恶山村,憎恶山里的一切,粗暴的"爸妈",一点也不机灵的假"妹妹",到最后,身为独生子的他,渐渐感受到了"有个妹妹要照顾"时的责任。他从一个完全的自我为中心者,渐渐开始转变,变得会替他人着想。

最后,还有幡然醒悟的结局。务工主动选择了坦白,而嘉元则成了一个助人的英雄。在身份互换的过程中,他们的心态都发生了转变,他们各自得到了成长。

这部作品的立意,正如笔者在故事封面中所书写的那样——

> 　　城市少年和山村少年面临着贫富差距、生活条件不平等、教育资源不平等这一系列现实问题,如何看待这些问题,则是这篇小说想要探讨的话题。不同的人,身份可能不同,境遇可能不同,但这些都不是决定人生成败的主要因素。一个人最珍贵的宝物,不是钱财,不是地位,而是心灵。只要你拥有一颗善良、正直、勇敢的心,就能做出正确的选择,成为生活的强者。

2012年的时候笔者还年轻,写这篇文章时,"学"的手法有些直接简单,笔者当时主要用的手法是:创意杂糅＋全新故事人物设计＋当下社会问题的表现与探讨。从另一个层面来说,无论是马克·吐温大师的《王子与贫儿》,还是湖南卫视节目组的《变形记》,两部作品本身都是行业标杆,已经将他们的创意发挥到了极致,想要超越这两部作品,是不可能的。笔者只能从立意和设定上来挖掘,在故事性上做到更有趣,放大人物冲突与矛盾。总而言之,《换双翅膀飞翔》的创作,是站在巨人的肩膀上,但学习得还不够聪明,没有打出属于自己的独特风格。关于这一点,笔者也在不断自我反省中。

图5-3 《换双翅膀飞翔》出版封面

案例分析3 《父女七日变》

主梗:角色性别、身份同时互换。

· 《父女七日变》简介

《父女七日变》改编自日本作家五十岚贵久所创作的同名小说,是日本东京放送电视台(TBS)2007播放的7集连续剧。在一次事故中,47岁的父亲与16岁的女儿来了个灵魂互换,然后两人以对方的思维方式继续生活在现实中,而此前关系一直很冷淡的父女两人,也因为这次事故开始交流,开始逐渐理解对方。

· 案例分析

《父女七日变》是一个学习创意、叠加创意的绝佳案例。

前文说到，性别互换、身份互换的设定早已有之。但《父女七日变》却玩出了一个新花样。它将男女主角的性别、身份，以"父与女"的形式串在了一起，令故事一下子生动起来，并且更加接地气，更加有趣。看到标题的那一刻，完全打开了我们的想象——在这个故事中，会有多少爆笑的亮点，又会出现多少父女亲情的互动。

父亲的身份是会社的职员，并且是一个领导岗位的工作者。平时为人严肃，做事严谨，满脑子都是工作，在家庭中缺少与妻子、女儿的交流。女儿是高中生，正是活泼又叛逆，成天抱着手机刷"爱豆"的年纪。父亲和女儿平时互相看不顺眼，都觉得对方有问题。但随着他们的灵魂互换，当女儿顶着爸爸的皮囊，站在公司的会议上，当父亲顶着女儿的皮囊，坐在校园的课堂里，才明白对方平时的工作和学习是那么难，充斥着各种烦恼。

更接地气、贴近生活的设定，以及爆笑的剧情设置，无论从"主梗"还是从"包袱"的层面，都有它的独特之处。这一点，是我们要向一些优秀的日剧学习的。

2. 找梗之"反"

"反"是笔者总结出来的、一种行之有效的找梗的方法。"反"的套路其实并不复杂，而且具有极强的操作性。

首先，调查和研究市面上的流行作品，根据当下的流行趋势，挖掘其中群众喜闻乐见，但其实从立意上说又稍微有点问题、不是那么正能量的题材。

我们得承认，大众的审美取向，是有高低之分的。有时候，越是低俗越是爽快的故事，反而能够迅速传播开来。毕竟，这是一个娱乐至上的年代，很多所谓的"网红"和"爆款"，其实"爆"的是方式，是套路，对于作品的根本立意，作者并没有好好考虑，甚至会传播一些具有偏差的价值观取向。

193

其次,在确定了这种流行题材之后,进行反思和批判。运用这种流行的方法,或者"爆款"题材,但在立意上进行调整,为其注入符合时代特征、具有普世价值的立意,重新创作一部新的作品。

使用"反"这个方法,好处非常明显:

其一,紧跟商业潮流,讲述流行的题材或套路,从某种程度上说,也就是"跟风"。

其二,在"跟风"的基础上,作品又有属于自己的风格,有反思,有发挥,有更丰富的故事设定。最重要的是,故事有立意,作品有趣的同时,传达出正能量,符合社会主义核心价值观。

在笔者的创作生涯中,有两部作品是用的"反"的套路进行创作的,都收获了不错的成果。一部是前面介绍过的《我和爷爷是战友》,另一部是《返魂香》。下面,笔者就以这两部作品,进行案例分析。

案例分析 4　　　《盗墓笔记》→《返魂香》

核心理念:从盗墓到反盗墓

·《盗墓笔记》简介

五十年前,由长沙土夫子(盗墓贼)出土的战国帛书,记载了一个奇特战国古墓的位置,五十年后,其中一个土夫子的孙子在他的笔记中发现这个秘密,纠集了一批经验丰富的盗墓贼前去寻宝,谁也没有想到,这个古墓竟然有这么多诡异的事情:七星疑棺、青眼狐尸、九头蛇柏。发现了这神秘的墓主人,并找到真正的棺椁。

• 《返魂香》简介

故事的主角是十七岁高中生小实,从他遇见怪人方鸿卿说起。

方鸿卿是南大文物保护专业研究生,在南京博物院实习的他,无意中在夜半的博物馆中遇见种种怪事:夜半谜样的水迹、辛追尸身的变化、呜咽不止的箫声……千年之后重见天日的六孔箫,竟引来秦朝焚书坑儒时的一段悲惨往事,让方鸿卿下定决心,将文物还回秦朝女子的墓中。

方鸿卿结识了好友秦秋,与贩卖文物的赵老板及一干盗墓贼斗智斗勇。之后又与小实一起,三个人经历了一系列的奇异事件:

一块破旧玉璧,拉开南宋黄天荡一役,韩世忠与梁红玉的生死战局;

北宋定窑白瓷婴儿枕,带来父子骨肉亲情与约定承诺的抉择,天伦梦断,令人垂泪;

更令人意想不到的是,恒山岳阳庙的吴道子壁画《天宫图》,竟然影射出打开武则天乾陵的方法……

• 案例分析

详见第三章"说历史,反盗墓,在热门题材中寻找新出路"一小节。

案例分析 5　　**《寻秦记》→《我和爷爷是战友》**

核心理念:从穿越到大秦、大清,争名夺利谈恋爱,到穿越回抗战时期,保家卫国

• 《寻秦记》简介

《寻秦记》是香港著名武侠宗师黄易的代表作之一,也被认为是历史穿越小说的鼻祖。故事讲述了来自 21 世纪的特种部队精锐战士项少龙成了时空实验的"小白鼠",被送回战国时期;可是时

空机器发生了毁灭性的大爆炸,所有参与的实验人员均灰飞烟灭。项少龙则流落到两千年前中国最动荡和急剧变化的时代里。

于是寻找秦始皇变成他留在战国时期唯一的目的,只有成为战国时期的强者才能保证自己生存下来。于是项少龙最先到达赵国并通过过人的武艺和智慧逐步踏入赵国贵族圈子,然后与赵国执政赵穆展开了官场和情场上的钩心斗角。项少龙虽风流而不下流,虽多情而重情;他流连于花丛中,在那个特殊的时代如鱼得水;然而在遭到赵穆等人的数次算计后项少龙密谋逃往秦国,并将其义子赵盘伪装成了后来的秦始皇嬴政⋯⋯

项少龙为了帮助嬴政,对内剿除权奸吕不韦、嫪毐,对外一统六国,在血与火的战场以及人心险恶的官场上出生入死,与七国的权贵展开了一场场尔虞我诈、明枪暗箭的生死争斗。最终,项少龙帮助嬴政击溃了吕不韦等人的势力集团,然而,由于赵盘身份的泄露,项少龙成了已经成长为一代枭雄的秦始皇的眼中钉⋯⋯

最后,项少龙看透一切,携家眷(纪嫣然、琴清、乌廷芳、赵致)随乌家到塞外居住避世。小说最后是项少龙的儿子项宝儿想改名为项羽。

• 《我和爷爷是战友》简介

《我和爷爷是战友》是一部以抗日战争为背景的小说。故事以两名出生在 1990 年的高中学生为主角,以"穿越"为线索,以新四军一团行军路线为依托,描写新时代的学生在面对抗日历史时的表现。

李扬帆是一个学渣,喜欢装酷耍帅,喜欢打游戏。林晓哲是一个学霸,除了埋头做题什么都不管。这两个高三学生,遭遇了一次意外,阴错阳差穿越至 1938 年那个战火纷飞的年代,加入了中国新四军。

故事从新四军一团自高淳向苏南挺进开始写起,伴随主角李扬帆和林晓哲的成长,写到父子岭战役,最终于 1941 年皖南事变前夕结束。

随着故事的进行,李扬帆和林晓哲在战争中得到了磨炼,真正成长起来。更有趣的是,当他们穿越回来之后,发现李扬帆那位九十多岁的姨爷爷,竟然是自己的战友……

· 案例分析

《我和爷爷是战友》创作于 2008 年,当时《寻秦记》《梦回大清》等穿越类作品火遍了大江南北。男频穿越作品,大多数都是像项少龙一样,要穿越回过去,当王侯将相,要争权夺利,要妻妾成群。女频类的穿越作品,大多数都是回到唐朝、明朝、清朝,满足女性的幻想,与王孙贵族谈恋爱。

那时,笔者意识到,"穿越"本身是群众喜闻乐见的题材,问题在于穿越回去干什么。如果只是为了名,为了利,为了谈恋爱那未免也太狭隘了。

笔者也运用了"反"的找梗方法,创作了《我和爷爷是战友》,于是,它成了中国首部以"穿越"形式创作的抗战文学作品。

关键词:励志、成长、爱国、抗日战争、儿童文学。

一句话的剧情简介:两名新时代 90 后的高三学生,穿越到抗日战争时期 1938 年,参加新四军进行抗日战争,在炮火与热血中,获得了心灵的成长与磨砺。

关于《我和爷爷是战友》的创作心路,以及它获得的荣誉和改编,在第二章节中已经进行了剖析,这里就不再赘述了。笔者只摘取几个专家的评论,借高人之口,来证明一下它的优点。

　　这书是用孩子们喜欢的形式来写的,是一个很好的尝试。我建议作品的主人公不仅要参加抗日战争,还要参加解放战争,还要参加抗美援朝,还要当一个开国的将军。

——于友先（原新闻出版署署长，原中国版协主席）

一头连着革命传统，一头连着现代时尚，这个"红穿"是儿童文学界一次别开生面的文学穿越，是一次战争题材儿童文学创作的突破，是一次将"穿越"和革命历史题材相结合的有益尝试。《我和爷爷是战友》的创作出版，也为我国战争题材儿童文学的创作出版，开辟了一条与时俱进的新通道。

——海飞（原中国版协副主席、国际儿童读物联盟中国分会主席）

《我和爷爷是战友》是一部在新历史背景下很有自己新的创意的幻想文学，一部抗战题材的成长小说，致力于年轻一辈向上的小说。

——王泉根（著名评论家、中国作协儿委会副主任、北京师范大学教授、博导）

3. 找梗之"融"

随着互联网的发展、社会的不断进步，现在的新兴产业都特别讲究"＋"的概念。从"互联网＋"到"文化＋"，走的都是复合型产业的路线。同样，在高校系统里，越来越多的交叉学科，成了新兴的学术研究方向，并随之兴建起了新的专业。

在文学创作中，也可以用这种"交叉学科"的思想，触类旁通，找到题材与题材的交叉点，写出别人没有写过的、全新的"交叉梗"，这就是笔者所说的"融"。

举个例子，晋江作家荔箫创作了《盛世妆娘》，后被企鹅影业改编成了动画，这部作品就是一个典型的具有跨行业感的"交叉梗"。

故事的主角是一个美妆博主，却被扔进了游戏空间，开启起了古代言情的套路：

> 身为一个被扔进游戏系统的美妆博主，
> 司妍庆幸的是：这个系统里的装备都是时下流行的美妆产品。
> 悲哀的是：就算坐拥天下唇膏，她也没空愉快试色。
> 每天忙着帮贵妃控油、帮皇后娘娘抚平干纹细纹也是很累的。
> 还有："那位殿下，你再说我每天用的唇膏都是同一个颜色，我就生气了！"

——以上是荔箫给予《盛世妆娘》的文案，她将这部作品归结为"美妆""护肤""时尚""游戏""系统"几个关键词。

这部作品以"美妆博主"这个潮流设定为主线，具有时代感，又横跨了"游戏系统"与"古代言情"这两个大题材类目，一个是网文新贵，一个是中流砥柱。这样以跨类型的"融"的手法呈现出来的《盛世妆娘》，不但具有独创性，还有极强的市场竞争力，能够快速得到 IP 开发。

其实，在类型文学的概念中，很多作者和读者都在维护某种题材的"正统性"，认为一个类型文学该是什么样子的，是不能去改变的，不能"玷污"它的纯洁性。比如，很多武侠资深爱好者，就固守"江湖"的概念，认为武侠不能放到现代，不能出现当代的科技产物，因为"画风不同"。

维护正统的风格有其道理，但不代表每一个人都要去遵从这种"画风论"。"融"的方法运用得当，同样可以写出精彩的故事。

以笔者所著的《全息陨落》和《龙骑士》为例，笔者用"融"的手

199

法,写了两部画风完全不同的作品:

《全息陨落》,融合了科学幻想＋网络游戏＋末世求生＋星际战争。

《龙骑士》,融合了中国·传统仙侠·山海经·世界观＋西方·魔幻·剑与魔法·世界观。

这种故事设定,融合了多种元素,肯定会有读者不认可。但如何将不同题材类型的作品,融合在一起,融得不突兀,融得好看,这本身就是一种挑战。笔者具体分析这两部作品中的创作理念。

案例分析6　　科幻三部曲《全息陨落》

- 关键词:网友战争＋机器人 AI 暴动＋末日求生＋外星
- 读者定位:12—24 岁,所有怀有冒险精神的青少年
- 名称:①《全息陨落Ⅰ·神迹》

②《全息陨落Ⅱ·归零》

③《全息陨落Ⅲ·天戮》

- 故事简介

2036 年,黑洞即将吞噬太阳系,世界政府偷偷制造了"方舟计划"与"美梦计划",前者是制造航天器帮助全球精英脱离地球,后者是制造全息网游将平民骗进游戏里,让平民的意识沉迷其中无法脱离游戏,相当于安乐死。玩家成诺无意中发现了这个秘密,他在游戏里召集了同伴,与电脑 AI 展开了战争,试图脱离幻境……

- 故事亮点

你以为这是科幻故事,突然它变成了网游。你以为这是网游故事,突然它变成了末世。你以为它是末世,它又摇身一变,出现了外星战争。总之,这是一个脑洞巨大、充满了各种神展开的故事。不看到最后一页,你绝不会猜到发生了什么!

本书获得 2016 年新浪小说大赛二等奖、年度燃裂作品奖,在新浪微博上聚集了 2000 万+的话题阅读量。《广州日报》《科技日报》都对本书进行了大篇幅报道,称《全息陨落》为"中国原创、堪比《饥饿游戏》的科幻大作"。

·案例分析

长篇小说作品《全息陨落》创作于 2015 年,故事设定在近未来——2036 年。那时,世界上第一个超级人工智能在中国进化成功,改变了社会生产模式,解放了生产力。于是,大多数社会工作都由机器人承担,大多数人类都不需要再工作,只需要尽情玩乐、享受生活就好。而一款名为《神迹》的全息游戏,聚集了上亿的玩家。

故事分三部曲,第一部《神迹》就从这款全息游戏开始,讲述主角成诺和他的小伙伴们,在游戏的争斗中发现了一个惊天阴谋——《神迹》是世界联合政府打造的一个游戏坟墓,麻痹并禁锢了玩家的生活,因为 2036 年 12 月 13 日,黑洞吞噬地球,世界末日即将来临。为了求生,成诺等人团结了全服玩家,与系统争斗,争取从游戏世界中下线,回到现实。

第一部的故事场景,主要是在网络游戏世界里,创作风格以爆笑、潮酷、热血为主。当主角率领全服玩家,从游戏世界中脱离,回到现实时,第一部便戛然而止,进入了第二个阶段——《归零》。

《归零》的类型定位为:末世求生。它的风格一改前作的热血,变得压抑而苦闷,充满了人性的拷问。因为在这个现实世界里,成诺和伙伴们不再拥有游戏里呼风唤雨的技能和能力,他们都是普通人,他们要面对各种各样的灾难:机器人的围追堵截、蔓延的疾病瘟疫,不断有伙伴掉队,而他们的目标只有一个——在这艰难的末世之中,活下去。

正如第二部的标题《归零》,主角核心团队的人员,不停地减

201

少。有人在逃亡的过程中被杀,有人无法忍受这残酷世界,选择了离开。末日在即,成诺他们唯一的希望,就是找到位于酒泉基地的"方舟",并乘坐这座太空船,离开地球。

当主角团队只剩下几个人的时候,他们终于找到了方舟,第二部的剧情在此落幕,并进入了第三个章节——《天戮》。

第三部《天戮》的剧情紧跟第二部。来到酒泉基地的成诺一行人,发现整个"世界末日"的危机都是外星人使用的障眼法,其目的是占领地球。为了保护家园,成诺他们与居住在基地里的一众"人类文明传承者",开辟了新的战场,与外星侵略者展开了斗争。

图5-4 《龙骑士》封面,这是一部剑仙大战魔法师的故事

在《全息陨落》三部曲的创作中,每一部的风格都截然不同,但又跟随一条清晰的逻辑线,紧凑地连接在一起。在这部风格差异巨大,元素众多的作品创作过程中,需要笔者不断挑战自己,而笔者也写得非常动情和开心。因而笔者也对所有创作者分享自己最深刻的感受:写文,最重要的还是先娱乐自己,只有自己快乐,才能感染别人。

案例分析7　　《龙骑士》

- 类型:热血少年轻小说
- 关键词:冒险、成长、奇幻、热血
- 一句话剧情

两个游戏世界,被 AI 操控叠加,西方魔幻大陆与中国仙侠世界,种族碰撞,激战不断,两名少年,分别成为两个世界的救世主,查明真相,拯救世界。

- 核心卖点

中西方文化的对比,两个截然不同的世界观的碰撞,西方魔法VS 中国功夫,西方魔兽 VS《山海经》奇珍异兽,魔法师 VS 剑仙。

- 故事简介

十五年前,天之裂缝开启,昆仑岛现,降下无数流星火雨。从此,卡西拉大陆成为一个神龙与剑仙、骑士与魔法师并存的世界,秩序紊乱、冲突不断。

少年卓燃和江君被意外地扯入这个奇异的世界,结识了上古神龙啁风和美少女魔法师萨莉露,经过一系列误会和战斗后,江君提出这可能是一个游戏世界,有人妄想通过打开天之裂缝,让两个游戏世界重叠,进而影响到现实世界。

王城救横公鱼、无垠海国战玄鲛、奇峰绝顶毁邪恶实验室,几

203

人一路追寻，却发现真相越发扑朔迷离……

此时，天之裂缝再度开启，昆仑再现，十五年前的灾难难道要重演吗？

卓燃与江君的到来，是阴差阳错，还是刻意安排？

看少年激战异界，持手中长剑卫正义大道！

· 案例分析

《龙骑士》是笔者在 2013 年创作，2014 年出版的一篇少年向的轻小说，它是一部"突破画风"的作品。西方剑与魔法的奇幻世界，与中国法术、剑仙、《山海经》奇珍异兽的古代仙侠世界，在这部作品中进行了正面交锋。

这种画风截然不同的混搭，就是在挑战类型文学的"正统性"，这当然也会受到部分读者的抨击。但故事在感动读者之前，首先要感动自己。一旦故事有了创意，剧情符合逻辑，所有的脑洞能够自圆其说，这种有"融"的概念、交叉类型的故事，就有了自己的核心竞争力。因为《龙骑士》既有西方魔幻世界观，也有中国传统仙侠世界观，也就成为可以配套主题公园类产品的绝佳 IP。

4. 找梗之"创"

"学""反""融"，都是有迹可循的，都有套路和方法可以进行复制。它们的关系是渐进型的，"学"是基础，"反"和"融"都是根据市场趋势，进行思考和变通。而到了"创"这个层面，则对创作者提出了更高的要求。

创新是一个技术活，很难用技术性的语言解释如何创新，更多的是在写作的过程中体悟。写得多了，自然就有了自己创造的能力。所以，到了这一步骤，就要靠大家自己在写作的过程中，慢慢参悟了。

几乎所有作品流派的"开山鼻祖"，都是把"创"字玩出了花样，发挥到极致。比如,《鬼吹灯》之于"盗墓流",《大逃杀》之于"吃鸡流",都是影响了一个时期文化市场潮流的"大牛"类作品。

下面,笔者将以《鬼吹灯》为例,分析流派的"开山鼻祖"是如何将"创"发挥到极致的。

案例分析 8　　天下霸唱《鬼吹灯》

盗墓作为一种行为,古已有之;盗墓作为一种题材,也并非无中生有。盗墓"源自中国传统墓葬文化与厚葬观,从文学上追溯盗墓小说的根源,早在魏晋南北朝时期,就已经出现了'掘墓''盗墓'题材的志怪小说"[①]。进入现当代,盗墓小说依然是小众题材,倪匡的"卫斯理系列"是这个时期的代表,但这个系列所涉及的范围甚广,对于盗墓题材的影响有限且不成体系。

《鬼吹灯》最初于 2006 年 1 月发表在天涯论坛上,随后起点中文网获得该小说的版权,人气一路飙升。

盗墓小说作为玄幻小说的一个分支,惊悚性和探险性是其主要特征。与《盗墓笔记》等其他盗墓小说不同的是,《鬼吹灯》并不刻意制造恐怖灵异,惊悚程度较低,更注重"探"的过程。

首先,小说描写了三个形象分明的主角:胡八一、王胖子和Shirley 杨。胡八一当过兵、打过仗,是个拥有钢铁般意志的男人,但他有战争创伤,是个对生活没有追求的人。王胖子文化水平不高,贪钱,爱偷懒,同时又仗义,讲义气。Shirley 杨毕业于美国海军学院,出身于探险世家,骨子里刻着冒险精神。三个个性分明的角色,在盗墓过程中展示各自的智慧。虽然三个人物都有明显的

205

---

① 代涵鲜于.盗墓小说的文学文化传统——以《鬼吹灯》为例[J].长江丛刊,2019(12):25-26.

性格缺陷,但关键时刻不掉链子,团结协作,是吸引读者阅读的关键之一。

其次,《鬼吹灯》虚与实相结合,可读性强。故事是虚构的,但天下霸唱借鉴了许多史料,许多墓址可以在古籍中找到痕迹,增强了小说的真实性。此外,天下霸唱还加入了许多神话传说,如射日、飞天、空中楼阁和神笔马良等,增强小说的传奇性。这样的虚实结合,既能让读者相信这个故事,神话传说的加入还能丰富主角的探险经历,展现博大精深的中华文化。更重要的是,丰富的探险经历并非生硬嫁接,而是通过二次创作,与特定环境相结合,带着科学的态度自圆其说。

最后,世界观架构完整,代入感强。《鬼吹灯》创设了完整的盗墓体系,创造了大量的盗墓术语和行内暗话,比如摸金校尉、搬山道人、卸岭力士、发丘将军四大盗墓体系;如开掘大墓要在墓室地宫的东南角点上一支蜡烛;如每次下墓的装备都不一样,且能在具体的环境中发挥出独特的作用;如僵尸都有不同的分类。这些设定或真或假,但在天下霸唱的描写中以假乱真,让读者相信作者笔下的世界。

《鬼吹灯》"宣告了中国第一部详细描述盗墓体系、派别、流变、手法等内容的盗墓系小说在中国当代文坛上的正式亮相,填补了类型小说中空白的一页"①。《鬼吹灯》的影响范围甚广,诸如《盗墓笔记》《天眼》等盗墓流小说,都是在它的影响下创作的,可谓是盗墓流小说的开山之作。

---

① 朱婉莹. 论《鬼吹灯》的艺术特色及其贡献[J]. 东南大学学报(哲学社会科学版),2011,13(S1):40-42.

四、IP 作品主梗研读

"学、反、融、创"是新手作者寻找主梗的方法，了解了这份"邪道攻略"，也了解了网络文学在进行主梗设计时常用的一些招式和套路，接下来要探讨的是一个更深层次的话题：

能卖出好价格的故事与主梗，究竟什么样儿？

视频平台、影视公司在进行 IP 采购的时候，他们的要求又是什么样的？

案例分析 9　　《开端》

- 作者：祈祷君
- 类型：悬疑、无限流、剧情
- 类别：长篇小说
- 改编类型：15 集网络剧（2022 年）
- 一句话故事：讲述了游戏架构师"肖鹤云"和在校大学生"李诗情"遭遇公交车爆炸后死而复生，在时间循环中并肩作战，努力阻止爆炸、寻找真相的故事。
- 亮点：国内首个无限流题材的电视剧，时间循环＋悬疑破案的生死局。

案例分析 10　　《冰糖炖雪梨》

- 作者：酒小七
- 类型：爱情、冰雪运动

- 类别:长篇小说
- 改编类型:40 集电视剧(2020 年)
- 一句话故事:速滑少女棠雪在大学校园里重逢冰球男神黎语冰,两人在追逐冰上梦想的过程中,收获真挚爱情的故事。
- 亮点:国内首个冰雪运动题材的电视剧。

案例分析 11　《全职高手》

- 作者:蝴蝶蓝
- 类型:电竞网游
- 类别:长篇小说
- 改编类型:40 集网剧(2019 年)
- 一句话故事:网游荣耀的顶尖高手叶修惨遭好友背叛,被俱乐部开除,在网吧当网管的过程中带领一批志同道合的新手,在荣耀新开的第十区重返巅峰,并最终组建职业战队重夺荣耀总冠军。
- 亮点:电竞网游类大神级作品,超高人气。

案例分析 12　《传国功匠》

- 作者:陈酿
- 类型:现实题材
- 类别:长篇小说
- 改编类型:电视剧(尚未开拍)
- 一句话故事:中国东南沿海瓯江流域,为了一个七十年前不同寻常的盟约,五家顶级瓯派(温州)工匠的传人在寻找秘籍《瓯宝图》过程中,与境外正邪两大力量之间发生殊死冲突及各派瓯越匠人之间颇有历史渊源的爱恨情仇的传奇。

· 亮点：现实题材，向新中国成立70周年献礼参赛作品，入选国家新闻出版署和中国作家协会联合推介的25部"庆祝新中国成立70周年"主题网络文学作品暨2019年优秀网络文学原创作品；江苏省委宣传部、省新闻出版局、省作家协会在南京召开2019扬子江网络文学原创作品大赛获奖作品座谈会，《传国功匠》获特别奖；获第五届中国出版政府奖提名奖。

案例分析 13　　《你是我的荣耀》

· 作者：顾漫
· 类型：爱情、娱乐圈
· 类别：长篇小说
· 改编类型：32集网剧（2021年）
· 一句话故事：人气女星乔晶晶与航天工作者于途在阔别十年后，于线上再度重逢，继而开启了一段浪漫治愈的暖爱之旅。
· 亮点：男主角于途拥有特殊的职业——航天设计师。

以上选择的五个案例，类型各不相同，但"卖相"都非常优秀，有的网感十足，有的具有核心竞争力，总之，都具有令影视公司关注的"点"。

《开端》《全职高手》原著独具网感，拥有符合网络文学生态的表达和主梗。《开端》是国内影视剧史上第一部无限流作品，拥有"开山鼻祖"的地位，依靠世间轮回和寻找凶手制造紧张的氛围。《全职高手》是电竞网游类的大神级作品，拥有超高人气和良好的口碑，小说中所设计的电子竞技职业，是当下的热门话题。

《传国功匠》是一部现实题材作品，屡次获奖，文风更偏向于传

209

统文学,讲究与历史文化、与政府倡议相结合的路数,是容易被开发的作品类型。

《冰糖炖雪梨》是我国影视剧史上第一部冰雪运动题材的电视剧,是 2022 年北京冬奥会的献礼剧,有其独特的市场需求点。

《你是我的荣耀》除了有顾漫作为故事基本保障点外,还有重要的一点是男主角于途的职业——航天设计师,这为我国的航天事业发展起到了很好的宣传作用。

总之,正统也好,网感也好,超级 IP 也好,新手创作也好,随着文化市场的发展,资本力量的转移,影视文化将越发走向正规。大流量、大投入已经不是制胜的法宝,稀缺的、优秀的内容,将成为文化市场的核心竞争力。

所以于新人作者而言,只要内容扎实、三观端正、主梗创新、人设丰满鲜明,就有被开发、改编的可能。

第六章　创作实战：衍生创作市场

　　虽然许多新人作者已经知晓了网络文学创作的几大维度，但是在实际创作的过程中，还是会陷入烦恼之中。

　　立意讲究真善美，可是感觉我的文章立意不够高远……

　　已经做了详细的人物设定，但是这个人说起话做起事怎么都不好玩啊……

　　我的主梗怎么想都跟别人差不多，感觉怎么都没有独创性啊……

　　我的文笔不差啊，以前写作文也得过奖，但是写起小说来怎么写怎么都觉得不对味了，既没有网感，又没有内涵……

　　对于初学者来说，会有这些疑问是正常的，眼高手低是常态。网络文学发展已有二十余年，经历过早期网络的狂欢与自由生长之后，作者和读者都在进行审美转向，渴望能够看到和创作出高质量的作品。虽然审美能力提高了，但创作能力还没有锻炼出来，于是看到自己的稿子，更加会产生心理落差。

　　如何锻炼自己，提高写作水平？笔者有一个小小的建议，从同人创作入手，从同人文开始写起。

　　这个逻辑，是基于实战的。首先，对于新手创作者来说，最大的难点在于人物和世界观的塑造。而同人文的人物设定是别人做好了的，为新手省去了从无到有构建人物和世界观背景的工作。于是，新手在进行同人文写作的过程中，更注重的是研读和分析，而不是凭空创造，自然而然地减小了创作难度。

　　其次，从文笔文风的角度来看，新手还没有练就属于自己的风格,需要大量的创作来进行参悟。而同人文的写作,由于有原著做支撑,新手等于是站在巨人的肩膀上进行创作,也能更顺畅地进行故事表述。

最后,没有人是天生会创作的,大家都要有一个学习的过程。同人文的创作,本身就是一种从学习到实践的经历。举个例子,现在非常有人气的畅销书作家马伯庸,最早出道的时候,创作了大量基于《银河英雄传说》与《药师寺凉子怪奇事件簿》的同人文。他模仿田中芳树先生的文笔——当然,是翻译之后的文风——简直到了以假乱真的地步。从某种程度上说,这也为他日后的成名打下了坚实有力的创作基础。

要进行同人创作,首先要明白"同人创作"的概念。

一、同人创作的概念

"同人创作"由来已久,从中国古代开始,就已经有"同人创作"的概念,《三国演义》是其中最为脍炙人口的作品。

罗贯中所创作的《三国演义》,从某种意义上说,是西晋史学家陈寿所著的《三国志》的同人小说,用今天的概念来定义,叫作"历史同人"。

"同人创作"经过不断发展与完善,有了明确的概念与界定。

1. 同人文的基本概念

同人文是什么?

一个作者凭借自己的想象,创作了一个故事,在这个故事里出现了许多人物。有一个读者看了,很喜欢这个故事,于是就拿这个故事里的角色作为主角,自己重新下笔写了关于这些角色的新故事——这样的创作，我们就称之为"同人文"。

在日常语汇中，"同人"的概念，不仅局限于小说的创作，还被广泛用于指代爱好者用特定文学、动漫、电影、游戏作品中人物再创作、情节与原作无关的文学或美术作品，即同人小说与同人画作的合称。

英文中，同人通常被称为 fan-fiction，字面意思为 fans 创作的 fiction。维基百科将其定义为 fans 以原著的设定和人物创作的故事。

然而，"同人"并不一定是再创作，也可以是原创。有的同人指的并非是原作的衍生物，而是"非正式商业性的"之意。比如说我们经常听到的同人游戏，其实并不一定是原作的衍生物，甚至本来就是原作，这时同人的意思是"非正式商业性的"。

213

2. 同人创作的类型

如今市面上的同人作品，主要分为以下几种类型：同人小说、同人漫画、同人动画、同人游戏、同人音乐、同人电影、同人视频，此外同人还包括 cosplay、舞台剧等很多形式，其实只要符合同人含义的创作都是可行的。

3. 同人创作的问题

同人创作的类型十分丰富，同人性质的创作之于国内文化市场，并不是一个陌生的话题。

比如，蒲松龄所著的《聊斋志异》，后来就衍生了同人电影、同人游戏《倩女幽魂》。吴承恩所著的《西游记》，在当代有一本非常火热的同人小说——今何在的《悟空传》，《悟空传》拥有良好的口碑和庞大的读者群体，是一个大 IP，并且被影视化改编了。

然而，同人创作中，存在一个最重要的问题——版权。

图6-1 《西游记》的同人小说——今何在《悟空传》

（图片来源于网络）

前文提到的《三国演义》之于《三国志》也好，《倩女幽魂》之于《聊斋志异》也好，《悟空传》之于《西游记》也好，他们所开发的原著，都是自古代传承、没有版权问题的公版书。

但到了现在，越来越多的同人作品，是针对当代小说、影视、动漫、游戏的二次创作，这里面就涉及一个问题：

原作者究竟同不同意自己的作品被二次创作？究竟同不同意自己的作品被人写成新的故事？

这些问题的答案五花八门。有的作者很乐意看同人创作，甚至自己还披马甲写同人作品。但也有些作者，对同人创作持反对态度，比如JK·罗琳，还有一些版权方，如迪士尼，对版权问题十分重视，甚至会起诉同人创作者，要求对方因侵犯版权、破坏人物形象，而给予相应的赔偿。

在国内文化圈，有一个非常著名的案例，那就是《此间的少年》。这部由江南创作的网络小说，于2010年出版，故事描述了一个以"汴京大学"为背景的校园故事，只不过主角换成了乔峰、郭靖、令狐冲等大侠们——也就是说，江南拿金庸小说里的主角们，作为自己进行故事创作的原型。

在这部作品创作的那个时代，中国的作家们版权意识普遍不强，对于"侵权"这个概念也没有具体的认知。金庸虽然看到了这部作品，也没有多说什么。然而，在2018年，江南想将《此间的少年》改编为影视剧目的时候，金庸觉得该作品侵犯了自己的版权，对江南进行起诉。2018年8月17日，广州市天河区法院对作家查良镛（笔名"金庸"）起诉作家杨治（笔名"江南"）《此间的少年》著作权侵权和不正当竞争案进行一审宣判：杨治不构成侵犯著作权但构成不正当竞争，金庸获赔188万元。

这个案子，被称为"中国同人作品第一案"。在案件中，原作者对自己的创作进行了维权。

所以，在进行同人创作的过程中，我们需要考虑到版权问题，或者可以申请取得原作者的许可。目前在欧美的创作论坛，很多作品在创作之初，就向原作者发出邮件，请求其批准二次创作。从某种方面来说，这也是一种权益保护的进步。

二、网络文学中的同人创作

在中国，还有一些网络文学作品拥有同人文的要素。其中最具代表性的，是 zhtttty 所写的著名网络小说——《无限恐怖》。

《无限恐怖》这部作品,借鉴了日本漫画《杀戮都市》的主神设计,该作品被誉为 2007 年度最值得看的小说,它开创了国内网络原创文学中"无限流"这一流派,并确立了之后"无限流"这种类型小说的主要样式。

由现世所未知的科技创造的独特"主神"空间,把现世之人召唤过去,并且将人送往平行宇宙进行历练,获得各种奖励,由此可促进人体进化……这种"无限流"虽有传统奇幻小说的"过地图""打 BOSS"的设置,但其创新设计在于每一张"地图"都是针对一个电影故事,使得情节更加复杂,具有张力。对于读者来说,熟悉的电影情节,新鲜的过关玩法,也能让他们充满探知欲。

一方面,《无限恐怖》凭借着其开山鼻祖的作品地位,成为中国网络文学中的一款超级 IP;但另一方面,这部作品又难以走向 IP 市场进行商业变现,其原因还是在于版权问题。

在《无限恐怖》中,主角郑吒、楚轩所带领的小团队,进入各种任务关卡之中,使用了大量的电影桥段,包括:《猛鬼街》系列、《惊声尖叫》系列、《死神来了》系列、《生化危机》系列、《异形》系列、《咒怨》系列、《侏罗纪公园》系列、《魔戒》系列、《变形金刚》系列……这些都是欧美、日本影视公司的经典作品,涉及大量的版权归属问题,难以进行 IP 开发。

所以,同人小说的创作,对于初学者来说有它的优势——站在巨人的肩膀上,减轻了新人作者的创作负担。但另一方面,它也有明显的局限性和劣势,那就是版权——这样的作品无论多精彩,网络连载再火爆,那也是他人作品的衍生产物,原著、原作者、原版权方完全可以否定作者的创作。同时,如果在同人创作中获得了相应的收益,版权方完全可以告作者侵权。

关于这一点,笔者认为要保持良好的创作心态,要和谐,要有爱,要有"我是喜欢这部作品才创作了同人文,同时我又可以得到

216

文笔上的锻炼"的良好心态，不要怀着"某某电视剧最近很流行，我写它的同人小说在网络连载，可以赚大钱"这样功利的想法，要客观地对待同人创作。

三、同人创作需要的基本能力

对于新手来说，同人创作降低了新人作者的创作难度，尤其是人物设定、世界观塑造方面的难题，是一个非常好的练笔手段。然而，这其中的收益和点击量的问题，需要作者客观、冷静对待。

首先，关于收益的问题，前文说到，同人创作本身就是一个灰色地带，会面临版权问题。如果已经取得了原作者的授权，那就可以安心地进行二次创作。

其次，从作品的关注度来说，同人创作的确可以"蹭流量"但是，要写得好，写得出彩，还需要有三点基本能力。

第一，解读能力。

所谓同人，采用的是原著作品里的"人"，也就是说，借用了别人已有的角色。而解读这个角色，是同人创作的基础。

一篇好的同人文，首先考验的是作者的解读能力，作者要分析角色的人物特点、性格特质，并在此基础上进行合理的发挥与想象。

以《生活大爆炸》中的谢尔顿·库珀为例，这是一个非常复杂的人物形象，他智商极高，情商极低，缺乏社交能力，因为对别人缺少"同情"和"理解"，所以有时候说出来的话能把人气死，但有时候，他又因为这种没常识显得很傻，傻得有些可爱。有些人写《生活大爆炸》的同人小说，写不出来谢尔顿的高智商，也写不出来他的低情商，只把他定义为"傲娇"，把角色写成了小甜心小可爱，这脱离了人物的核心设定。

第二,创意能力。

创意能力,也就是"脑洞",是在同人小说创作过程中非常重要的能力。正因为我们是站在巨人的肩膀上,采用了别人的角色设定和故事设定,才更需要创意能力,来拉开二次衍生的同人小说和原著之间的差别,写出同人小说特有的、与众不同之处。

第三,感知能力。

感知能力,主要是指情感上的感知。同人小说作为一种二次衍生的创作类型,很多作者创作的源动力,是出于对原著角色的喜欢,想要看某两个或者某几个角色之间的情感互动。而读者追捧同人的力量源泉,也是基于对角色感情互动的追求。

因此,对于同人作品而言,剧情戏固然重要,但更重要的是感情戏的部分。要写出一篇优秀的同人作品,需要作者有情感共鸣,有很强的感知能力,有调动读者情感的能力。

解读能力,针对角色;创意能力,针对脑洞;感知能力,针对情感——这三条是同人小说创作的基础,也是一篇好的同人小说的创作要素。但如果用最简单的语言来概括同人小说最重要的部分,就是——爱。

要有爱,对原著有爱,对角色有爱。对待同人创作,喜欢、有感情是最关键的部分。

第七章 创作实战:故事开头、故事结构与大纲撰写

至此,笔者已经详细介绍了网络文学创作的五大维度,题材的确定、立意的寻找、人物设定的塑造、主梗的创意、故事体量。

在这一章节中,主要探讨以下几个问题:

(1) 创作小窍门一:开头的重要性——开头怎么写。

(2) 创作小窍门二:细节的重要性——怎样才能让作品显得真实可信。

(3) 创作小窍门三:故事结构的起承转合。

(4) 创作小窍门四:投稿大纲怎么写。

一、创作小窍门:开头的重要性

网络文学的创作,其实是一件非常残酷的事情。作品发表在网站上,能不能吸引读者,有没有点击量,数据都会直白而残忍地表现出来。所以,写好开头是写好作品的第一个关键点,让读者点开故事之后,有继续看下去的欲望。

好的开头要能够"引人入胜",而怎样才能让人有一探究竟的冲动,每个作者都有自己的答案。有的作者认为故事一开始就要展现出戏剧冲突,越夸张越好。有的作者认为故事开场要搞笑,要逗得读者开怀大笑,让他们舍不得丢下这篇文……

笔者总结多年的创作经验,将网络小说的开头归纳为四种写

法,分别是人物型、情节型、环境型、混合型。下面将以经典的网络文学作品作为依托,分析网络小说开篇的书写。

1. 人物型

· 关键词:情感(喜欢/厌恶/共鸣)

所谓"人物型"的开场,顾名思义,就是故事一开始,就着重描写人物的历程,令读者对故事所创造的人物,有印象,并且有喜好,从人的角度,开始憧憬这部故事的进展。

人物型开场的关键,是要能调动读者的情感,要激起读者对这个人物的情感波动。这种波动有可能是喜欢,有可能是厌恶,有可能是怜悯,有可能是共鸣。这种情感无论是正面的还是负面的,哪怕是恨不得把角色千刀万剐,都已经成功地打动了读者的内心,至少吊起了他们的好奇心。

案例分析 1　　蝴蝶蓝《全职高手》

· 故事简介

网游荣耀的顶尖高手叶修惨遭好友背叛,被俱乐部开除,在网吧当网管的过程中带领一批志同道合的荣耀菜鸟,在荣耀新开的第十区重返巅峰,并最终组建职业战队重夺荣耀总冠军。

· 案例分析

蝴蝶蓝的《全职高手》是电竞网游类的大神级作品,难能可贵地刻画了一众个性鲜明的角色。这部作品的人物刻画出色,连配角都一改网络小说脸谱化的特点。其中,开篇叶修被战队驱逐,到网吧求职,突显了叶修的性格特点。

叶修作为嘉世战队元老级人物,却被十年的朋友背叛,被战队抛弃,让出队长职务,交出"一叶知秋"的账号。叶修拒绝当陪练,又付不起违约金,于是选择休息一年。

这遭遇放到普通人身上,都会委屈,会愤怒,但叶修只是觉得"不过从头再来"。叶修在兴欣网吧用了四十几秒就赢了游戏,还问老板娘能不能让他当夜班的网管。

从顶尖高手沦落为网管,看似落差很大,但叶修的人物形象已经铺垫开来了——对于网游荣耀,他纯粹的热爱。

叶修开篇就说过"如果喜欢,就把这一切当作是荣耀,而不是炫耀",这是他的坚持,也是与俱乐部经理观念不同的根源。为了俱乐部的生存,俱乐部不得不商业化,考虑的是如何利用战队获取利益,这与叶修为了荣誉而战的理念相违背,叶修拒绝任何广告和代言,拒绝露脸,在虚拟的网络世界里藏匿好身份。

此外,在联盟发展的初期,并没有如今这般高昂的薪资,只能勉强糊口。职业网游也是青春饭,许多人打不出头,既浪费了青春,又荒废了学业,生活质量可想而知。叶修作为大神级的人物,年薪自然是不用愁,他的很多家产都用来接济朋友了。

至此,叶修的形象就已经立住了——对网游荣耀纯粹的热爱,对朋友的仗义,傲气但脚踏实地,还调动了读者的情绪,让读者对这个角色有心理上的情感映射,渴望看到他如何重归巅峰,这就是吸引读者一直读下去的关键之一。

2. 环境型

· 关键词:世界观的展现(奇观)

环境型的作品开场,往往是针对那些有着独特的、丰富的世界观的文学艺术作品。它们在故事构思中,营造了一个有别于现实的,或绚烂美好或诡异离奇的独特世界。由于这样的设定与众不同,因此能够从故事的开始,就吸引读者的注意力。

案例分析 2　　　刘慈欣《流浪地球》

· 故事简介

《流浪地球》讲述了太阳即将毁灭,已经不适合人类生存,而面对绝境,人类将开启"流浪地球"计划,试图带着地球一起逃离太阳系,寻找人类新家园的故事。该小说被改编成电影,于 2019 年 2 月 5 日上映,成为票房黑马。

· 案例分析

《流浪地球》是一部末日灾难型小说,故事开篇就先为我们展示了主角所生存的环境——"我"出生在最后一次日落中,此刻地球已经停止了转动,没有黑夜,没有星星,发动机日夜工作导致户外温度高达七八十摄氏度,没有春天、秋天和冬天。

地球停止自转也带来了一系列影响,一万多台发动机的日夜工作,更是加剧了对地球的破坏,而当再一次看到太阳时,"我们"只有恐惧。

故事的开始,作者就已经向我们展示了末日灾难的世界观:太阳将变成一个巨大的红巨星,它会膨胀到把地球侵吞,但实际上地球在被吞没之前,就会在氦闪爆发中气化。为了阻止地球的毁灭,科学家们想尽各种办法,决定带着地球前往半人马座比邻星。死亡和黑暗笼罩着读者的心,此外还有"地球派"和"飞船派"的对立也吸引着读者,"地球派"和"飞船派"各自代表着什么? 他们又为何争论了四个世纪还没有和解? 哪一派代表着真理?

这些问题给读者的阅读打上了问号,同时也吸引着读者。《流浪地球》并没有巨大的情节冲突,相反,这种娓娓道来的方式,充满了艺术的表现力。

这种世界观展现的"环境型"开场方法,其实更适用于影视这种拥有可视化展现的文艺作品。创作小说可以采用这种方法，但要注意"度"的把握。如果开篇都在平铺直叙地描述，很容易导致读者看不下去。重点是要提炼出你的世界观最与众不同、最吸引人的部分，而不是一股脑地把地理、人种、国家、阶级设置全部丢上来，这会令读者失去阅读的兴趣。

3. 情节型

· 关键词：事件（悬念/惊奇）

很多网络文学作品常用的开场方式是情节型的。作品从一开始，就开门见山地进行故事展现，将戏剧冲突"哐——"的一声，甩在了观众面前。这种方法非常有力，但对事件本身的设定是有很高要求的，"悬念"这两个字，是事件选择的关键词，要能够给观众带来震撼、惊奇的感觉，让他们有一探究竟的欲望。

223

| 案例分析 3 | 紫金陈《坏小孩》 |

· 故事简介

上门女婿张东升为了不离婚，经过精心筹划制造了岳父岳母的"意外死亡"，不料他精心设计的完美犯罪，被不远处玩耍的三个小孩，用相机的摄像功能拍了下来。更让他没想到的是，这三个小孩，一点都不善良。

· 案例分析

《坏小孩》属于推理小说，本身从题材上就具备了"悬念"和"惊奇"的要素。张东升为了不离婚，在一个周三带着岳父、岳母到三名山，以拍照为由将两个老人推下了山，看似意外，其实是谋杀。张东升以为自己的计划天衣无缝，谁知被三十多米外凉亭的三个小孩用相机拍下。

开篇就是谋杀,这样的故事开场,就是纯粹的事件型。因为本身就是很惊险的谋杀,所以拥有"惊奇"要素,全程刺激着观众的肾上腺素。当朱朝阳、丁浩和普普三人发现了相机里的录像时,则调动起"悬念"的要素:张东升什么时候发现自己露馅了? 他与三个小孩之间是否会选择合作? 三个小孩又有什么样的过往与经历? 他们之后还会有什么样的纠缠? 这一系列的问题,就是吸引读者往下看的悬念。

4. 混合型

· 关键词:人物＋环境＋情节的混合使用

混合型的故事开场方式是作者们最常用的开场方法。但由于阅读方式的改变,现在的网络读者们,对传统纸质出版物内容开场的容忍度完全不同于当年,如果头两千字不能吸引他们的注意力,他们会非常果断地放弃这篇故事。一方面,故事开场的字数是有限的,"吸睛"是第一要义。另一方面,混合型开场的信息量太大,往往又难以在两千来字里表达清楚,所以这种开场方式,是非常考验作者笔力的。

案例分析 4　　棒棒冰《传闻中的陈芊芊》

· 故事简介

七流女编剧陈小千呕心沥血写了一部古装题材大剧,在开机之际因为主演韩明星对感情戏的质疑而崩盘。愤懑难平发誓要证明自己能力的她,意外卡进了自己的剧本,变身花垣城地位尊贵但恶评满国的三公主陈芊芊。陈芊芊原本只是一个活不过三集的小女配,编剧陈小千为了活下去,为了回到现实,不得不逆转荒唐人生。

· 案例分析

《传闻中的陈芊芊》在开篇就展示了丰富的信息：环境设定上，有花垣城和玄虎城两个不合的城邦，花垣城以女为尊，男人要听从女人，而玄虎城以男为尊，女人要听从男人。两种截然不同的社会制度是独特的世界观设定，也是剧情冲突的根源。人物设定上，花垣城三公主陈芊芊恶评满国，肆意帅气，身着一袭红衣前来抢亲，只要她开心，她想做的事就没有人能拦得住。情节设定上，温饱都成问题的编剧陈小千因为意外卡进了自己的剧里，穿到三公主陈芊芊身上。这原本是个活不过三集的女配，陈小千为了活下去，就不得不让陈芊芊活下去。

这部小说的开场就是典型的混合型开头，一方面，作者向我们展示了两个礼仪制度截然不同的城邦，拉开了故事的序幕。另一方面，编剧陈小千为了活下去，尽力避免卷入各种是非，却在玄虎城少主韩烁的自我攻略下，搅乱她回到现实世界的计划。

在两个礼仪制度截然不同的城邦中，主角会做出什么举动？编剧陈小千会不会爱上韩烁？她能不能回到现实世界？回到现实世界之后，她俩的爱情又将如何？这一些系列问题，几乎在开场就抛给了读者。

混合型的开场方法，可以短时间内提供给读者多重信息，吸引读者的兴趣。但这种开场方法对作者的要求很高，最主要的问题就是，如何在有限的字数容量中，展现出那么多的信息量。

二、创作小窍门：细节的重要性

除了报告文学，大多数的文学创作都是虚构的，尤其是小说这种体裁。而网络文学作品，又是比"虚构"还"虚构"，大多数的网络文学，都充满了各种各样的奇思妙想，穿越、重生、玄幻、科幻、末世、主神空间、全息网游……所有曾经流行过或者时下正流行的奇幻设定，都是虚构且夸张的设定，并形成了网络小说的各个流派。就算是现在正不断倡导的现实题材，也是源于生活，但要进行艺术的加工。

读者都知道小说的世界是虚构的，却又都看得津津有味，乐此不疲，这主要是基于作品里所呈现的真实——真实的情感，真实的细节，才能让故事从"虚"走到"实"。

如同前文分析的《流浪地球》，这明明是一个虚构的、科学幻想类作品，但故事中"流浪地球"的计划，却又真实可靠，令人不由地去相信，未来会有太阳变成红巨星的那一天，到时候，生存在地球上的我们，该如何拯救我们生存的家园？这种真实感，源于细节。

《流浪地球》中的旅程分成了五个阶段：刹车阶段、逃逸阶段、先流浪阶段、后流浪阶段和新太阳时代。每一个阶段都有特定的生存环境，这也是基于天体物理知识的科学幻想。比如因为地球变轨脱离太阳，所以地球必须多次穿过小行星带，而主角的父亲就是在清除这些小行星的时候牺牲的。比如故事的开篇，主角说到他生活在一个没有黑夜的时代，只有发动机工作产生的光亮。这个时候还在刹车阶段，也就是地球停止了自转，不再有昼夜更替。这种虚构的细节越是完善、细致、符合逻辑，虚拟的世界便越是真实可信。

除了小说，许多欧美科幻片也有异曲同工之妙。在《星际迷航》的创作过程中，不只对星际联盟进行了一系列的设定，对于"进取号"更是做出了可以复原的模拟舰船，除了其中的科技限制让我们还无法达成曲速航行之外，从舰桥到甲板，从公共区域到船员房间，从发动机组到观察室、禁闭室，都一一被设计并实现。"进取号"的每个角落，都几近真实，这种虚构的细节越是完善、细致、符合逻辑，虚拟的世界便越是真实可信。

还有电影《阿凡达》，这部以潘多拉星球为背景创作的好莱坞大片，甚至做了一部专门针对潘多拉星球的纪录片，将这个星球所有的原生环境、动物、植物、智慧生物——NA'VI 人和他们的种族、部落构成，全部用纪录片的形式来进行展现，让人们信服"潘多拉星球"的存在。

因为设定的完整，细节的真实，类似《流浪地球》《星际迷航》与《潘多拉》这样的虚构环境，都无限接近"真实"。观众明知是假的，却又以假乱真，他们乐于被欺骗，甚至会有粉丝沉迷于这样的世界观中，再在这个世界观的基础上进行发挥，进行同人创作，写下属于自己的同人故事。

在这些虚构世界变成"真实"的同时，一些基于现代都市、真实环境的小说，却反而显得玄虚。有新手作者抱怨：她们想写都市言情，但怎么都觉得写得太假。这同样也源于"细节"，就是细节的不充实、不充分、细节的过度夸张与失真，造成了"明明是真实世界却又假得不行"的状况。

关于这一点，在人设的章节中，笔者举过一些例子，比如怎么写一个富豪，怎么写一个科学家，怎么写一个都市白领，怎么写一个二胎妈妈。他们的衣着举止、行为动作，都带有生活的印迹。如果我们在创作中，把真实的细节写进去，这个人物自然而然就生动起来，变得真实可信。

三、创作小窍门：故事结构的起承转合

写故事，最基本的套路就是四个字：起、承、转、合。

即起因、经过、高潮、结果。

这四个步骤,在中学语文课程上我们就学到过。无论是作文,还是小说创作,又或者是影视剧目,都脱不开这一基本结构。

下面,笔者将以《无声之证》为例,分析如何书写起承转合。

| 案例分析 5 | 赖尔《无声之证》 |

- 关键词:现代都市、悬疑破案
- 故事简介

一位有 WiFi 过敏症,听觉能力超凡的女性殡导师;

一位从"官二代"跌落至人生谷底、为还债而嗜钱如命的快递小哥;

一位身家百亿又视金钱如粪土的电脑高手+毒舌侦探;

殡仪馆中永眠的证人,街头巷尾中隐匿的加害者,电磁波段中暗含的信息;

在不夜都市中,监控无处不在,信息四通八达,却仍有解不开的谜团,猜不透的人心……

- 案例分析

《无声之证》是 IP 向作品,是单行本的写法,前四个案件是彼此独立的,每个案件结构完整,后半部分是联动案件,每一个案件本身都符合起承转合的结构。

第一案:

关键词:网络暴力、校园霸凌

起:司玥通过特殊的听觉能力指证端木真是杀人凶手。

承:端木真洗清嫌疑,网络调查者发现死者存在被校园霸凌的情况。调查霸凌者,霸凌者不承认照片是他们发的,认为死者有援交对象。

转:援交不存在,实际上是一个被霸凌者的互助会,死者本已走出阴影，却因为在明星的网络后援会中说错话，被其他粉丝围攻，网络暴力搜索，最终自杀。

合：明星后援会重组，该明星在演唱会上当众吊唁死者，告诫所有的粉丝，不要成为网络暴力的加害人。

第二案：

关键词：广场舞老年天团 PK 公路暴走族、是老人变坏了还是坏人变老了、娈童案

起：广场舞大妈 VS. 公路暴走队大闹追悼会，两个队伍的领头人相互指责对方是杀害死者的凶手。

承：调查广场舞大妈章月兰和公路暴走队于婷婷。

转：死者的兄弟吴大钢猥亵一名未成年儿童被死者发现并制止，同时责令他自首。吴大钢既不敢自首又怕死者报警，于是在死者的药里加入万艾可致其高血压死亡。

合：还死者清白。

第三案：

关键词：网红直播、胡乱放生、伪善者

起："我是大高手"挑战类主播在挑战直播过程中被眼镜蛇咬中毒身亡。

承：死者的室友是其摄影师，通过拍摄视频分析是有慈善机构买蛇胡乱放生导致死者的死亡。

转：死者因挑战失败住院时，误伤了一名护士，导致将艾滋病传染给这名护士，死者室友利用护士对死者的恨，帮助他完成杀人案。

合：死者的室友兼摄影师是真正的杀手，在直播中被揭露。

第四案：

关键词：端木正人受贿案、沉冤得雪

起：无名氏巨人观的西装里藏有端木真小时候的照片，司玥怀

229

疑死者与端木真关系不一般。

承：司玥和柏清泉不想端木真伤心难过，背着他偷偷调查。

转：死者为了给尿毒症的妻子筹钱治疗，不惜贪污受贿。事情败露之后，端木真的父亲替友人坐牢，扛下贪污受贿的罪名。

合：死者的妻子去世，死者投江自杀。

第五案：

关键词：骗婚案、地下暗网

起：一个年轻的程序员桑林的尸体上放着遗书，男人在网络上的遗言，已经通过微博红遍大江南北。他自称是被相亲闪婚的妻子威胁，不得不走上这条绝路。

承：从死者的妻子口中得知，死者近期性情大变，从一个可爱的宅男变成一个愤怒的家暴者。

转：死者在出差居住的地方救下过一个差点被性侵的女孩，司玥一行人找到这个女孩，不料这个女孩被司机撞死，司玥一行人也通过女孩的手机发现了惊天秘密——手机里一个名为"欢乐海洋"的 App，其实是暗网。

合：暗网的终极反派反向追踪到柏清泉的位置，发动数据攻击，并给 NO MONEY 植入了一行暗网代码，试图通过电路过载引发火灾，烧死柏清泉。桑林所设计编写的软件被人改编成了供给地下暗网使用的非法版本，桑林受不了，又不能摆脱其控制，性情大变。互联网领军人物，同时也是一条"黑鲸"的齐东翔为了隐藏自己的秘密，杀害了桑林，并伪造出自杀的假象。

第六案：

关键词：校车失踪、幼儿园猥亵儿童事件、地下暗网

起：幼儿园校车上的 11 名儿童失踪，"天网"系统被植入木马病毒屏蔽了校车信息，而这个木马病毒却显示是陆茗的账号发出的。

承：柏清泉空中飞人，跨国追击。司玥听觉惊人，找出非常线索。端木真联合全市快递、外卖从业者，低端人口全市搜索失踪孩童，燃爆人心。

转：警方以侦探三人组作为诱饵，引黑暗波塞冬暴露真身，并将他绳之以法。

合：NO MONEY 的代码曾被黑鲸的黑客植入并篡改。NO MONEY 的自我 AI 觉醒，最后吸收了柏清泉的善和黑鲸的恶，产生了自我人格。故事结尾，NO MONEY 黑化，柏清泉百亿家产成空。

除了每一个案件本身结构完整，从整体上看，六个案件本身也是完整的起承转合的结构。

起：在校园霸凌案中，司玥与端木真不打不相识，认出彼此是小学同学，与柏清泉达成初步合作。在广场舞大妈 VS. 公路暴走族一案中，化名为"木先生"的柏清泉身份暴露，受害人沉冤得雪，司玥和端木真加入了侦探社，任性侦探社三人组成立。

承：网红直播命丧案中，侦探社三人默契十足。无名氏巨人观一案中，死者与端木真似乎有关系，司玥和柏清泉不想端木真伤心，背着他偷偷调查。端木真的父亲端木正人的确是被冤枉的，沉冤得雪，端木真多年的心结解开，在朋友面前放下了快递小哥淘宝客服的营业用假面具。

转：程序员死亡案，看似自杀，其实另有隐情，更是牵扯出背后的地下暗网。

合：幼儿园校车上 11 名儿童失踪，警方以侦探三人组为诱饵，引导暗网的终极反派露馅，并将他一网打尽。

这类起承转合结构完整的故事，往往故事节奏好，较少有网络小说中冗长、拖沓的缺点。除了网络小说，电视剧、电影也需要这样一个完整的结构去叙述故事。如日剧《Unnatural（非正常死亡)》的第一集,就是一个非常标准而精彩的单元剧故事。

网络小说受连载模式和体量的影响,大长篇、无线向的作品往往结构比较松散、节奏较差。长篇故事里的单元故事也会注重情节的起承转合,但从总体上来说,其节奏还是比较弱的。

四、创作小窍门:大纲怎么写?

作者们的创作风格不同,创作习惯不同,对于大纲的态度也不同。有些作者必须有大纲才能创作,将大纲作为写稿前的梳理,以及写稿中对自己的提示。有些作者则无须撰写大纲,反而认为大纲的存在会影响发挥,降低写作中的激情。

然而,新人作者需要明确一个事实:不写大纲是专属于大神作者的特权。新人作者撰写大纲有两点明确的好处:

第一,梳理与提示。

在创作前想好大纲,可以完善对文章的把握程度,每一个情节都是想好了再动笔的,这样可以防止写到后期人设、情节跑偏,可以帮助作者牢牢记住前后的伏笔,保证自己的创作路径。

第二,也是最重要的一点,用来投稿!

新人作者常犯写作之前不写大纲的问题,当遇到合适的机会投稿时,则直接将几十万甚至几百万的全稿投给编辑。网站的编辑工作繁忙,每天需要审阅的文章不计其数,没有时间看少则几万字多则百万字,没有任何梳理和说明的投稿。这样的投稿当然石沉大海,久久没有回复。

漂亮的大纲、有卖点的大纲是提高投稿成功率的基础。大纲是作者进行自我推销的手段,无论是面对网站编辑、出版编辑、影视动漫公司的编辑,还是其他项目合作,都需要大纲作为合作的基础。

那么，一个漂亮有卖点的大纲是什么样的？笔者认为主要包括以下六个部分：

第一，故事简介——题材、类型、立意；

第二，关键词——标签；

第三，核心卖点——区别同类产品，自我推销之利器；

第四，人物设计——人物成长经历越详细越好；

第五，剧情大纲——剧情梗概（起承转合）；

第六，故事开头——30000 字的小说开场。

以笔者的《404 中二宿舍》的投稿大纲作为案例，分析如何进行自我推销。

图 7 - 1 《404 中二宿舍》

案例分析6　　《404 中二宿舍》投稿大纲

标题:《404 中二宿舍》(暂定)

作者:赖尔

一、故事简介

中,是中国传统文化的"中";

二,是流行文化二次元的"二"。

404 宿舍,是校园传说中的"最讨嫌宿舍",聚集了其他寝室同学都不要的"极品"们。

因为带着提线木偶,被舍友评价为"好恐怖"的"悬丝傀儡戏"传人曲玄思;

中国、乌克兰混血的大美女,靠着直播日进斗金,外表高贵冷艳其实是个傻白甜的网红女主播庞可人;

游戏狂魔、氪金玩家,智商爆表情商超低,因毒舌获得外号"石怼怼",一旦认真起来要人命的技术宅人石灵灵;

二次元迷妹、coser 大佬,缝纫和烹饪双一流,生活情趣 max 的软妹子苏紫。

她们组成了"404 中二天团",誓把传统文化傀儡戏与现代二次元结合起来,杀出一条属于她们的星! 光! 大! 道!

同学理解也好,不理解也好,男生们追求也好,不追求也好,还有那些流言蜚语,团队中的争吵与斗争,社会上大大小小的陷阱——超! 级! 坑!

爱情会有的,梦想会实现,她们是最潮最 IN 最给力的个性派——因为,姑娘,你就是最美的!

二、关键词

大学校园、青春励志、青涩恋曲、传统文化复兴、二次元

三、核心卖点

(1) 大学校园题材,弘扬传统文化。故事的女主角是一个提线木偶戏的传人,而她的室友有网红女主播、有游戏狂人、coser 大佬,她们聚集在一起,用现代的、二次元的手法,结合 cosplay 与声光电表演,和古老的传统艺术结合起来,焕发出新的生命力。

(2) 标新立异,故事主角都是"不合群"的个性派。作为 90 后末期和 00 后的城市小姑娘,现代女性的独特个性,生活方式,酷炫又精彩。

(3) 集合社会热点,校园不再是象牙塔,主角的生活是和社会现象紧密相连的。如直播,如达人秀,她们是在校生,但她们已经在社会上追寻自己的梦想。

(4) 纯真又青涩的爱恋。女主角们在校园中,一边追梦,也遇到了各种各样的同学,收获了曲折的爱情,有的成功,有的失败,这是她们成长中的历练。

四、作者介绍

周丽,笔名"赖尔",作家,法学硕士,大学教师,中国作家协会会员。已出版长篇小说四十余部,作品被改编成真人影视、动漫、手游、主题公园,并被翻译成英语、日语、越南语等多国语言,远销海外。

五、主要人物设定

1. 曲玄思

定位:女一号

关键词:悬丝傀儡传人、段子手、善良但有许多鬼点子的"心机girl"

年龄:18

人物小传:

曲玄思是泉州人,家里的独生女,考入南京三江学院(民办院校），大一新生。

她的父亲曲诚是老手艺人，专门做提线木偶的表演，因为这种技法被称为"悬丝傀儡"，所以给女儿起名"曲玄思"。曲玄思从小就对傀儡戏有很浓厚的兴趣，但曲诚却认为她不是男孩子，不该继承技术。再加上傀儡戏没有什么商业价值，所以让女儿去学一些好就业的专业，比如汉语言文学，好毕业以后当个文秘什么的。

大一开学，曲玄思带着自己的木偶进驻了宿舍，却被同宿舍的同学赶了出来，理由是"那个破木偶太吓人了，快点丢掉"。她不得不调剂到了另一个宿舍——404 宿舍，传说中大家都不要的讨厌鬼聚集在一起的寝室。曲玄思没有想到，在这里她反倒开启了人生的新篇章。

被称为"最讨嫌宿舍"的 404 宿舍，除了她这个爱傀儡木偶的"怪胎"之外，还有混血直播美少女庞可人、游戏狂魔石灵灵、手工达人 cosplay 爱好者苏紫。曲玄思想到要利用自己的室友们去宣传木偶戏，于是对室友们进行攻心之计，开始逐个击破……嬉笑怒骂各种纠结之后，404 宿舍的四人组，真的成了一个团队——404 中二天团！

2. 庞可人

定位：女二号

关键词：中国、乌克兰混血美女、网红女主播、小富婆、眼高手低、看似高贵冷艳其实是个单纯得不行的"傻白甜"

年龄：19

人物小传：

庞可人出生于长春。她的父亲是中国人，母亲是乌克兰人，所以从小就是一个漂亮的混血娃娃。因为长相美艳惊人，所以在她高中的时候就开始了直播赚钱，日进斗金，是个小富婆。

高中时期的庞可人借着直播平台疯狂敛财，顺便鄙视了应试教育，结果在自家老爹"必须把大学读完，你以为你能直播一辈子吗？"的炮轰下，被逼着去上了大学。她学的是广告学，但自己无心向学，仍然是成天靠直播混日子。

因为天天对着手机 App 开直播，同宿舍的同学不堪其扰，将庞可人赶了出来。她不得不进驻了 404 宿舍——被大家都不待见的讨厌鬼集合的寝室。

庞可人直播的时候总是特别甜美可爱，说话也是萌萌哒。但只要一放下手机，就回归东北女汉子的口音，"你瞅啥，瞅你咋的"，满口东北大碴子味。

另一方面，直播平台的流量红利也只不过持续了短短两年，庞可人发现钱是越来越难赚了，很多主播都扎堆组成了小组织，以争取更多的曝光度和利润。就在她纠结于要不要也加入什么团队，又觉得中介抽成很无良的时候，曲玄思跑过来向她献计献策……

237

3. 苏紫

定位：女三号

关键词：手工达人、cosplay 爱好者、美食家、软妹子、二次元宅女

年龄：19

人物小传：

苏紫出生于南京，是 404 宿舍里唯一的本地人。她是一个喜欢动漫的二次元迷妹，动手能力超强，会自己缝纫衣服，做cosplay。她还是网络上小有名气的 coser，经常参加动漫展，网名"紫苏"。

苏紫也是 404 宿舍中唯一一个不是被别人赶出来，而是自己离开原宿舍的人。因为是本地人，她经常回家，同寝室的同学就把一些日用品放在她的位置上，这触犯到了有一点小洁癖的苏紫，她选择离开原宿舍，然后被调配到了 404 寝室。

苏紫是个很可爱很萌的软妹子,说话的声音也是柔柔软软的,为人也很好相处,但底线很高。看见曲玄思想要将傀儡戏宣传出去,苏紫是主动提出帮忙的,她给曲玄思的傀儡娃娃做了一套新衣服,换上了动漫的造型。

苏紫的帮助,拓展了曲玄思的思维,她们想用现代的二次元手法,与古老的传统艺术结合起来,拉上 404 寝室的小伙伴们,一起开始了这段星光之路。而苏紫则是曲玄思的第一个小伙伴。

4. 石灵灵

定位:女四号

关键词:游戏狂人、氪金玩家、智商高情商低、好胜心强要做就做最好、"石怼怼"

年龄:20

人物小传:

石灵灵是常州人,她是个智商爆表、情商超低的女孩,因为是IQ 超高的学霸,她不用花多少功夫就能取得好成绩。学习跟玩儿似的,剩下的时间就在打游戏。高考时因为惦记游戏里的限时活动(外国服务器),竟然试卷做了一半算好了分数就直接离场了,结果该科成绩不计入总分,才上了民办大学。

石灵灵的好胜心特别强,在游戏里凭借绝妙的操作,再加上氪金,成为超级高手,网络上大家都以为她是男孩。因为半夜不睡觉,在床上通宵打游戏,宿舍里的同学受不了她,将她赶了出来,石灵灵进驻了 404 最讨嫌寝室。

石灵灵看上去沉默寡言,非常高冷,那是因为她对周遭的事情并不在乎。因为情商低,她也不是会说话的那种人,有时候毒舌得要死,招人讨厌,外号"石怼怼"。

一旦她产生兴趣,并认准了一件事,要做就做到最好。曲玄思利用了她的这种个性,设计将石灵灵拉入了复兴傀儡戏的小团队里,而石灵灵也凭借超高的智商,以及自己无人能比的脑洞和学习能力,成为团队中不可或缺的技术型人才。

5. 周岚

定位:男一号

关键词:暖男,成长中的设计师,爱在心里口难开的守护者

年龄:19

人物小传:

周岚是杭州人,家里是做小生意的,考入三江学院的工业设计专业,目前大二。周岚有很强的审美能力,他喜欢看电影,看小说,有生活情趣,是个正在成长中的设计师。他对舞台设计也有兴趣,为学校的各项表演做一些架设灯光的杂事。

在意外小事件中,周岚认识了曲玄思。在同学们都认为"傀儡戏好恐怖"的时候,周岚却很欣赏曲玄思认真努力去宣扬自己喜欢的东西时,那样认真的表情。因为有工业设计的基础能力,他帮着曲玄思做舞台设计,他的借口是要锻炼自己的设计水平,其实只是想多帮曲玄思一些。

曲玄思的恋爱神经比较粗,周岚又是一个默默陪伴的守护者,两人更多是朋友的关系,就像是互相扶持的伙伴。两人的相处像是呼吸一般轻松,却始终是"友人以上,恋人未满"。

直到有一天,周岚的作品被一个国外设计师相中,家人让他去德国进行深造……

6. 齐鑫

定位:男二号

关键词:男神学长、最佳辩手、学生会会长、帅帅帅、大男子主义

年龄:20

人物小传:

齐鑫,大三,是学校里的风云人物,学生会会长,篮球队员,最佳辩手,努力进取,加上长得又帅,是女生们心目中的"男神"。可在光鲜亮丽的外表之下,他极度自负,又极度自卑。

他自负的是,自己的成绩好,长得帅,组织能力和表达能力都是一流的。但自卑的是,他是苏南农村的独生子,虽然村子里也很富裕,但他总觉得这些城市姑娘看不起他。

齐鑫的功利心很重,有点大男子主义,他喜欢苏紫,一方面觉得苏紫可爱软萌,会做饭又会缝衣服,而且又是南京土著,是个最理想不过的妻子对象。他狂追苏紫,做了很多浪漫举动,在学校里向苏紫表白,却屡屡踢到铁板——苏紫迷恋二次元,精神层面完全不能沟通,她觉得齐鑫很无聊。

另一方面,混血美女庞可人却暗恋齐鑫,外表艳丽但内心傻白甜的她,觉得齐鑫和那些直播上给她撒钱的男人都不一样,是一个可以依靠的男生。可惜的是,齐鑫却觉得庞可人是一个的网红,是一个拜金女。

"404最讨嫌天团"一步步追求梦想,齐鑫也从一开始认为她们不务正业,到理解她们的作为。最终,他也渐渐意识到,恋爱不是讨价还价的买卖,现代社会中,两个人的关系更多是精神层次的交流。于是,他慢慢地改变了自己的大男子主义作风,成为一个更成熟的男人。

7. 吴沉星

定位:男三号

关键词:游戏宅、声优大咖、男神音、表面暖男实则是个心机 boy

年龄:25

人物小传:

吴沉星是本地人,毕业于南京艺术学院播音与主持专业,工作是配音，在电视台工作。因为他那听了"耳朵会怀孕"的男神音，在网上也颇有名气，网名"沉星"，拥有大批粉丝。

吴沉星也是游戏宅，经常直播游戏过程。一次"404 最讨嫌天团"需要剧目配音的时候，庞可人推荐了吴沉星，见面之后，石灵灵对吴沉星一见钟情——主要是折服于对方那高超的游戏技术。

于是，高冷的"石怼怼"，也有认栽的一天！她那爆表的 IQ 在遇到吴沉星之后，全部碎裂成了渣渣。于是男人婆开始学起了化妆，倒追男神——可惜男神粉丝太多，竞争激烈，石怼怼绞尽脑汁，三个臭皮匠为她献计献策。

吴沉星表现得非常绅士，也一直回护着石灵灵和 404 最讨嫌天团，因为在电视台工作，并有线上粉丝，吴沉星还帮了 404 很多忙，是她们强有力的外援。

直到有一天，在江苏卫视的新节目上，404 的创意剧目，被人搬上了现场直播——吴沉星偷走了她们的创意，并赢得了最受瞩目的新人导演奖……

8. 白知行

定位：男四号

关键词：三江动漫社社长

年龄：20

人物小传：

白知行是艺术学院的大三学生，网名"纯白行星"。三江的动漫社团，是他一手创立的。从最初的同好招募，到组建社团参加各种漫展，再到组合 cosplay 表演以及制作衍生品获取商业价值，白知行算是一个优秀的组织者和运营人，他在南京的动漫圈子里，也稍微有了点小名气。

去年夏天，白知行在校园里看到了苏紫，一眼就认出了她，知道她是那个拿到了金面具奖的 coser——紫苏大大。于是，白知行立刻提出了 offer,想招募苏紫加入他们动漫社团,但得到的,只有"没兴趣"三个字作为答案。

白知行不是一个轻言放弃的人,就跟少年漫画里的套路一样,他是越挫越勇,越败越强,简直将苏紫当成了一个要去打败的 BOSS 黑暗女王,每隔一段时间就要来"拜访"一下,劝说对方加入动漫社。

六、剧情简纲

起:

出生于泉州"傀儡戏"木偶手艺人之家的曲玄思,大一开学,带着她的提线木偶住进了宿舍,却被同宿舍的几个室友 diss 说"那个破木偶太吓人了,快点丢掉"。曲玄思心中不满,跟对方吵了起来,舍友将木偶丢了出去。曲玄思大怒,申请换寝室,却被调剂到了校园传说里的 404 宿舍——校园传说中,404 是大家都不要的讨厌鬼聚集在一起的寝室。

曲玄思刚一进 404 宿舍,除了苏紫非常礼貌地跟她打招呼之外,庞可人忙着直播,石灵灵打游戏连眼皮子都不抬。虽然同伴们不太热情,但在 404 没有人对曲玄思带着的那些提线木偶有意见。心灵手巧的苏紫,还给木偶做了一套小礼服,让木偶看上去有点萌,这让曲玄思非常感动。苏紫无意中说起,日本有很多 BJD 娃娃非常受追捧,还给曲玄思看了图片。曲玄思突然萌生了一个想法:能不能对傀儡戏、悬丝木偶也像这些娃娃一样进行包装,让更多的人接受这项历史文化遗产,也给当初 diss 木偶的那些人一些好戏看!

打定了这个主意的曲玄思,开始有点小心机、有步骤地实施她的策略——先是恶补动漫知识,然后陪着苏紫一起去布料城淘布料,在回学校的路上遇到了一位大三学长,也是学生会会长齐鑫,帮她们拎布料。当听说苏紫身上穿的衣服是自己设计并缝纫的时候,齐鑫夸赞了苏紫。

　　一方面,就在曲玄思狂刷与苏紫的好感度的时候,军训也进入了尾声。在操场上,曲玄思看见庞可人被教官没收了直播的手机并罚站,她们广告学的女生都在窃笑着看好戏,看来庞可人的确非常不受欢迎。休息时间,曲玄思上前去给庞可人递了藿香正气水,开始笼络对方——身为混血美女、网红主播的庞可人,拥有极多的线上粉丝,是一个天然的宣传渠道。

　　别看庞可人表面上高冷傲娇,忙着直播谁都不搭理,其实内里是一个东北来的傻白甜。在曲玄思的刻意笼络中,庞可人很快变得话多而掏心掏肺起来。原来,现在直播生意也不好做,流量红利一落千丈,"抖音"等新的自媒体视频 App 的出现,更掀起一阵全民主播的狂潮。现在各大直播平台的主播都在抱团取暖,庞可人非常纠结,加入团体会有更好的曝光度,但是也会遭到抽成。

243

　　曲玄思趁热打铁,提出要帮庞可人的直播增加内容,不只是漂亮的混血儿女主播,而是有文化内涵的内容演播,她还保证苏紫会帮庞可人做新衣服,打造不同的风格。这个提案说动了庞可人,决定加入曲玄思的策划。

　　学生会提出建议,要求迎新晚会上,新生要出一个节目,曲玄思立刻报了名。她连同苏紫和庞可人,准备打造一个傀儡戏＋真人舞蹈的节目,由曲玄思操控悬丝木偶,再加上庞可人的表演,苏紫为木偶和可人制作同款衣服,亮相舞台。三人组在宿舍里排练商量的时候,石灵灵始终打自己的游戏,完全置身事外。直到她们三个因为舞台效果犯了难,石灵灵怼了她们一句,这有什么难的,编一个背景视频不就好了。曲玄思突然意识到,石灵灵是一个非常厉害的技术人员。

　　曲玄思想方设法地拉石灵灵入伙,但是石灵灵除了游戏对什么都不感兴趣。曲玄思想过买游戏产品进行利诱,但非常崩溃地发现对方玩的游戏装备自己根本买不起。思来想去,曲玄思设计了一个混招。她从二手市场中古商店买了一块老式怀表,挂在上铺的栏杆上,然后利用石灵灵晚上摸黑打游戏的习惯,故意在石灵灵走过的时候解开怀表,然后被石灵灵踩碎。她谎称这是自己的外婆留下来的遗物,让石灵灵心生愧疚。石灵灵虽然是个游戏狂魔,说话也非常犀利不招人待见,但其实是个责任心异常强的人。石灵灵觉得有愧于曲玄思,于是答应了曲玄思的条件,加入这次节目的编排。

在准备表演的时候,曲玄思因为被不明光源照射到,从阶梯上摔下。一个男生扶起了她。她以为对方是色狼,拉响警报器,并快速逃离。

曲玄思完成了表演策划案,由她操偶,庞可人舞蹈演出,苏紫制作服装道具,石灵灵进行背景视频的编辑。在迎新晚会上,四人组表演了一出惊艳的节目,她们结合了传统木偶和二次元,加入了声光电的舞台变化,演出了一部以填海的神女精卫来到现代社会、发现海平面上升最终决定放弃填海的、具有环保意义的故事。

表演结束后,曲玄思在后台遇到了那个"色狼"。原来他是负责演出灯光布置的大二学长,他学工业设计,但对舞台布置也有兴趣。曲玄思和他加了微信,网名"山风"。

迎新晚会的演出大受好评,有趣的观点和内容,加上独特的表现形式,现场反响非常好。但另一方面,动漫社的社长偷拍了演出,放在了B站上,引来了很多吐槽。庞可人表示,这个梁子和动漫社结大发了。不过不管怎么说,在这次演出中,成员都感觉到了趣味。曲玄思趁热打铁,在宿舍里宣布,404最讨嫌天团,正式成立。

承:

课程正式开始,四人组专业不同,分头上课,却都在学校里遭遇了围追堵截——学校动漫社邀请苏紫和庞可人加入，进行cosplay表演，但二人均以自己已有社团为由而拒绝。动漫社的社长白知行是一个宅男，社团里有几个异常中二的挑事分子，认为苏紫和庞可人她们既不加入社团，又要在学校里另起炉灶搞二次元方向，是一种恶性竞争。社团成员来找苏紫和庞可人的麻烦，庞可人要用直播记录他们的行径，被对方摔坏了手机，这时学生会会长齐鑫出现，制止了对方。别看庞可人在直播上那么顺畅，在齐鑫面前却害羞得不敢说话，她仰慕齐鑫的英雄气概，开始暗恋。然而，齐鑫始终对苏紫嘘寒问暖，苏紫只是礼貌性地回答。

由于动漫社的挑衅，曲玄思出头和对方社长下战书，两个社团进行PK，在动漫展上表演拼人气。战书激起了404全员的战意，庞可人和石灵灵都觉得这是必赢之战，毕竟庞可人有那么多粉丝，苏紫在二次元圈也是大咖，怎么会干不过一个小小的动漫社团。结果到了漫展，事情却超乎他们的想象，动漫社成员的舞蹈虽然不是特别优秀，但是因为都是cosplay的装扮，从游戏《王者荣耀》到《阴阳师》，从美漫的《神奇女侠》到日漫的《魔卡少女樱》，吸引了众多漫迷的目光。而404的表演还是上次精卫的故事，原创内容在漫展上丝毫不具备优势，再加上漫迷们对木偶傀儡戏完全不感兴趣，觉得土——结局，404完败。

面对败局，404全员非常不爽，而动漫社成员各个都趾高气扬。曲玄思决定狡辩，而石怂怂更是发挥了气死人不偿命的口才，借口动漫展是对方主场，决定再比一次，这次战场直接是"抖音"App，面向全部网友，不涉及谁的主场的问题。动漫社团成员信心爆棚，接受了挑战。

回到宿舍，404全员开始编排新的剧目。曲玄思始终觉得，舞台设计欠缺。在商场打零工的时候，曲玄思发现了商场在办一个名为"大学生设计作品展"的展陈，一个名为《暖》的作品吸引了她的目光，作者是三江学院大二的周岚。

曲玄思通过上次加的学长微信，想去找这个设计师，却发现原来"山风"学长就是她的目标——工业设计专业的大二男生周岚。周岚说自己想到《暖》这个题材，也是看了曲玄思上次的表演生发的灵感，很感谢曲玄思。他答应了曲玄思的请求，决定帮她们设计舞台。

404加外援周岚，一起探讨怎么设计剧目。庞可人认为，一切从需求出发，就应该靠俊男美女的表演，外加绚烂的视觉效果取胜，不要加什么悬丝木偶了。石惢惢也赞同庞可人的话，为了赢得比赛，她觉得木偶是减分项而不是加分项。曲玄思非常不开心。这时，周岚站出来帮曲玄思说话，他觉得只有外形上的美丽是没有用的，内容极其重要，本来宣传中国传统文化是一件好事。如果一切从经济利益和点击率出发，那和动漫社又有什么区别呢？曲玄思非常感动。这时候，苏紫提出了一个新概念，她说闽南的布袋戏有很多粉丝，特别是台湾《霹雳布袋戏》是一部超级IP剧集，在动漫圈有2.5次元的别名。她决定用自己的人脉关系找来《霹雳布袋戏》的coser助场，代价是免费帮他们做衣服。而这次的剧目，干脆就以"傀儡戏"为题材，讲闽南各大木偶戏的分支变化，讲木偶活了成为真人。这个策划全票通过。

同时，曲玄思为自己的组合正式更名中二天团。中是中国传统文化的"中"，二是现代流行文化二次元的"二"。

为了赢得比赛，五人组分工合作，曲玄思写剧情和整个方案书，苏紫进行coser联络和服装制作，周岚进行舞台设计，石惢惢负责视频和灯光编程，庞可人负责在各大平台进行宣传。表演当天，直播平台上的粉丝达到了8万人，当天打赏收益20万元。而后续视频经过剪辑上传"抖音"，更是获得了百万点击。

比赛结果，404完胜，而且赚到了巨款。众人狂开心，但很快又陷入了低潮——面对"分赃"问题，大家产生了不同意见。特别是平台直播的钱，因为是庞可人的账号和固定粉的宣传，所以庞可人觉得自己应该拿大头。苏紫自掏腰包贴钱做衣服等等，贴出去不少钱，觉得这笔钱应该给她摊销成本。而周岚的设计和石灵灵的视频和程序撰写，没办法明码标价，但都是劳动付出。曲玄思一时不知如何是好，大家不欢而散。

转：

虽然赢得了比赛，取得了网上的人气，但404最讨嫌宿舍却陷入了低潮。就在这时，齐鑫安排男生宿舍大楼用灯光字幕加上蜡烛的方式，向苏紫进行表白。围观人数众多，众人纷纷起哄，面对学生会会长齐鑫的表白，苏紫"十动然拒"。这让齐鑫非常下不来台，场面极其尴尬。看苏紫断然离开，齐鑫独自站在烛光中，庞可人一时心意摇摆，走向蜡烛中的齐鑫，向他表露喜欢的心情。被拒绝而气急败坏的齐鑫，当众斥责庞可人，说她是什么女主播，根本就是个活跃在网络上的不正经女人。

庞可人被当众羞辱，回到宿舍看到苏紫更是恼羞成怒，决定搬出404，也退出了404最讨嫌天团。石灵灵见曲玄思情绪低落，带着那只坏掉的怀表找人维修，却被人告知那只怀表是近十年才生产的东西，是一只仿古的现代表，根本不可能是曲玄思外婆留下的。石灵灵回宿舍找曲玄思对质，曲玄思承认，自己是设计了石灵灵的加入。石灵灵勃然大怒，也退出了404最讨嫌天团。

团队只剩下曲玄思和苏紫两个人，在曲玄思心灰意冷的时候，周岚非常笨拙又小心地操纵悬丝木偶，开解曲玄思。

404表演的抖音视频在网络上持续流传，江苏卫视一档综艺节目的工作人员，打电话给曲玄思，表示要邀请404团队上电视。曲玄思挨个去找庞可人和石怼怼，前者在上电视的诱惑之下，后者在曲玄思的真诚道歉之下，勉强答应参加节目。

404 团队重组。五人组重新进行方案策划，这一次她们打算编排一个集木偶与魔术表演于一体的超酷炫的恐怖题材小剧场。因为涉及原创音乐和配音的关系，庞可人推荐了直播平台上的男神音主播吴沉星，他也是南艺的学生。几人找到吴沉星，石怼怼发现吴沉星是个游戏大咖，游戏能力超强，两人相谈甚欢。石灵灵喜欢上了吴沉星。

眼见高冷的石灵灵动了心，曲玄思、庞可人、苏紫开始教石灵灵化妆打扮，还把所有要跟吴沉星沟通的机会，全部交给了石灵灵进行对接。吴沉星表现得非常绅士，一直在帮助 404 他们进行配乐和配音，也跟石灵灵交流了他们编剧上的内容。石灵灵春心萌动，觉得和男神有戏。

404 努力编排节目，曲玄思的剧本和操偶，周岚的舞台设计，苏紫的服装，庞可人的表演，石灵灵的程序，都准备得差不多了。而这个时候，吴沉星却一再推脱，说音乐设计做不出来，甚至后来玩起了失踪。

曲玄思她们决定放弃吴沉星，自己买版权搞定音乐的事情。时间到了表演前一天，就在曲玄思她们彩排，并且完美演绎剧目的时候，白知行跑过来通风报信，说在网上看到了演出。他一看就觉得跟曲玄思他们的想法很像。

曲玄思一看，原来是吴沉星表演的节目，他抄袭了他们的创意，然后在卫视综艺的发布会上，进行了表演！

曲玄思和伙伴们大怒，跑到广电大楼去跟吴沉星对质。就在曲玄思她们打算公布吴沉星的恶行时，突然发现吴沉星身边的技术顾问，是曲玄思的爸爸曲诚。

台上十分钟，台下十年功。吴沉星可以抄服装、道具、灯光、舞美，因为他是南艺的学生，这些本来就是他的专长。但是他抄不了操偶。他很有心机，他怕曲玄思他们告发，于是干脆找到泉州木偶剧团，找到曲诚，让他来参加表演。

吴沉星是个心机 boy，南艺人才济济，能出道的又有几个？他不但想红，还想通过这个表演拿到政府奖项。拿到政府文化大奖，他就可以留在电视台，成为有正式编制的员工——为了编制。

吴沉星知道，他搞来曲诚入伙，曲玄思就没办法追究他抄袭的问题，不然就连同他爸一起告了。

曲玄思憋了一口老血，却无话可说。庞可人和石灵灵又开始吵架，一个骂对方有眼无珠，跟这种坏人搞在一起。石灵灵骂庞可人，这个坏人就是个网络主播，是庞可人介绍来的。原本好不容易修复好裂隙的团队，又再度分崩离析。

结：

愤怒、不甘、共同的敌人，让 404 再度团结起来。

众人立誓要打败吴沉星，要揭发他的行径，要给石灵灵讨个公道。还有不到一天的时间，眼看先前所有的准备都成了白费工夫，404 所有人外加周岚几乎是抓破了头，在想究竟要表演什么样的剧。眼看五人焦头烂额，面对同学们的指指点点，曲玄思顿生一计，这一次，她要表演自我，表演真实的她们，表演最讨嫌的四人组。

她编排的剧目，是一场歌舞秀，用木偶和真人进行切换，外人眼中期待的女性应该是什么样的，用木偶的形式展现，应该乖巧，应该听话，应该懂礼仪，应该是好女孩，应该好好学习，应该好好工作，应该尽早嫁人，应该早生小孩，应该相夫教子。然后，随着歌舞和音乐的变化，木偶被打破，在虚拟视频的屏幕中跃出真人和木偶的切换，女孩子们肆意激情地舞蹈着，成为科学家、成为航天员、成为各行各业的佼佼者，在 *This Is Me* 的乐曲中展现风采。表演过程中还有一段 Rap：庞可人讲述自己在别人眼中的女主播形象，和她实际的梦想；曲玄思讲述别人眼中的木偶，和她对这个世代相传的手艺的希冀……从来没有什么注定要成为什么样的人，活出自己，this is me。

　　曲玄思她们被吴沉星欺负的事情，也在三江学院传开。欺负我们大三江的人，是可忍孰不可忍！动漫社社长白知行，发动整个动漫社帮忙，女孩子们上场，男生们在台下打 Call。齐鑫带了学生会的人，组织了上百名同学，全都来护场子。

　　节目表演现场，观众特别是女性观众站起来为 404 鼓掌，四人组在欢呼声中携手鞠躬。四个女孩相视而笑。这是表演，更是她们的心声。

　　看到 *This Is Me* 的演出时，齐鑫幡然醒悟。404 的表演和说唱，让他确实剖析了自己。他先前看上苏紫，就是觉得苏紫会缝纫会做菜，会是一个贤惠的妻子。可是大家都是有梦想的学生，凭什么要求另一半就不能有自己的事业。他意识到了自己的狭隘。他向苏紫和庞可人二人道了歉。

　　周岚还带来了曲诚，曲诚虽然埋怨女儿骗她，但是也表示，为女儿感到骄傲。周岚先前告诉了他吴沉星的勾当，曲诚为了报复，定了头等舱的机票回泉州，要让吴沉星大出血。

　　机场，周岚与曲玄思送走曲诚，周岚向曲玄思告白。

第八章 创作心态与商业价值

网络文学创作的五大维度,以及创作过程中的窍门,前文都已经做了详细分析与介绍。本章更多是分享主观上的一些感受,向新人作者分享创作过程中的一些心态问题。

刚开始写作的新人作者们,在开始写作之前,应该想好自己的定位,思考一个问题:这次创作,究竟是图什么? 是在写一个作品,还是在写一个商品?

一、创作的定位:作品与商品

作品是什么? 作品类的创作,首先是作者对创作的自我要求,它需要过硬的质量,需要有符合主流价值观念的立意。

商品是什么? 商品类的创作,不需要太多的才华或思考。曾有一位"网站大咖"透露,他认为只要是经过九年制义务教育的人,经过两周的培训,都能写出商品文,获得一定的引力。

不可否认,写得好的商品,也是作品的一种。而又叫好又叫座,是我们的创作目标。但很多新人作者还没有达到这种创作层次,这就需要作者在创作之初,想清楚自己的定位,明确自己的目的,而作品和商品,各有利弊。

1. "作品导向"之利与弊

利:① 作者有自我表达的概念;② 符合主流价值观取向;

③ 有市场转化的可能性,可能改编成其他类型的文化产品。

弊:① 作品定位高,导致受众数量少;② 对于市场接受度来说,有可能叫好不叫座;③ 可能不挣钱。

2. "商品导向"之利与弊

利:① 作者有服务读者的概念;② 作品定位低,读者数量多;③ 市场接受度高,有可能大红大紫;④ 能挣钱。

弊:① 可能不完全符合主流价值观取向,有被打击的可能;② 除了电子阅读外,缺少变现渠道,难以变成其他文化产品。

无论是作品也好,商品也好,都是个人创作中的选择,这种选择没有对错高下之分。对于一部分作者而言,写作是一份全职工作,要先挣到钱解决温饱问题之后,才能去追求更高一级的自我表达。

然而,与之相反的是,许多新人作者往往对自己的创作评价过高,不屑于去追求市场,在惨淡的数据面前埋怨读者不懂欣赏,编辑没有眼光,同时又打击了自己创作的热情。这些都是新人作者常犯的错误。

二、新手常见问题和解决办法

1. 新手常见问题

(1) 眼高手低,想得太多,写不出来。

(2) 兴趣减弱,写一半就"弃坑"了。

(3) 患得患失,没有点击和评论就没有动力。

（4）好高骛远，觉得自己的作品天下无敌，能一炮而红，然后纠结于没有机遇。

（5）自我评价过高导致想要的东西太多，结果在商业谈判合同签订的时候没有办法达到 IP 开发方的期望。

2. 解决办法——向自己提问

（1）端正心态→创作是自我选择，还是其他因素的逼迫？对于自己来说，是在创作中获得快乐，还是结果使我快乐？

（2）摆正自我定位→我是一个新手，还是业界名家？争取每一个机会，还是自视清高，觉得编辑有眼无珠？

（3）对创作有客观合理的评价→我的作品好在哪里，差在哪里？为什么编辑给你保底，为什么给你分成？

这些问题，归根到底就是一句话——

认清自我。

要对自己有正确的评估，对自己的作品有正确的评估，保持良好的心态，烦恼就会减少很多。

三、什么是好的创作心态？

要怎样保持良好的创作心态呢？笔者根据自己的创作经验，将之总结为以下五点：

（1）喜欢自己的创作。

喜欢是创作的源动力，不要勉强自己写不喜欢的东西，这会给作者带来无尽的烦恼，磨灭对写作的兴趣。身为作者，一定要让自己写得开心。取悦了自己，才能取悦读者。

（2）有客观的自我评价。

要对自己有清晰的定位和清醒的认知。超级大神有傲气的资本，但刚出道的新人，既要守住自己的底线，也要懂得去低头妥协。

（3）在面对市场选择的时候，沉得住气。

时运有高低，三十年河东，三十年河西，市场的选择有它的逻辑，也许你不认可，但也还是得沉住气。也许这个时段跟你的创作风向不吻合，那就等到创作风向转变的时候。

（4）将读者视为家里的客人，而不是来采购的顾客。

创作不是服务行业。我们创作一部作品，首先是自我的表达，其次才是取悦读者，这是正向的因果关系，而不应该反过来，完完全全为了服务读者而进行文章定制。

（5）由小到大，由短到长，注重毅力的培养。

笔者曾经问学生：你们认为的、成为作家的最关键要素是什么？大家的答案五花八门，但最多的两个答案，是"天赋"和"创意"。但笔者认为，成为作家最关键的点，在于两个字：

毅力。

是的，毅力。在笔者的成长之中，看到过太多厉害的写手，他们有才华，有脑洞，最终却没有走上作家这条路。他们之中，有些人很有创造力，经常能迸发出一些非常奇妙的小段子，却始终没有写完一个长篇。生活之中也有很多人，怀着成为大作家的梦想，却拿着笔或者对着电脑，摆起了"明日复明日，明日何其多"的态度，连两千字都没写出来。

同期的写手中，还坚持在创作这条道路上的，实在太少了。笔者之所以能走到今天，是因为我有一份坚持：日更两千。就算再忙，工作再累，再出现状况，再没有灵感，也要有两千字的创作保底。

这个字数，对于网络文学的作者们来说，实在太渺小了。但是对于很多立志成为写手作家的人来说，又是一个令他们无法企及的目标。因为,聚沙成塔,积少成多,坚持下去,创作就会成为你生活中无法更改的习惯。

关于创作,还有千千万万的状况,千千万万的感想。然而,千言万语,还是汇成一句话:

纸上得来终觉浅,绝知此事要躬行。

附录　指导学生论文集

网络文学现实题材的两种写作手法

唐凯欣

网络文学诞生于 20 世纪末 21 世纪初,二十余年来,网络文学正在以一种昂然的姿态走进大众的视野,从亚文化逐渐变成主流文化,其中,创作手法和题材的选择也经历了一定的发展——最初是一批热爱文学的青年自发地在网络上畅所欲言,其内容与创作手法与传统文学并无明显的区别;随后,网络文学题材逐渐丰富,开始分门别类,以言情、玄幻、奇幻、穿越、无限流、恐怖、悬疑等题材为主,被固定下来的题材类型,随着网络文学的发展,呈现出类型化的趋势。

就目前网络文学的创作情况而言,幻想类型创作仍占大多数,习近平总书记在党的十九大报告中向文艺工作者发出殷切号召:"要繁荣文艺创作,坚持思想精深、艺术精湛、制作精良相统一,加强现实题材创作,不断推出讴歌党、讴歌祖国、讴歌人民、讴歌英雄的精品力作。"①十九大第一次将现实题材作为国家倡导的文艺创作方向,各大网站重点推荐现实题材作品,网络文学作者也纷纷向现实题材靠拢,形成"现实题材热",出现许多有质量、有思考、有价值、关注现实的作品,有逐渐向传统文学靠拢的趋势。网络文学现实题材重新走进大众视野,无论对于网络文学自身的发展,还是对于传统文学的

---

① 习近平.决胜全面建成小康社会 夺取新时代中国特色社会主义伟大胜利——在中国共产党第十九次全国代表大会上的报告[J].党建,2017(11):15-34.

发展,都有着重要的影响。

本文通过对流浪的军刀的《血火流觞》和《极限拯救》、王鹏骄的核医"荣"系列、卓牧闲的《朝阳警事》、齐橙的《大国重工》以及赖尔的《和人形测谎仪没办法谈恋爱》进行分析,探究网络文学现实题材写作中的两种常用写作手法——现实主义手法和超现实手法,并总结网络文学现实题材写作的共性,整体审视网络文学现实题材的创作。

一、网络文学现实题材的界定与发展

受时代和科技的影响,当下讨论的现实与过去有所不同,因而要分析现实题材的创作,首先要对"现实"重新界定。

1. 网络文学现实题材的"边界"

网络文学现实题材在新时代面临着边界问题,可以明确的是,随着科学技术与文化的不断发展,现实的边界正在不断拓宽。所谓现实,应该是"真实地再现典型环境中的典型人物",受网络的影响,当下已经出现了不同于传统世界的"现实",此时我们该如何界定互联网时代下的"现实"? 对于传统文学而言的"现实主义"和"现实主义精神"等概念,是否应该有新的含义?

网络文学之所以长期给人一种不切实际的"虚拟性",一个重要原因是作者在题材上选择背向现实。但随着科技的不断发展,越来越多看似不切实际的事物变成了现实,现实的边界被不断地拓宽。"二次元"是指日本文化中,通过动漫、动画、游戏等方式呈现的二维图像,是虚拟、虚构的代名词。但是在技术的推动下,人们对初音未来、洛天依等虚拟人物产生了真实的感情,甚至这类虚拟人物可以通过技术与明星同台表演,通过 AR 技术成为增强虚拟现实。而曾是科学幻想的黑洞、暗物质、人体冷冻技术、外骨骼装备等,也随着科技的发展逐步成为现实。

因此,现实是没有永恒的边界的,很多当下的幻想,会在科技的进步中被证实,成为现实;科技的发展也会不断创造出新的事物,成为新的现实。网络文学现实题材的创作不能故步自封,不能将传统文学的价值观、精神内涵和评价标准,简单而僵硬地嫁接到网络文学身上。

网络文学是网络的产物,"网感"是网络文学区别于传统文学的一个重要

257

特征。从网络上获取能量,在网络上书写,在网络上阅读,一切围绕网络展开,这种独特的"网感",正是网络所赋予的,属于网络文学独有的"现实感"。

2. 网络文学现实题材的发展

网络文学现实题材并非凭空出现,自网络文学诞生之日起,现实题材就作为其中的一部分悄然生长。二十余年来,网络文学现实题材经历了三个发展阶段:早期自发阶段、中期沉寂阶段和近期自觉阶段。

早期自发阶段:文人式写作。现实题材自网络文学诞生之日起便存在,彼时的现实题材写作深受传统文学的影响,这个时期的写作沿袭了传统文学的精神与内涵,只不过从以纸质为媒介转化为以网络为媒介。中国互联网于20世纪90年代开始商用,网络费用昂贵,这时期能够接触网络并进行网络文学创作的人群,大部分是精英阶层或有学识之人,由这个群体所创作的网络文学兼顾文化学识与思想,是一种"文人式"写作。

回望网络文学的源头,现实题材是当时作者的首选。被认为是网络文学"开山之作"的《第一次的亲密接触》是现实题材,小说讲述了主角痞子蔡在BBS上的留言引起了女孩轻舞飞扬的注意,两人成为知心好友,女孩最后却因疾病离开人世的故事。拥有网络文学"三驾马车"之称的李寻欢、宁财神、刑育森以及安妮宝贝创作的皆是现实题材作品,包括早期影响较大的作品,如《成都,今夜请将我遗忘》《蚊子的遗书》等,都取材于现实,贴近生活,有浓厚的生活气息。

"文人式"写作者们拥有纯粹的文学梦,借助新兴的网络作为传播和书写的媒介畅所欲言,这类创作与中后期以赚取点击量为目的的写作有明显的区别。"文人式"写作不是为了赚钱,更多的是体验言论和表达的自由,体验网络匿名化写作所带来的畅所欲言的快感,满足自己的文学梦。如龙吟的《智胜东方朔》这本书虽然发表于网络,但是其文学底蕴和表现形式,都接近传统文学。

中期沉寂阶段:极端化写作。网络文学现实题材发展至中期,与早期的"文人式"写作大相径庭。这个时期的写手紧紧抓住网络的特征,在早期网络缺乏管制的时代,利用网络匿名化的特征,将言论自由发挥至极致,呈现出极端化写作趋势。

258

网络文学发展至中期,呈现出类型化的趋势,网络文学写作开始以"吸睛"为目的。此时的现实题材写作则将目标转了个面,直指现实生活中的阴暗面,大肆表现色情和暴力,渴望在短时间内抓住读者的眼球,于是产生了一批有关性的作品。比如木子美在网络博客上连载日记《遗情书》,文章毫不避讳地分享她的性生活。这样的性爱文学满足了部分读者对性的窥探,使得《遗情书》风靡一时。作者在书写这类作品的时候,并没有带着低俗的心态去书写,但这类写性的作品能满足读者的猎奇心理,能够在短时间内吸引读者,于是一批追逐流量的作者开始以"吸睛"为目的,大肆描写性,描写生活中的阴暗面,形成了一种追逐流量的低俗写作。

这样的低俗写作很快受到管制,在此期间,幻想类小说开始崛起,由于写手对现实题材认识的局限,呈现的内容与现实割裂开来,充斥着"总裁""贴身高手""玛丽苏""傻白甜"等写手幻想出来的内容,而小部分真正拥有笔力书写现实题材的作者,或选择转向编剧等行业,或是转向更有市场效益的玄幻、穿越等类型题材,现实题材在这一时期失去土壤和园丁,走向沉寂。

近期自觉阶段:精品化写作。尽管网络文学呈现出背向现实的特点,现实题材却并未消失,并且在近期进入自觉创作阶段,呈现出精品化的趋势,带来这一变化的原因有以下四点:

其一,作者的系统化学习与理性的回归。网络文学写作具有大众化、门槛低的特点,在网络文学写作群体中,大部分作者不是文学相关专业的,甚至没有系统地学习写作,这就导致作者在书写的过程中,对于文章的结构、叙事的方式、立意与表达很难有高质量的呈现。近年来,相关部门意识到网络文学作者进行系统化学习的必要性,开始组织一系列学习活动,如各省网络作协举办的高级研修班、创作研修班、鲁迅文学院网络文学作家培训班等,各大网站也组织了小规模的学习活动。通过系统的学习,作者在作品立意的思考和表达上必然更加成熟。

网络文学经历长期的幻想的狂欢后,理智开始回归,网络作者尝试在狂欢的时代沉淀下来,在时代的洪流中书写中国故事,展示中国形象。

其二,国家的支持与倡导。习近平总书记在中国文联十一大、中国作协十大开幕式上明确提出要"从时代之变、中国之进、人民之呼中提炼主题、萃

259

取题材,展现中华历史之美、山河之美、文化之美,抒写中国人民奋斗之志、创造之力、发展之果,全方位全景式展现新时代的精神气象"①,网络文学创作应由"虚"到"实",要走入中国人民的实际生活中去。没有生活的创作是悬浮的,是脱离实际的,幻想类作品也脱不开对生活细致的观察,对人生百态的经历与感悟。

其三,市场的推动。在国家对现实题材的大力倡导与扶持下,网络文学现实题材作品获得了更大的机遇。如阿耐的同名小说改编的《大江大河》荣获第十五届精神文明建设"五个一工程"优秀作品奖,突显出现实题材的魅力。在政策与市场的推动下,各大网站也纷纷举办现实题材征文比赛,希望能培养一批高质量的现实题材作品。

最后,网络文学现实题材的明确。在国家的支持与倡导下,许多作者开始转向现实题材,现实题材再次进入大众的视野。但在相关文学理论和文学批评不够完善的情况下,读者、作者、行业工作者乃至新闻工作者,在紧紧抓住"现实"这一关键词的前提下,衍生出多种搭配组合——现实题材、现实主义、现实主义精神,甚至出现了现实主义题材的说法,造成概念混淆,搭配不当的情况。学术界对此做出了相关研究与解释,相关文章给网络文学现实题材做出明确的界定,给作者的创作、网站的运营以及 IP 的改编提供了基本的思路。

二、网络文学现实题材创作手法

当下网络文学现实题材的创作手法各异,本文在研究的过程中,深知网络文学现实题材的创作绝不止现实主义,同样可以采取"浪漫主义""自然主义""魔幻现实主义"等手法,但就目前网络文学的创作而言,大部分作品无法直接对标流派,作者在创作的过程中也没有意识到采用了文艺理论上的哪种创作手法,更多的是出于经验和市场导向。因此,本文将这些非现实主义的、带有幻想元素的创作手法归结于"超现实"手法。

---

① 习近平. 在中国文联十一大、中国作协十大开幕式上的讲话[EB/OL]. (2021-12-14)[2022-01-20]. http://www. gov. cn/xinwen/2021-12/14/content_5660780. htm.

1. 网络文学现实题材的现实主义写作

现实主义作为一种创作手法,最早可以追溯到 19 世纪。现实主义是在与浪漫主义的论争中确立的,讲究贴近现实,靠近现实,客观且冷静地剖析现实,具有细节真实、形象典型等特点。网络文学现实题材中的现实主义写作,继承了西方现实主义文学的创作原则与特点。现实主义不单是一种创作手法,也是作者的审美和思维方式的体现,不同时期的现实主义有不同的表现方式,网络时代的现实主义也应该如此。

第一,从作者身份上看,网络作家为新文艺群体、新的社会阶层人士。

历史上一个文化思潮的出现往往与一个新的文化阶层的诞生有关。2013 年,习近平总书记曾指出,一切非公有制经济人士和其他新的社会阶层人士,要发扬劳动创造精神和创业精神,回馈社会,造福人民,做合格的中国特色社会主义事业的建设者。2014 年 10 月在文艺工作座谈会上,习近平总书记做出重要论断:"互联网技术和新媒体改变了文艺形态,催生了一大批新的文艺类型,也带来文艺观念和文艺实践的深刻变化。"①网络作家是社会主义市场经济条件下的网络文学创作者,以自身的艺术创作和文化服务,丰富着人民群众的精神文化生活,成为"新文艺群体""新的社会阶层人士"中的代表,为国家文化产业的发展做出了显著的贡献。

采用现实主义手法去体现一个行业的发展与特征,对作者的知识储备提出了更高的要求。在这样的现实背景之下,行业从业者在信息、资源等方面获取了先机。很多网络作家在全职写作之前,拥有丰富的社会生产经验,这为书写现实主义作品提供了土壤。现实主义创作不仅要求能书写现实题材,还要"真实地再现典型环境中的典型人物",这样行业中的从业者无疑占据了天然的优势。擅长书写军事题材的流浪的军刀曾经是一名特种兵,这段特殊的经历给他的创作提供了源泉,让他在专职创作的过程中,能自然地呈现真实的战争场面以及战争谋划,能让读者相信作者笔下的世界观及情节。擅长书写医疗题材的王鹏骄更是三甲医院的核医工作者,借助工作经历,王鹏骄

---

① 习近平. 在文艺工作座谈会上的讲话[EB/OL]. (2015-10-15)[2022-03-11]. http://politics. people. com. cn/n/2015/1015/c1024-27698943. html.

凭借"荣"系列成为国内核医题材开创者。

第二，从创作原则上看，现实主义强调细节真实。

细节真实是现实主义的一个重要特征，也是创作原则。以流浪的军刀的《血火流觞》为例，军事题材是现实题材的一种，主要书写军人生活、军人精神、战争、历史以及情感等问题。军事题材的高度专业性对创作提出了更高的要求，需要作者有扎实的军事知识储备，要求作者对武器装备、战场规则、不同职务所负责的事务等方面有一定的了解，同时对作者描述一段完整的军旅生活提出了严格的要求。创作者只有真实地展示这些细节，才不会让读者出戏，才不会有跳脱感。《血火流觞》则做到了基本的人物真实和情节真实。

一是人物真实，塑造新英雄范式。受题材影响，军事题材在创作的过程中，难免出现"英雄"式的人物，而如何塑造英雄角色，或者说如何避免千篇一律的英雄，则是创作者一直在努力的事情。

流浪的军刀在《血火流觞》中，塑造了尚稚和燕景宗两个男主角，一庄一谐两个极具个性的人物。其中尚稚作为蛰伏在日本政府的间谍，他不似传统绝对正直的军人形象，尚稚身上带着市井气和匪气，常常不按常理出牌，但其行为并没有脱离军人的范畴。尚稚的行为都是经过缜密思考的，这种看似不正经的外显行为反倒成了间谍身份的掩护。例如开篇面对少佐的审讯，尚稚通过三次言语上的激怒与挑衅，成功试探到了少佐的心理承受极限。这样的设定，不仅符合人物的身份逻辑，主角更能在脸谱化的军人形象中脱颖而出。正是这种不完美，才让角色打破真空的状态，贴近现实，回归现实，能让读者触摸得到的角色，才能与之产生共鸣。流浪的军刀的另一部军事题材小说《极限拯救》，其主角是退伍军人，但骨子里仍然流淌着军人正直和忠诚的气魄。正因为主角是退伍军人，其活动的空间更广，束缚小，所以主角团可以展开跨国救援，其行为可以自洽。

二是情节真实，小场面突显紧张气氛。流浪的军刀擅长将小场面作为切入口，在有限的空间里设置情节。《极限拯救》中紧张的情节大都是小场面，如为解救中国人质而开展的追击战、为解救被困农场华侨所策划的暗杀行动，这些场面不像玄幻小说不断更换地图，有限的空间反而能加重气氛的紧张和激烈。同样《血火流觞》也鲜少有宏大的军事冲突，流浪的军刀运用蒙太奇的手法设置情节,画面感强,真实性更高。

第三,网络文学现实主义创作的主要问题:现实与想象力的失衡。

采用现实主义创作手法的作者,有向传统文学靠拢的倾向,但是在这个过程中,容易造成现实与想象力失衡,无法融合的问题,这样的作品带有明显的局限。

一是消极写实。现实题材的写作,最重要的一个特征就是写实,只有写实,才能称之为书写现实题材。但是很多作者在创作的过程中,出现了另外一个问题:他们的创作过分写实,记流水账般对现实生活机械复制。这类作者忽视了一个创作的基本原则——文学必然带有虚构。大家能够理解玄幻等非现实向作品是幻想的产物,却忽视了现实题材的创作同样需要想象。现实题材的创作应该是作者对于现实的感知,通过自己的经验、经历与想象,编织成一个反映现实的文学作品,也就是柏拉图所说的"摹仿的摹仿"。作者需明确:文学的世界并不等同于现实的世界,尽管书写现实,文学与现实也是有区隔的。

二是削弱了网络文学的优势,创作出非传统文学非网络文学的"两不像"作品。部分作者在创作的过程中,有意识向传统文学靠拢,但是其创作技法与创作功底无法创作出严肃文学,同时又削弱了属于网络文学的优势,创作出接近纪实的"两不像"作品。王鹏骄的核医"荣"系列作品缺乏情节的连接与人物的成长,基本以主角一人每日的工作流程展开。此类作品让读者了解到更多行业的知识,但稍欠文学作品的艺术化表达手法。

2. 网络文学现实题材的"超现实"写作

除了直接取材于当下,以现实主义的手法创作之外,网络文学现实题材的作者结合了网络和文学的特性,以一种具有网络特征的、新的手法去表达。

第一,超现实表现手法,符合网络文学生态。

幻想类作品长期占据网络文学的主导地位,对读者的阅读习惯与阅读思维都产生了重要影响。当网友习惯了充满"爽感"的作品后,如何写好"主旋律"作品,便成了一个问题,如何保持"网感"的同时,去书写现实题材成为作者们考虑的重要问题。作者们在不断的实践与探索中,不约而同采用了"超现实"手法,探寻现实题材的"网络表现手法"。

263

在此情况下，出现了一批"高概念"作品。高概念是 20 世纪 60 年代美国电影界出现的一种商业电影模式，经过发展与本土化结合，当下网络文学高概念作品的主要特征是：独特的原创设定、可以用一句话概括的剧情、符合普世价值的立意。网络文学现实题材的高概念作品常常采取"重生或异能＋现实"的形式，借用颇具网感的重生或异能的因素去书写，打破时空的限制。

重生是超现实手法的一种，所谓重生，即"重新生活"，回到过去的生活，与主角的现实产生时间差。重生之后的主角往往能借助过往的经验，对重生之后的世界做出贡献或有所改变。

齐橙的《大国重工》采用了"重生＋现实"的形式。在现实题材写作中，通常是当下的人重生到过去。这样写有两个好处：一是以现代人的视角，去看待过去的事物，可以借主角传递作者的思想。以《大国重工》为例，主角冯啸辰原本是国家重大装备办公室战略处处长，不知为何穿越到 40 年前，附身于冶金厅的一个临时工身上。40 年前还在发展起步阶段的中国面临许多问题，如各项政策的不完善，政策推进过程中的人性问题等等。作者笔下的冯啸辰表明了自己的态度：他反贪腐、反官僚，但始终相信制度的力量——这也是作者的态度。

二是更具有"网感"，能够通过未来的信息，顺利推动主角事业的发展。《大国重工》是工业文，重生之后的冯啸辰因为知道未来的发展，可以使国家在工业道路上少走很多弯路。比如小说开篇，冯啸辰提醒罗翔轧机部件的问题，其实这并不是什么轧机部件，只是一个抽水马桶，是日方的商业欺诈。这个举动不仅减少了国家的损失，也让主角得到重视。作者虽然让主角重生，但不是随意虚构，从冶金装备、矿山装备、电力装备、海工装备，主角凭借自己扎实的工业知识储备以及经济的思考，不断推动他的事业发展。

除了重生，异能也是超现实创作重要的元素。"异能＋现实"的模式在现实题材的创作中并不少见，主角拥有特异技能是网友喜闻乐见的设定，因为这样的设定往往能帮助主角更快获得成功，符合当下网友娱乐的心态。并非只有幻想类作品可以用此设定，在现实题材中，同样可以出色使用。

赖尔的《和人形测谎仪没办法谈恋爱》中女主角慕真真是一位社交网络

平台上的大 V,同时也是一位红绿色盲,她有根据文字辨真话的特异技能——红色文字为真话,绿色文字为假话。看似偏离现实的设定,其故事内核却并不浮夸。作者通过主角的经历,探讨了一系列网络舆情与社会热点话题,传递出自己的思考:互联网中我们该如何去辨别真假和谣言?资本如何避重就轻地引导网络话题?广大网民的情绪是否会被刻意煽动?人民群众如何行使网络监督的权利,对抗不法侵害?

"重生或异能+现实"的形式更符合网络文学生态,丰富现实题材,创造更多可能性。幻想类作品长期占据网络文学的主流,不得不承认,读者已经习惯了奇特的世界观、主角的"金手指"以及情节带来的爽感。将读者的需求和现实题材相结合,探寻当下现实题材的"网络表现手法",是现实题材能够长远发展的基本要求。本文认为,用重生、异能等超现实的创作手法去书写现实题材,是当下解决这一问题最好的方式。一方面,超现实作品富有"网感",更加符合网络文学生态,不容易使读者产生排异性。另一方面,超现实手法可以解决时间和空间的问题,虚与实相结合,可以拓宽现实题材书写的空间,创造更多可能。

265

在国家和网站的倡导下,现实题材正在获得更多的关注和资源,作品得到孵化的机会也更多,许多作者想抓住这个机会,渴望自己的作品能从海量的作品中脱颖而出。现实题材看似取材于现实,似乎有个参照物,但正因为有参照,反而比幻想类作品更难书写。如果过分纪实,则容易犯消极写实的错误;如无法根据现实构造一个完整的世界观,则容易犯细节失真的错误,导致现实题材不现实。部分采用超现实手法的作者,既想具备贴近读者的网络属性,又想使作品带上深刻性,最后导致两者的失衡,变成披着现实题材外衣的"伪现实题材"。

作者想要以贴近网络文学阅读取向的方式进行创作,但是本身对所描写的行业没有深入了解,最后造成现实与想象的失衡,甚至出现部分作者"蹭热度""扬短避长"式写作,放弃自己擅长的言情、穿越、玄幻等题材,转战现实题材,但因为知识储备和经验有限,其作品世界观的构架、人物的刻画和叙述的流畅性皆不如之前,扬短避长,颇为可惜。

现实题材的确是近几年重点扶持的题材,但网络文学的兴盛繁荣,需要各类题材共同发展,绝不是将网络文学发展成现实文学,创作者要抵挡住这种泡沫化陷阱,发挥自己的优势,讲好不同类型的故事,才能促进网络文学蓬勃发展。

3. 网络文学现实题材写作的共性

网络文学现实题材虽然以两种不同的手法去创作,但从其审美和创作结果来看,是具有共性的。

其一,网络文学现实题材作品,必须贴近社会。

在网络文学丰富的题材类型中,如果以是否真实地反映生活,体现时代精神为依据,可以把网络文学分为幻想类和现实类。幻想类作品的人物和世界处于一个漂浮的真空状态,所体现的问题皆非当下社会所关注的,它更注重娱乐性,给读者带来"爽感。"

现实向作品则明显关注的是社会的热点。流浪的军刀的军旅文重在展示大国风采,真诚地表现爱国主义精神;《朝阳警事》通过主角的视角,向我们展示了基层民警的生活和工作状态;王鹏骄更是从专业的医者的角度,剖析了医患关系和医生真实的状态;《大国重工》的叙事从 20 世纪 80 年代展开,跟随主角的成长和经历,去窥探我国几十年来工业的发展;《和人形测谎仪没法谈恋爱》中主角虽然拥有"金手指",但文本探讨了互联网文娱与粉丝的关系、网络谣言和网络暴力等问题,无一不是近几年来社会的热点。现实题材作品,无论采用现实主义手法还是超现实手法,表现出来的都是作者对社会问题的探讨,对国家发展的具体问题的思考,蕴含着作者深沉的思考和对现实的批判。

其二,网络文学现实题材作品,必须符合社会主义核心价值观。

幻想类作品有其独特的世界观,较少受真实世界的限制。如网络文学早期的种马文,男主角可以在古代一妻多妾;鼓励女性一胎多娃的"霸道总裁文",这些作品满足了作者和读者的臆想,但其内核精神较俗,部分作品不符合社会主义核心价值观。诚然作为题材,幻想类作品和现实类作品并没有直接的高下之分,但所表现出来的精神内核有高低之分。

现实类作品受现实的限制,主角的言行、行为动机有了更多的牵制,则更符合当下的价值观,否则,作品的细节就经不起推敲。从总体而言,现实题材更加尊重现实,更符合社会主义核心价值观。

其三,网络文学现实题材作品符合网络文艺导向,IP转换率高。

随着视频技术、视频网站的发展,视频网站制播剧也呈现出了井喷趋势。网络剧集因不受频道、时段的约束,成为电视艺术的新宠儿。在这些网络剧集中,网络文学因为有趣的内容,以及自带流量的传播属性,成为网剧制作的重要方向,"IP改编剧"一词也应运而生。

梁君健、苗培壮《IP转化的产业偏好与创作特征:基于网络剧集的统计研究》指出:在2015年至2019年的230部互联网热度最高的电视剧中,属于IP改编的有115部,恰好占50%。从收视率来看,2015—2017年的电视剧收视冠军分别为《芈月传》《亲爱的翻译官》和《人民的名义》,这三部剧目中两部原著为网络文学,一部原著为传统文学,可见IP改编影视剧的强势地位与强大的市场号召力。[1]

网络文学已从文本层面走向了多元化的表现形式,成为文化产业链上的源头性的环节。特别是在影视领域,网文IP改编的市场号召力,已在近几年的市场数据中,得到了充分的印证和体现。但随着市场的冷静、观众审美水平的提升,网络依托大IP大流量,"唯IP论"时代已经过去,如今的网络文学改编剧已不再是仙侠、言情的天下,现实题材的比例在不断增加。

《2019—2020年度网络文学IP影视剧改编潜力评估报告》中"2019—2020年度网络文学IP影视剧改编潜力榜"显示,在上榜的46部作品中,现实题材作品有16部,占比超过三分之一。[2] 2021年1月,在广电总局"重点网络影视剧信息备案系统"中登记且符合重点网络原创视听节目制作的相关规定的共有609部,其中网络剧中现实题材占71.3%,网络电影中现实题材占70.7%。

---

① 梁君健,苗培壮.IP转化的产业偏好与创作特征:基于网络剧集的统计研究[J].中国文艺评论,2021(04):94-104.

② 中国电影家协会编剧教育工作委员会,北京电影学院中国电影编剧研究院.2019—2020年度网络文学IP影视剧改编潜力评估报告[EB/OL].(2021-01-29)[2022-03-14].http://unn.people.com.cn/n1/2021/0129/c420625-32016929.html.

三、网络文学现实题材写作的双重意义

网络文学的"现实题材热",涌现了一批高质量的作品,所带来的意义也是多方面的。

1. 宏观层面:推动网络文学审美转向

尽管网络文学在当代通俗文学中占主要部分,但因网络文学的娱乐性、背向现实性,长期以来,网络文学都处于"亚文化"的范畴。近年来现实题材的繁荣兴盛,反映的是作者、读者和市场理性的回归,推动大众的审美转向。

现实题材能推动网络文学审美转向的原因有二:一是作者的审美升级。早期的网络文学以幻想类作品为主,作者和读者都想创造出一个有别于现实的世界,在这里分享他们的喜怒哀乐,本文认为这是网络文学发展的必经阶段。随着网络文学自身发展逐步走向成熟,以及学界对网络文学的重视,不断完善对网络文学的研究,使网络文学逐渐形成一套系统的理论。当喧嚣褪去,冷静之后,这种漂浮的文字与审美无法与作者本身的审美、意识相契合,这种不适感会推动作者面对现实,带来现实题材的回归。

二是读者审美意识的回归。这些年来,读者被幻想类作品包裹,他们能在零碎的时间及时获得爽感,获得代入感。可是一旦发现长期浏览这类小说只能带来一时的快乐,而无法提高自身审美品位的时候,他们会开始考虑究竟该阅读哪些内容。网络文学发展已经过了二十余年,一批伴随网络文学成长的读者需要更成熟更有内涵的作品出现。读者的需求某种程度上就是市场的需求,因而读者审美的升级也会推动网络文学的升级。

2. 微观层面:展示生活的方方面面

一是展现非遗和小众工艺。在国家的倡导下,网络文学现实题材中展现了许多对非物质文化遗产和小众工艺的介绍。非遗和小众工艺多数晦涩难懂,不受大众欢迎,难成主流文化,却是中华文化的瑰宝。在国家大力倡导现实题材写作的当下,越来越多熟悉相关工艺的作者,开始以一种大众乐于接受的方式,向我们展示这些文化。比如唐四方的《相声大师》以中国曲艺文化为背景,以相声为切口,也涉及了口技、评书、大鼓、十不闲莲花落、北京小曲、单弦、戏曲等数十种传统艺术,让更多人看到了中国小众工艺的魅力。认可

中华优秀传统文化，才能向世界讲好中国故事。

二是展现基层工作。现实题材讲究真实，其中一个重要特质就是能很好地展示基层工作，让读者了解到各行各业，最真实的也是最平常的状态。以卓牧闲的警务小说为例，卓牧闲是警务小说的代表作者之一，擅长展示基层人物，但他不写惊心动魄的场面，不写名警察、名侦探，他笔下的人物均是基层民警，聚焦生活中鸡毛蒜皮的小事，真实地反映基层民警的工作和生活状态。

卓牧闲的创作有一个特点：他笔下的人物和事件或多或少有原型，卓牧闲在写作之前，会主动介入，真切感受。《朝阳警事》中，主角韩朝阳的原型就在作者身边，是作者所住小区派出所的社区民警，作者多处走访，不断沟通交流，从中了解基层民警真实的工作内容和生活状态，于现实中加入作者的想象，真实地、有趣地展示了韩朝阳的生活。

小说中韩朝阳是一名音乐生，却来到警局实习，因为专业的不对口，对工作领域的陌生，刚来的韩朝阳并不招人重视，被领导派往社区警务室工作。韩朝阳在这里深入群众，真正做到"从群众中来，到群众中去"，并且依靠群众的力量屡破大案，最终得到领导的肯定，成为一名具有自我认同感的社区民警。

韩朝阳的经历颇具网络文学中主角"打怪升级"的特征，但因为作者描写的韩朝阳成长的真实、情感的真实、社区民警所处理的问题的真实，这样"升级"和成长反而能激发读者的共鸣，能让读者感受到，普通人真的可以通过在平凡的岗位认真负责地工作，成就自身价值，这样的成长才显得真实且有意义。

总之，网络文学现实题材给各种小众的工艺以及人民群众的基层生活提供展示的平台，既丰富了网络文学现实题材的内容与内涵，也让这些工艺和基层人民拥有走进大众视野的可能。

网络文学经过二十余年的发展，已经逐渐进入主流的视野，成为类似日本动漫、美国好莱坞的中国文化名片。网络文学现实题材在近年来备受关注，也一度成为创作者的首选题材。现实主义和超现实手法并无高低优劣之分，能够采用读者喜闻乐见的形式讲故事，讲好现实的故事，便是积极推动这一题材的发展。

疫情前后的医疗题材网络文学创作

张美博

医疗崇尚科学理性,文学注重情感表达,中国传统医疗题材文学以诊疗行为、医疗卫生、医学教育、健康行业等为主要创作内容,通过书写疾病、医疗的隐喻性,展现丰富的文学象征传统,如谌容的《人到中年》(《收获》1980年第1期)、铁凝的《内科诊室》(《钟山》2009年第5期)、曹志军的《大医赋》(2014)等。

新冠疫情加速中国百年未有之大变局,中国网络文学借助"网络性"的媒介属性,利用大众对于新冠疫情发展态势的高度关注,通过医疗题材的类型化创作,有机建构与新冠疫情的文学结构关系,推动医疗题材网络文学作品在数量上的井喷式发展。从2015年至今,仅阅文平台医疗题材作品的数量年均增长率达到40%。

2020年新冠疫情暴发以来,随着疫情防控的常态化,后疫情时代的中国医疗题材网络文学作品,对于疫情的反思探讨逐步深化。截至2021年,中国医疗题材网络文学相关理论评论的批判体制尚未形成,在创作过程中不规范、不专业现象明显存在,与主流化创作导向融合程度较低,亟须数据支撑和理论引导。提高作品内在质量,推进网络文学理论评论研究,引导中国医疗题材网络文学创作规范化、专业化、主流化的良性发展,对网络文学在中国特色社会主义文化建设中发挥更大作用至关重要。

一、疫情前的文化符号意义迷失

随着媒介场域视野的拓宽,网络媒介逐渐占据主导地位,中国网络文学作为一种新媒介文学形态,通过类型化合并概念,以跨媒介叙事的方式,有机建构与医疗题材的文学性结构关系。据不完全统计,2005年起点中文网出现了以"医生流"为标签的医疗题材网络文学作品——林子峰的《桃花神医》。2007年,起点女生网欣丫头的《死神代理人》以"医生"为作品标签;2008年,晋江文学城老草吃嫩牛的《乐医》;2009年,起点女生网小绪的《法医小丫头》

以"法医"为作品标签,同年霭霭停云的《绝对良医》以"神医"为作品标签等。

中国网络文学以网络为生产空间的媒介特性,依托网络媒介具有解构主义倾向的"反叛"色彩,即草根性、娱乐性、戏谑性等特点,强势冲击印刷文明,推动传统印刷文明中雅俗二元对立结构消解。中国医疗题材网络文学以通俗的、流动的新媒介叙事方式,通过医疗题材的类型性,合并重组题材元素。以晋江文学城为例,疫情前的医疗题材通过与"民国旧影"标签结合,生产出锦晃星的《民国女医》(2018)、三春光不老的《药罐子和她的医生小姐》(2019)等;与"仙侠修真"标签结合,如竹亦心的《医幻双修》(2018);与"快穿"标签结合,如桃子灯的《凶神医生》(2019);与"星际""机甲"标签结合,如寒门丫头的《星际超级医生》(2018);与"血族"标签结合,如佛笑我妖孽的《鬼医十三》(2009);与"末世"标签结合,如齐氏孙泉的《末世村医》(2017);与"科幻"标签结合,如英仙洛的《某医生的丧失投喂日记》(2016)等,一定程度上推动了网络文学领域"百花齐放,百家争鸣"的文化繁荣景象。

阅文集团旗下起点中文网作为国内最大的原创网络文学平台之一,在起点中文网"医生流"标签榜单的频道数据情况如图1,在2005年—2019年新冠疫情前共计244部网络文学作品上榜,其中分频道"都市·异术超能"与"都市·都市生活"的选用次数最高,分别为89次和72次;其次为"游戏·虚拟网游"12次;"都市·现代修真"11次;"都市·商战职场""悬疑·侦探推理""现实·成功励志"等分频道出现次数均为1次。如图2,在"都市·都市生活"频道分类选用的48个标签中,"中医"标签的使用频率最高,出现次数18次。因篇幅有限,此处不具体列举"中医"标签作品的详细组合情况,数据结论为"中医"标签多在"都市·都市生活"频道(18次)下,多与"职业文"标签(8次)组合。在与"职业文"结合时,超过半数约有5部作品均与"系统流"等虚构性标签类型组合,仅旁有财的《国医》(2009)、伺著师太的《万事儒医》(2016)、蜀都小侯爷的《重振中医》(2019)3部作品属现实题材范畴,为"民间现实主义"的医疗题材网络文学,此类型在第三部分做具体详述,此处因出现频数较少,不再赘述。当"中医"标签在历史频道时,4部作品均与"穿越"标签结合,文体类型呈现为"神医文",如沐轶的《宋医》(2009)。在图2中,继"中医"标签频数最高之后,其次为"系统流"和"职业文"标签,各出现17次。

除 12 本部分短篇与现实频道中的现实题材作品以外,非现实性虚构类作品数量占比 95.8%。

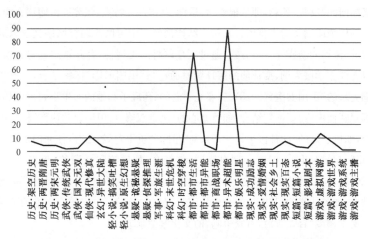

图 1　2005—2019 年起点中文网"医生流"榜单分频道频数图

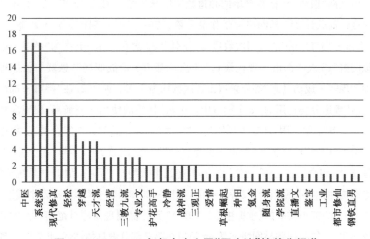

图 2　2005—2019 年起点中文网"医生流"榜单分频道

"都市·都市生活"标签频数图

在起点中文网"医生流"榜单中,作者共选用除"医生流"标签外 129 个标

签,以出现次数大于等于 5 的 26 个标签为例,如图 3,由图表可知使用频率
较高的标签依次为"系统流"41 次,"职业文"33 次、"中医"31 次、"现代修真"
30 次、"穿越"27 次、"无敌流"23 次、"轻松"19 次、"热血"19 次、"重生"18 次、
"兵王"17 次、"强者归来"16 次、"牧师"15 次、"日常文"11 次、"都市修仙"10
次、"天才流"10 次。在使用次数超过 10 次的 15 类标签中,非现实性的虚构
类标签 10 个,占比 66.7%。

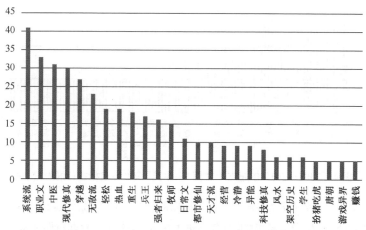

图 3 2005—2019 年起点中文网"医生流"榜单特定标签(频数≥5)图

从分频道的频数与类型标签的排布分析,"医生流"的网络文学创作以现
代都市频道为主,与以游戏系统推动剧情的"系统流"等标签组合,以题材类型
组合多样、创作导向强娱乐性,呈现出"数据库-游戏化"的写作特色,非现实
性、强虚构性特质突出。在起点中文网"医生流"榜单的早期医疗题材作品中,
如图 4 所示,多部作品含有"网游""玩家""猎人""弓箭手""骑士""法师"等标
签,与图 3"医生流"榜单中高频使用的"牧师"标签结合,构造虚拟游戏空间的
网络文学作品。宏观层面上,此类医疗题材作品以医疗为主体的现实性概念
尚未形成,所指偏向虚拟游戏中治愈受伤队友、施加增益 buff 的"牧师"角色。

2018—2019 年以来,后期医疗题材创作与"直播文"等标签组合,如真熊
初墨的《手术直播间》(2018);来个树大招风《超神从主播开始》(2019)在"直
播文"标签的基础上与"LOL""吃鸡"等标签组合,建构"数据库-游戏化"的写

作框架。通过以"爽文学观"制导,以游戏化的戏谑式写法,与"系统流""无敌流""天才流"等多种虚构性类型题材融合,在医疗题材网络文学作品中占据主导地位。

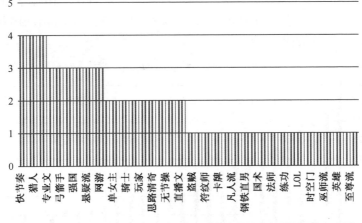

图4　2005—2019年起点中文网"医生流"榜单特定标签(频数<5)图

中国网络文学的性向分类受市场规律影响,以不同性别的读者需求为分类,蔽除艺术规律、嫡和性向的传统审美观念。男性向医疗题材网络文学创作以"数据库-游戏化"为创作特色,本质上属于以"爽点"为支撑,以"快感"为传导机制,旨在宣泄读者情绪的"爽文"范畴。女性向医疗题材网络文学同样贯彻了爽文学观制导的创作导向,以起点女生网"医生"榜单数据中66本作品为例,在2007—2019年新冠疫情前除1部作品因频道错乱被剔除外,共30本上榜作品。

如图5可知,起点女生网"医生"榜单的医疗题材作品多在"现代言情·婚恋情缘"与"古代言情·穿越奇情"分频道中,分别出现7次和6次。如图6,"医生"榜单上榜作品多与"重生"(12次)、"女强"(10次)、"穿越"(9次)等标签组合,以读者本位的思维模式,通过快感机制刺激、引发读者的爽感,满足读者的阅读需求,达到释放现实压抑的功能结构。

结合图5与图6,由实际标签组合数据可知,起点女生网"医生"榜单的医疗题材作品在现代言情频道多形成与"重生""女强"标签组合的"女神医"

文体,如自在观的《九零学霸俏神医》(2018);古代言情频道多为与"穿越"标签组合的"医妃文",如肥妈向善的《最牛国医妃》(2013),二者在本质上均属"爽文学观"制导的范畴,而"女强"标签的高频使用将在第二部分阐述,此处不再赘述。

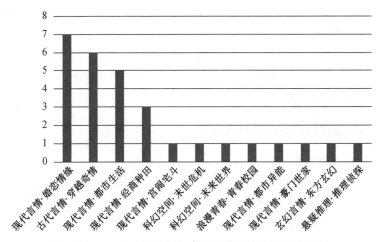

图5　2007—2019年起点女生网"医生"榜单分频道频数图

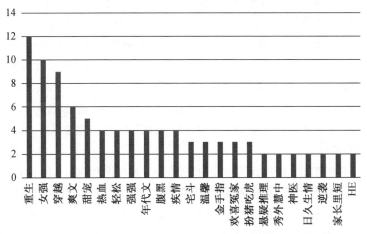

图6　2007—2019年起点女生网"医生"榜单特定标签(频数≥2)图

中国医疗题材网络文学通过娱乐性、戏谑性、解构性等先天性叛逆色彩，通过"轻阅读""浅阅读"的阅读模式，建构"爽文学观"的创作导向，推动快餐消费体系建立。自2003年起点中文网首创VIP订阅制，受资本市场运作影响，网络文学创作以经济和收益为导向以迎合读者市场，高度注重阅读体验中的感官刺激，以非现实性、强虚构性的写作特点和"数据库–游戏化"的创作模式，辅以读者在创作过程中的协同创作，导致类型化后的医疗题材缺失了传统医疗题材文学创作中关于疾病的隐喻性书写，后天性地出现了回避现实、耽溺庸俗、拒绝崇高等问题，造成医疗题材网络文学中建构事物现实性的符号指向性意义迷失。

二、后疫情时代的能指自由困境

1. 思想主体变迁

2020年新冠疫情以来，中国医疗题材网络文学作品数量上呈井喷态势增长，2020—2021年的两年内，起点中文网"医生流"上榜作品117部，占2007—2019年以来"医生流"总上榜360部作品的32.5%。医疗题材网络文学的类型性融合发展，给予网络文学创作的能指自由，一定程度上推动了医疗题材网络文学多样化发展，与"种田"标签结合的"村医"文体如十里埋伏的《山村小医神》（2020）、了了一生的《逆天村医》（2020）等；与"赘婿流"标签组合的"医婿"文体如北楼君的《震惊！这个赘婿是神医》（2021）、大侠张云泽的《战医豪婿》（2021）等；与"都市修真""鉴宝"标签分别组合的"神医"文体如小萌驹的《医尊归来：开局我要退婚》（2021）、梦自醉倒的《圣手小神农》（2021）；与"古典仙侠"标签组合的"医仙"文体如忽悠啊的《成为了道医之后》（2021）；与古代架空频道下"穿越"等标签组合的"御医"文体如三颗金星的《医治大唐》（2021）等。

后疫情时代男性向网络文学的类型化融合进程较为彻底，如图7与图8所示，疫情后的起点中文网"医生流"创作更为集中在"都市·都市生活"分频道，且"系统流"标签的运用仍以高频数出现。医疗题材网络文学的创作延续了"数据库–游戏化"的创作结构，贯彻执行"爽文学观"的创作导向。爽文化作为与主流文化相区别的青年亚文化，本质是受众主体可通过成就感、畅快感、代入感、宣泄感四种感官出发,以网络文学作品中的主角光环有效代入情绪,即通过读者群体为受众主体的能动驱使,达到"代替性满足"的作用。

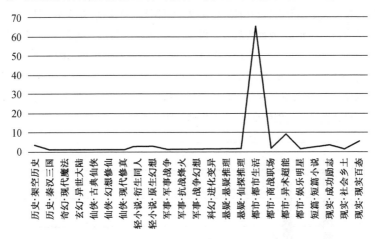

图7 2020—2021年起点中文网"医生流"榜单分频道频数图

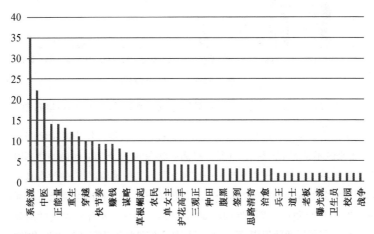

图8 2020—2021年起点中文网"医生流"榜单特定标签(频数≥2)图

网络以开放性、流动性的生产空间,给予了网络文学能指自由的创作自主性,爽文学观的创作导向性,通过亚文化的亲近感有效建立青年文化认同,缓解了后疫情时代下社会转型期现实生存的压力。以"读者本位"的爽文学观颠倒了精英文学"文以载道"的思想性、"寓教于乐"的教化性的文化启蒙秩序。精英文学倡导的思想内核，与爽文学观制导下的网络文学伴生性生长，或沦为辅助性元素，或彻底消解。以 2020 年新冠疫情的发生作为时间节点划分，起点中文网"医生流"榜单中"医生流"标签的顺位排布如图 9 所示，疫情前"医生流"标签多位于作品的第一、第二标签顺位；疫情后"医生流"标签的顺位排布，第二标签的使用超过了第一标签，一定程度上反映了受限于医疗题材高度专业化创作难度，仅用作辅助性元素参考的特性。

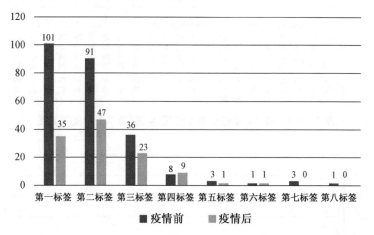

图 9　2007—2021 年起点中文网"医生流"榜单"医生流"标签排布图

美国著名文艺理论家查尔斯·纽曼曾提出，"后现代作为通货膨胀的结果，带来的不是真正的解放，而是一种离心状态的'匮乏'和'时尚的痉挛般变化'，这影响了思想的正常交流……这种文化发来的虚假浮华，并没有真正揭示出人类的处境和前行的方向，相反，仅仅最终导致一种冷漠疲惫下的无聊麻木"[①]。医疗题材中医疗性的次要标签设置，弱化了医疗题材文学的隐喻性文学象征传统，"数据库-游戏化"的剧情内容结构性重复、"爽文学观"制导的情节走向总体性上升，本质上消解了传统文学的思想实体，被学界主流诟

---

①　王岳川.后现代主义文化研究[M].北京:北京大学出版社,1992:290.

病为没有价值观的流水线,陷入思想启蒙的困境。

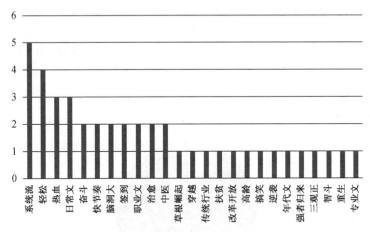

图 10　起点中文网"医生流"榜单"正能量"标签与其他标签组合频数图

在图 8 中,"正能量"标签在 2020—2021 年疫情后起点中文网"医生流"榜单作品中,使用频数排位第三。图 10 表明了"正能量"标签与疫情后起点中文网"医生流"上榜作品的标签组合情况,如图所示,在网络文学语境下现实性较强的"正能量"标签作品,与"系统流"等虚构性标签组合较多,但也存在与"传统行业""改革开放""扶贫""三观正"等标签组合的医疗题材网络文学作品。结合图 7 的"医生流"榜单分频道频数图,现实频道医疗题材作品的波动性变化,现实性介入的医疗题材网络文学展示出与主流相区别的"民间现实主义"特质,如你所谓的歧路的《医旅研途》(2020)、我的洪荒之力的《2020 逆行的白衣天使》(2020)等,均与时下新冠疫情相接,有别于网络文学"局部重复、总体上升"的爽文式写作特点,一定程度上吻合了精英文学"局部冒险、总体下降"的写作结构。"民间现实主义"的医疗题材创作有别于传统精英文学,但仍以人的精神为依托,通过不同程度书写疾病的隐喻性文学象征传统,重新构筑起网络文学的思想主体内核。

2. 女性主体建构

当前社会结构下,男权文化对于女性的自然诉求构成了一种深刻的、无形的高度压抑,受社会舆论、社会环境、行为举止等多种方式作用的影响,对于女性的权力性挤压从他者压抑转变为自我压抑,形成女性"精神幽闭"的社会现状。在网络文学的话语体系下,网络是传播的载体,是媒介场域中忠实的表达工具,而非网络传播过程中由固化了的思维模式产生的个人欲望消费品。网络以开放的、流动的、非形而上的媒介形式,使网络文学建构和发展女权文化成为可能。以疫情后的起点女生网"法医"榜单数据为例①,除作品所选频道均集中在现代以外,如图 11 所示,女主以 80% 的高占比在"法医"的职业从业中占据绝对地位。

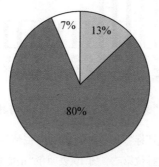

图11 2020—2021 年起点女生网"法医"榜单男女主职业从业图

如图 12 所示,疫情后起点女生网的"法医"榜单中作品大多与"悬疑推理"标签组合,通过女主角利用自身的"法医"职业技能,对超自然或疑难案件进行推理判断,帮助公安机关侦查断案、解决案件的方式书写女性新风尚,凸显女性本位意识的觉醒。由图 12 可知,"强强"标签以较高频数位居第二。起点女生网同起点中文网,对于"强强"标签的定义是"主角拥有强大实力,自立自强,能够靠实力逆袭打脸的作品",结合图 11 女法医以较高频率从业,通过女性主体建构引入"女强"概念,颠覆传统言情叙事模式中"男强女弱"的基本特点,有效建构中国医疗题材网络文学的女权文化。

网络时代新的时空观念推动网络文学视域下社会形态扩容,时代女性的

---

① 榜单数据截止到 2021 年 12 月 26 日。

视角和意识以"女强"类型发挥作用,通过中国医疗题材网络文学投射在叙事模式更为宏大、空间结构更加广阔的古代言情频道。"女强"的激烈化表达是"女尊"即"以女为尊"的"大女主"文体,以女主"神医"或"医妃"等从业身份,通过女性视角叙事的方式扭转父权制下的客体地位,建构以女性为权力指向核心的新女性社会伦理结构,如起点女生网兼葭浮沉的《隐世医女》(2021)、晋江文学城濂衣的《九折成医》(2020)等。在起点女生网"神医"榜单古代言情频道的作品中,女主作为从业对象的占比一度高达100%。①

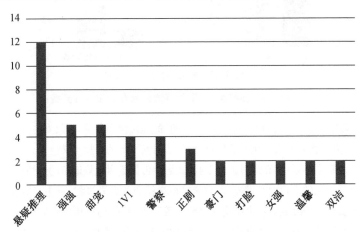

图12 2020—2021年起点女生网"法医"榜单特定标签(频数≥2)图

在图12中,起点女生网"法医"榜单下"甜宠"与"强强"标签同频数位居第二。2015年,"甜宠"类型冲击女性向网络文学各个文类频道,以起点女生网"医生"榜单66部作品为例,如图13所示,"甜宠"类型作品共24部,占比总榜单36.36%;2020年疫情以来"甜宠"类型18部,占比疫情后作品51.43%,占"甜宠"类型总比75%,形成类型文体的创作高潮。

"甜宠"类型的"甜"指男女主之间轻松甜蜜、相亲相爱的相处模式,"宠"指男主宠女主的恋爱历程、男主女主平等"互宠"的恋爱关系。现代言情崩解了古代言情构筑的宏大叙事方式,软化了以女性为权力核心导向的"女尊"文

---

① 榜单数据截止到2021年12月28日。

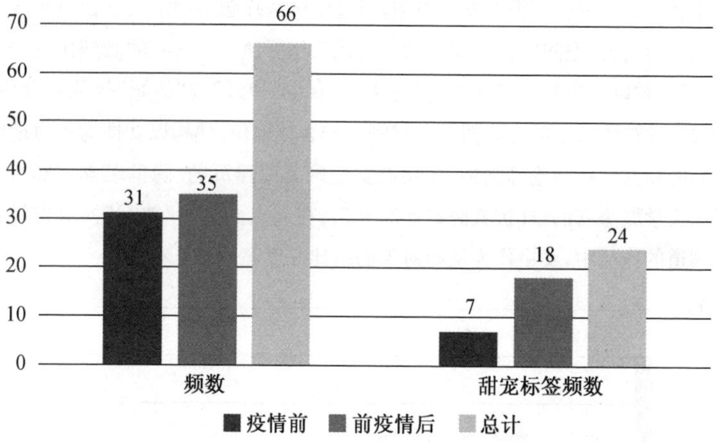

图 13　起点女生网"医生"榜单疫情前后及甜宠标签频数图

体,延续了男主出众的外表、性格"反差萌"的理想化形象特质,及女主为扩大受众、方便代入的大众化形象特点,融入了男女平等的平权主义色彩,背离传统言情叙事体系中"霸道总裁爱上我"式男性占据绝对优势地位的爱情模式。通过架空化的虚拟现实世界,以甜蜜轻松撒糖向的恋爱过程、男主专宠女主或男女主平等互宠的叙事结构,融合"平等""理想"等乌托邦色彩的概念,重构"象牙塔"式完美爱情童话。如图 14 与图 15 所示,女性向医疗题材的现代言情作品中,男女主的职业从业较为均衡,分别以男主的职业从业占比 61%和 54%略显优势,符合男主通过医疗行业从业人员的职业形象,承接女性理想化择偶诉求的创作预期。晋江文学城多部破万收藏的医疗题材作品均融合"甜文"标签,以"甜宠"为创作导向,如夜蔓的《你好,秦医生》(2021)、景戈的《陆医生他想谈恋爱》(2021)、碗泱的《医心撩我》(2020)、江六水冲鸭的《温医生驭夫有方》(2021)等。

　　女性向作品中"甜宠"类型的盛行是网络文学"以强为尊"丛林法则的另类化表达,以女权文化介入的反抗强者逻辑、宣扬男女平等的平权色彩、重构道德伦理体系的女性诉求,同样体现在古代言情中。相较于"女尊","医妃"类型更具大众性,如七猫小说专设"医妃"分类,牧依依的《神医毒妃腹黑宝宝》(2021)融合"甜宠"标签,获得 62.4 万人在读,10.5 万读者必读票,古代言情频道 2021 年 12 月大热月榜第一名等成绩①；番茄小说女频融合"医术""王妃""甜宠"等标签，多部"医妃"类型的医疗题材作品榜上热门。

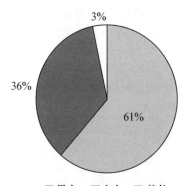

**图 14　2020—2021 年起点女生网"医生"榜单
（非古代言情频道）中男女主职业从业图**

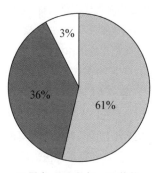

**图 15　2020—2021 年晋江文学城非幻想现代言
情医疗题材作品男女主职业从业图**

---

① 数据截止到 2022 年 1 月 17 日。

此外,在晋江文学城的古代言情频道,通过将医疗题材与"仙侠修真"标签结合,另辟蹊径地引入"医修"概念,如糖山月的《我们医修救人要钱》(2020)、大黑猫爱吃鱼的《医修是个高危职业》(2020)等;关于医疗题材的同人创作如电视动画《文豪野犬》的同人衍生网络文学作品,菜花汤的《济世救人森医生》(2020)、Sonata《与谢野医生的医疗日记》(2020)等也是女性视角或女性向情感的多样化书写方式。

三、通向无边的现实主义

1. 类型创作走向僵化

中国医疗题材网络文学经历了无序化竞争到有序化创作的过程,也面临着类型化创作模式中不断重复的僵化。2020年新冠疫情以来,医疗题材网络文学的热度持续攀升,形成了男性向"都市神医"、女性向"古言医妃"的医疗题材网络文学文体。以下分别以番茄小说男性向"神医"和女性向"医术"作品分类为例①,按热门顺序排列的100本作品为基础数据样本,如图16与图17所示,男性向所有作品均属现代都市题材,女性向所有作品均为古代言情频道,题材类型的集中化创作度较高,且并未横向拓宽与不同类型标签组合发展,而是纵向深入形成典型化的创作模式。

结合番茄小说男性向"医生"分类作品标题分析,"种田流"的村医文体如公子在这里的《山村傻医》、醉不乖的《山村神医》、骑鱼的剁椒的《山村小神医》、甜桃儿的《山野小神医》、活在路上的《山野小神农》、邻家码字小哥的《乡村小神医》、隐居秦楼的《桃运小村医》、闻曲星本尊的《乡村小野医》、云轻飞的《乡野小村医》、野食石板哥的《乡野小神医》、冷云邪神的《山村桃运傻神医》、万剑一的《山村桃运小傻医》、小桥流水的《桃运神医》、回头望月的《桃运小神医,从被劈腿开始》等;与"赘婿流"结合的"医婿流"文体如骤雨不歇的《医婿:被甩后和女神结婚》、神无踪的《医婿:离婚后被女神总裁表白》、一起成功的《超级上门女婿》、钱富贵er的《超级上门仙婿》等;以及"透视流""战神流""兵王流""系统流""校花保镖流"等男性向"都市神医"的医疗题材网络

---

① 数据截止到2022年1月17日。

文学作品类同化现象同样明显。

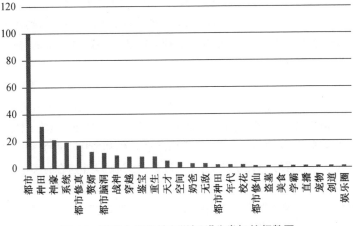

图 16 番茄小说男性向"神医"分类标签频数图

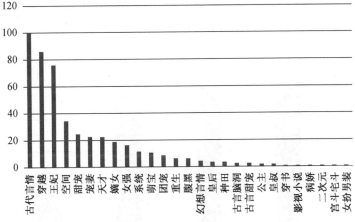

图 17 番茄小说女性向"医术"分类标签频数图

如图 17 可知,番茄小说女性向"医术"分类主要以古代言情的"医妃文"为主,如杪杪的《惊凰医妃》、烟火的《惊世医妃》、鸽子精在线咕咕的《绝世医妃:傲娇王爷甩不掉》、轻诺的《绝世医妃:带着崽崽来种田》、六月的《权宠天下》、狐狸九的《权宠天下:医妃要休夫》等;与"毒妃""狂妃"关键词结合的医妃文体,如明月清衣的《毒医狂妃,战神王爷放肆宠》、花不羡的《毒医小狂妃》、杨十六的《神医毒妃》、拓跋言倾的《神医毒妃:王妃要和离》、嫣邪儿的《神医狂妃:冷王请纳妾》、月光码头的《神医狂妃不好惹》、酒小五的《神医狂妃倾天下》等;与"报告王爷"关键词结合的医妃文体,如芙岚的《报告王爷,王妃又在写休书》、珠帘女王的《报告王爷:您的小心肝又撒娇了》、醉樱落的《报告王爷:王妃又劫色了》等;与"摄政王"类型组合等医妃文体,如六月的《摄政王的医品狂妃》、花弄影的《摄政王妃她医手遮天》、苏梓研的《摄政王怀里的小妖精野翻了》等;与"萌宝"类型组合的医妃文体,如紫月冰灵的《神医娘亲来签到》、银九霄的《神医娘亲飒爆了》等;与"天才流"类型组合的医妃文体,如芥沫的《天才小药妃》、白羽的《天才小邪妃:寒王寻妻忙得很》等;此外,如"嫡女""鬼医""邪王""冷王""首辅""休夫""和离""盛宠""傲娇王爷""腹黑王爷""野翻了""飒爆了""不好惹"等关键词均出现频率较高。结合图18,番茄小说女性向"医术"分类下标签同质化现象同样严重,以"医术"作为第一标签的作品99部,以"古代言情"作为第二标签的作品100部,以"穿越"作为第三标签的作品87部,以"王妃"为第四标签的作品46部。

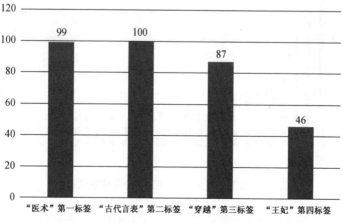

图18 番茄小说女性向"医术"分类前四标签排布频数图

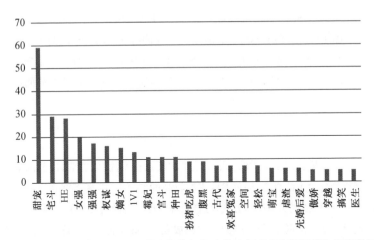

图 19　七猫小说女性向"医妃"分类热门顺序特定标签(出现频率≥5)频数图

另一方面,女性向古代言情频道"医妃文"在女性本位意识的建构上贯彻了宣扬男女平等的平权色彩、重构道德伦理体系的女性诉求,如图 19 所示,在七猫小说"医妃"标签热度排序前 100 部作品中,多数作品结合了"甜宠""女强""强强"等标签。以七猫小说"医妃"标签部分作品名举例①,在类型创作过程中模式化、同质化、概念化等问题并未避免,如杨十六的《神医毒妃》、落喵喵的《神医狂妃》、姑苏小七的《神医毒妃不好惹》、月光码头的《神医狂妃不好惹》等。

2. 民间现实主义转向

恩格斯曾指出,"据我看来,现实主义的意思是,除细节的真实外,还要真实地再现典型环境中的典型人物"②。中国医疗题材网络文学的"民间现实主义"叙事与主流文化相区别,一定程度地连接医疗题材疾病书写的隐喻性文学象征传统,以"真实地再现典型环境中的典型人物"的叙事方式,与现实主义进行类型性融合。以疫情前的起点中文网数据为例,如烙印枫的《医界

---

① 数据截止到 2022 年 1 月 17 日。

② 恩格斯. 致玛·哈克奈斯[M]//北京师范大学中文系文艺理论教研室. 文学理论学习参考资料:上. 沈阳:春风文艺出版社,1981:800.

传奇》(2011)、赢心的《邂逅白衣天使》(2012)、徐娟的《规培医生》(2017)与《生活挺甜》(2019)等;以起点女生网为例,疫情前现实题材作品约 13 本,如欣丫头的《死神代理人》(2007)、木易榕一的《神秘法医》(2017)、星星先生的《危情追凶》(2019)等。受制于网络文学"轻阅读""浅阅读"的快餐式阅读消费体系以及爽文学观制导的创作导向,过度以"读者本位"的视角思考创作,导致"民间现实主义"的现实性延展空间较为有限,常与虚构性标签组合,形成"局部情节重复、总体结构上升"的爽文式写作方式。

在医疗题材网络文学的叙事手法中,"硬核技术流"以客观、冷静的笔法深刻描摹社会生活百态,通过专业水准较高的叙事方式,揭露客观事物的真实性,追寻社会现实本质的方式,融合消解医疗题材网络文学的轻浅化叙事。如连尚文学逐浪网主题征文"向新中国成立 70 周年献礼——首届全国网络文学现实题材主题征文大赛"中,如紫菲子的《医触即发》(2019)、江月初年的《医念永恒》(2019)、敦敏堂主的《蓝鹤学医》(2019)、叶染秋的《无声守护者》(2019)、王鹏骄的《核医荣誉》(2019)等。

中国医疗题材网络文学以高度的可塑性,融合贴近社会现实、反映时代生活的现实主义叙事风格,以不同题材的类型化创作特征,积极寻求"民间现实主义"的转向。自 2020 年上半年,为响应贯彻中央和地方防疫工作相关决策部署,助力打赢疫情防控阻击战,中国作协网络文学中心发布公开信,倡议全国网络作家和网络文学工作者提高政治站位,构筑群防群治的严密防线,抓好文学创作,开展抗疫等相关主题的创作。中国医疗题材网络文学以"医疗题材"的类型性概念,有机建构与新冠疫情的文学结构关系,与新冠疫情相接,紧扣时代脉搏,助力疫情防控阻击战。

中国作协网络文学中心和全国网络文学重点园地工作联席会议办公室启动"同舟共济,战'疫'有我"征文活动,在全国范围内约有 40 余家文学网站参加。阅文集团旗下各平台的医疗题材网络文学作品如志鸟村的《大医凌然》(2018)连续四个月稳居原创文学风云榜十甲之列;手握寸关尺的《当医生开了外挂》(2019)获得起点读书 2020 原创文学风云榜年度总榜第八名;真熊初墨的《手术直播间》(2018)、徐娟的《生活挺甜》(2019)以及凯霞君天的《向癌挣命》(2019)均在 2020 现实题材网络文学征文大赛中获奖。各省市作家协会及阿里文学、连尚文学逐浪网、红薯中文网、凤凰书城等网络文学平台相继启动战"疫"征文,加强对医疗题材网络文学创作的流量扶持。中国医疗题材网络文学通过人民大众喜闻乐见的文艺表达形式,展现同舟共济的精神风貌,为疫情防控营造良好舆论氛围,记录中华民族在砥砺前行历程中,战"疫"抗疫的艰苦奋斗与伟大成就,揭示新中国在伟大复兴路上的沧桑巨变。

随着政策导向的"主流现实主义"介入,国家新闻出版署等部门相继下发《关于进一步加强网络文学出版管理的通知》《提升网络文学创作质量倡议书》等有关文件,2020 年以来我国网络文学内容结构趋向合理科学,与党和国家发展大局、中国特色社会主义建设紧密契合。关于医疗题材的网络文学作品多与现实题材结合,从建党百年、战"疫"抗疫、医疗脱贫等相关主题出发,如红薯中文网加大了对现实题材的流量扶持力度,出现了反映现实问题的医疗题材网络文学作品,男频以百世经纶的《天降神医》(2021)为例,女频有姞文的《王谢堂前燕》(2020)以及瑜成夜的《白衣执甲》(2020)等;连尚文学旗下逐浪网的有关征文活动——"光辉历程:庆祝中国共产党成立 100 周年优秀网络文艺作品展示"中,王鹏骄的《共和国医者》(2020)等医疗题材网络文学作品,主流政策导向性明确。

医疗题材网络文学的民间现实主义转向,与主流现实性的融合是网络作家规范化创作、提高政治站位,以及网络文学转型新时期提升高度、实现自我价值的必经之路。在新媒介场域视野下,重新定义了对于"现实"的基本概念,不仅限于现实生活,还是网络现实、虚拟现实的投射,更是现实与虚拟的转换及其悖论。人类现实的发展没有终期,现实及现实主义的概念在不断自我革新且没有终期,是现实主义"无边性"的理论来源。与主流现实主义的结合,是中国医疗题材网络文学的民间现实主义有效转向途径,通过引渡为"无边的现实主义",观照后疫情时代的社会现实,与大众文艺美学相接,形成中国医疗题材网络文学的社会主义现实主义的叙事风格。

四、延异化思考

1. 无边现实主义的引渡

由于文艺批评的弱化、读者本位与市场驱动的导向性影响,以"数据库-

游戏化"的创作模式连接爽文学观,且受限于医疗题材高度专业的创作难度,有意识地将医疗性次要标签化,把疾病书写的隐喻性文学象征传统浅显化,弱化建构事物现实性的符号指向性意义,维持医疗题材在网络文学语境中的创作平衡。在中国医疗题材网络文学的创作过程中,类同化、模型化、概念化明显,随着时间的推移创作模式僵化,并逐渐消解了思想主体的精神内核。

在医疗性沦为辅助元素流于表层形式的创作大潮下,以"硬核技术流"为特色的医疗题材网络文学通过专业水准较高的叙事方式,揭露客观事物的真实性,反映出报告文学、纪实文学的写作风格,但无法兼顾网络文学"爽文学观"的创作内核。《大医凌然》(2018)的作者志鸟村通过数月实地考察、观摩学习,破除职业壁垒,直面行业写作的困难,融合"真实地再现典型环境中的典型人物"的现实主义创作风格,真实还原了外科医生的工作状态,再现了外科手术的实操环境。《大医凌然》通过一系列医疗行业中的现实性情绪事件与读者情感体验效应相接,以"民间现实主义"的大众文艺表现形式,疫情期间仅在 QQ 阅读平台上的用户数增幅达到 40%。一定限度普及医疗卫生知识的同时,《大医凌然》在内容上存在一定时效性错漏,如文中所述"间断垂直褥式缝合就比较特殊了。它主要是用于缝合松弛的皮肤切口。什么是松弛的皮肤切口呢? 老年人的下腹部皮肤切口通常偏于松弛,如果做了手术的话,用间断垂直褥式缝合,就能减少外翻和感染的概率,促进愈合。除此以外,间断垂直褥式缝合在泌尿外科也用得很频繁……"据悉,目前间断垂直褥式的缝合方式不再常用于泌尿外科的手术缝合中。受制于文学创作一定程度的滞后性,这种因时间变化产生的技术性革新,容易造成读者对于当下手术过程中治疗方式的误判。总体上,以《大医凌然》为典型的医疗题材网络文学,通过融合现实题材后的"民间现实主义"风格凝聚中国青年群体的文化认同,以人文精神、人本关怀重构思想主体,但仍缺乏对现实社会环境下青年肌体生理与心理上的病候性关注,亟须主流引导,以更高的创作规范和政治站位完成无边现实主义的引渡。

2. 文化符号权力的重构

借助布尔迪厄的文化社会学导论中"文化与符号权力"相关概念,通过符号权力建构文化现实权力,以医疗题材网络文学为资源库的文化产业为后疫情时代的话语体系做出了重要贡献。后疫情时代的中国网络文学步入转型发展的新阶段与建构认知秩序权力的新时期。

中国医疗题材网络文学为适应后疫情时代的发展和人民不断增长的文化需求，避免成为快速消耗品的文化标签，要以人民为出发点和落脚点，坚持以强烈的现实主义精神和浪漫主义情怀，观照人民的现实生活，以更高的政治站位、站在国家意识形态的角度开展网络文学的民间现实主义转向，以人民大众喜闻乐见的文化艺术形式进行主流现实主义的改造。

如《共和国医者》中所描述，"师姐杨天琪不仅自己奋战在抗疫一线，在她的言传身教下，重症监护室医护人员积极主动请战。她谈及这些年轻有为的同事时充满了骄傲和自豪，同时也能感受到她的不舍和担心。但是每次前线有需求时，重症监护室的每一个人都做好了随时出发的准备，关键时刻绝不掉链子。穿上白袍便是无畏风险的战士，正是有了像师姐杨天琪这样一群勇敢冲锋的'平凡英雄'，才换来许多人的'岁月静好'。师姐杨天琪说，阴霾总会过去，明媚的阳光很快便会照亮这片被疫情惊扰过的土地，大街小巷也必将重现人声鼎沸，人们将会很快摘下口罩，迎来花开春暖……"从一线抗疫医护人员的亲身经历出发，俯身到现实生活与民间疾苦中，真正下沉到人民生产生活的实践中去，表达人民的心愿、心情、心声，创作出有高度、有深度、有温度的中国医疗题材网络文学作品。通过扩大现实主义的适用语境，建立无边现实主义的文化秩序，推进网络文学理论评论研究，促进医疗题材网络文学规范化、主流化创作，关注当下的现实人生，重拾疾病的隐喻性文学象征传统，直面民族家国的时代命题，讴歌医疗工作者、缓解人民群众恐慌情绪，从而有效调解医患矛盾，以及促进网络文学的转型升级发展，推动建立中国医疗题材网络文学的"全民疗伤机制"。

2020 年以来，"90 后""95 后"作家成为中国网络文学的创作主力，作者队伍规模不断扩大，"Z 世代"作者群体日渐成熟，迭代现象明显。随着网络文学作家责任担当意识的增强，医疗题材网络文学将通过 IP 改编等多种形式为爱国主义教育提供优质医疗教育资源，达到良好的思想政治教育目的。

2021 年，网络文学海外用户超过 1.5 亿人，为加强中华文化的输出、展现中国形象的正面效能，在技术和政策的双重扶持下，后疫情时代中国医疗题材网络文学"走出去"拓展海外市场也成为可能。中国医疗题材网络文学将通过引渡无边现实主义的创作传统,把人民作为文艺表现的主体和文艺审美的鉴赏家和评判者,将艺术理想融入党和人民的事业之中,创作出在人民中传之久远的精品力作,实现人生意义与历史回声的双重表达,筑就中华民族伟大复兴时代的文艺高峰。

浅析《坏小孩》与《隐秘的角落》改编前后的社会性探讨

陈天寰

《坏小孩》是浙江作家紫金陈于 2014 年完本的悬疑小说。《坏小孩》是紫金陈"社会派"推理三部曲的第二部。《隐秘的角落》(以下简称《角落》)则是以《坏小孩》为原作的悬疑题材网剧。《角落》于 2020 年 6 月 16 日上线在线视频平台爱奇艺后,以其跌宕的情节铺排、大胆的影像风格、电影化的镜头语言等特点吸引了广泛的关注,成为 2020 年夏季网剧中的"一匹黑马",同时也大幅带动了原作小说的实体销量与网络阅读量。

《角落》与《坏小孩》的故事楔子基本一致:中学暑假时期,少年严良(原作小说为丁浩)、少女普普逃离福利院后走投无路,最终找上了旧友"好学生"朱朝阳的家借宿,三人很快结为好友。某日,三人在当地景区游玩时,无意中录下了数学教师张东升谋杀岳父岳母的场景。碍于严良与普普的特殊身份,朱朝阳无法报警,三人由此与杀人犯张东升暗中周旋。

从网络文学到网剧,载体的变更必然伴随或大或小的改编。本文便试从"社会派"的角度切入,对改编情节及其背后的逻辑展开分析与批评,以期开拓近似题材文艺作品的评价思路。

一、什么是社会派?

《坏小孩》原作被标榜为"社会派"小说,紫金陈也表示自己编写的是"社会推理"。① 而影视化后的《角落》,爱奇艺平台的标记显示本片类型为"剧情""悬疑""犯罪",并不强调其"社会派"的性质。在分析它们之前,我们必须明确什么是"社会派"。

"社会派"是一个源自日本的舶来词,该词于 1960 年代出现在日本推理小说界,意指重视题材的社会性、作品世界的真实性的推理小说。与过去的推理小说相比,社会派小说的特征是不拘泥于案件本身,详细描写案件的背景,多以社会问题为题材,反映社会矛盾,揭露社会黑暗。在 1930 年代,日本小说评论界就有类似于"社会派"的形容,但真正作为一种推理小说流派得到确立,则是在 1958 年松本清张发表《点与线(点と線)》《隔墙有眼(眼の壁)》之后。在当代日本,"社会派"一词已经不止使用在小说上,例如日本国民级刑事剧《相棒》系列就被称为"社会派电视剧"。

近代以来,我国对推理小说的认知受日本的影响较大,其表征之一就是"社会派""本格派""新本格"等舶来词的大量使用,但这些词语的使用大都仅限于推理文化圈(fandom)内与书籍宣传中,对一般观众的吸引力明显不足,于是爱奇艺设置给《角落》的类型标记是"剧情""悬疑""犯罪"——这些适应于我国语境的标签。所以,这并不能代表《角落》不具有"社会派"的特征。

对于社会派小说的"社会性",松本清张本人这样描述:"我十分不满如今推理小说中忽视动机的普遍现象,我主张在犯罪动机中加入社会性元素。"② 日本词典《广辞苑》对"社会性"一词的解释是:① 进行集体生活的特性。② 并非自我封闭,而是同周围人群进行交际的生活态度,社交性。③ 对社会问题持关心态度,以及具有指出社会问题的能力。③ "社会性"一词运用到推理小说的情况下,从作品之外的角度看最符合第三条的定义,它指的是一种叙事目的,是作家"对社会问题持关心态度",并通过对犯罪动机的挖掘"指出社会问题";而在作品之内看,它则更符合第一、二条的定义,犯罪动机不再是"凶手-被害人"这种个体对个体的联系,而是在更加错综复杂的人际关系

---

① 林秋铭.《隐秘的角落》原作者紫金陈:每一部小说,都是要卖的[EB/OL]. (2020-06-29)[2022-1-20]. https://zhuanlan.zhihu.com/p/151669071.

② 松本清张. 推理小说的读者[J]. 文艺春秋,1972:383.

③ 新村出. 广辞苑:第 6 版[M]. 日本:岩波书店,2008:1294.

网上建立,甚至指向结构性的问题。

而"真实性"在艺术创作物的语境中强调两个方面。第一是艺术真实。艺术作品不可能与生活达成绝对的同一性,因此艺术真实的重心在于"可能性",它强调艺术与现实、艺术逻辑与现实逻辑的相似程度,"在艺术作品中,重要的是使读者对于所描写的事物的真实性不致怀疑"①,艺术真实是对艺术作品的一种泛用审美诉求,而社会派作品的风格也就意味着对艺术真实有更高的要求。第二是激进的现实主义。社会派作品注重描写"社会",这就意味着它不仅仅需要表现客观一面的"艺术真实",更要求作品反映社会现实的历史性,表达和传递情感与精神世界的"真实"。以社会分析与心理分析为基础,上升到对社会的直接的批判性表达,这是社会派作品"针砭时弊"的激进性,是其与一般的现实主义作品区别开来的地方。

二、从时空关系看社会性

在作品世界的改编上,《角落》之于《坏小孩》的最大变动是时空的变更。《坏小孩》中有这样一段剧情:张东升与丁浩、普普曾利用雨天来制造杀害朱永平、王瑶的完美犯罪,事后警方对此却束手无策。小说曾通过朱朝阳的日记,明确交代故事发生于微信普及的 2013 年,因此这段剧情因为回避"景区监控"的问题而遭到了诟病。在这里,我们看到了艺术真实的失败。对此,《角落》将故事发生的年代改编为 2005 年,可说是为了回避这一问题而做出的改编。剧组将时间定在监控系统没有得到全面普及的年代,同时剧中相应增加了很多生活小物件来强化年代背景的真实性,例如电话卡、翻盖手机等等。

原作《坏小孩》中,故事发生的地点是"宁市",地名源自作家紫金陈的出生地。在《角落》中,故事的发生地改为"宁州",我们很容易能看出"宁州"的原型是广东地区的城市,因为《角落》在改编的过程中加入了大量世俗化的细节描写——比如电视和交谈中的粤语、沿海地区的风景与渔船、粤式小吃

---

① 董学文,张永刚. 文学真实的范畴厘定和价值探微[J]. 北京大学学报,2000(4):205.

等——来试图营造一种真实性。

　　但是,这种真实性的描写并不彻底,于是我们看到了这样的场景:虽然人物交谈中少量引用了粤语,甚至剧中出现了使用闽南语的角色,但是剧中所有登场人物的语言却使用标准普通话,没有任何粤语区的语音特征。第一集中严良(丁浩)教授朱朝阳“你大爷的”的场景,就是这种不彻底的体现。“你大爷的”取自北京俚语,但是严良(丁浩)的语音中却没有呈现出任何北方方言的特征,两人的交流依然使用标准普通话,此时描写朱朝阳无法听懂严良(丁浩)所说的话,便仿佛产生出一种时空的冲突与错乱。

　　在这种时间的“真实”与空间的错乱中,我们目击到的是一种架空的“社会空间”——这个构架不完全的“宁州”,既无法与生活现实彻底隔断联系,又无法成为一个完整的架空现实,这种摇摆不定的中间状态剥夺了对实在社会背景的讨论可能,只能成为一种对特殊情境描写(例如“港口乱象”“犯罪分子王立借道回国”等等)的想象性支持。这两者依附关系的定型又是有迹可循的,时间和空间本应是平行的,但是在文艺创作中,时间变成了一种描述空间状态的符号。例如在戏剧中,剧本上会存在诸如“第×幕”或是“×月×日”“同一时间”“×天之后”的文字标记,这种标记是对时间推移的描述,但呈现在观众眼前的表演只有实在的空间状态,剧中时间与现实时间并不平行,同一个布景可能出现数次,角色的服装可能不会变化,当这些视觉性、空间性的元素无法完全承担对时空关系的准确交代时,便需要一种新的符号。

　　落实到《角落》的改编逻辑上,正因为空间的错乱,所以才需要一个确切的、真实的时间,以完成对作品世界真实性的锚定。《角落》最后一集片尾曲中,插入了“2006年开始我国对《未成年人保护法》的修订记录”的画面,2006年是剧中故事发生时间的一年后,这正照应了《角落》改编在时间上的设计。

三、从主题改编看社会性

　　按前文《广辞苑》中所述的“社交性”一条,我们需要从人际关系切入“社会性”这一点。社会派小说的主题必须建立在既存的人际关系或人与人的复杂交际上,才能表达社会派推理小说的“社会性”。

　　原著小说的标题是《坏小孩》——如这个标题所揭示的,紫金陈将小说的主题放在建构一种外貌与内心相去甚远的青少年犯罪者形象上。在这种语境下，"成年人"与"小孩"彼此作为绝对的他者被互相区分。小说第 10 节，紫金陈便通过朱朝阳之口揭示了这一点："朱朝阳冷哼一声：'成年人就会听一面之词，尤其是女生的一面之词，笨得跟猪一样。'他愤恨地握住拳，'在成年人的眼里，小孩子永远是简单的，即便小孩会撒谎，那谎言也是能马上戳穿的。他们根本想象不到小孩子的诡计多端，哪怕他们自己也曾当过小孩。'"①于是围绕这一主题，所有情节中"小孩-大人"都变得泾渭分明：朱朝阳在学校遭受欺凌，陆老师却永远不听信他的辩解；严良知晓真相源自他自身对证据的拼凑与推理，而与屡次接触朱朝阳无关；叶军之女叶驰敏曾试图用弦外之音暗示叶军"朱朝阳是个没用的书呆子"，叶军却一直无法领会其意；周春红自始至终认为朱朝阳是"优等生"，是自己的骄傲，没有发觉其内心的真实想法；张东升最终命丧朱朝阳之手，也是因为其错算一步，不如朱朝阳"诡计多端"。

　　"小孩"与"大人"外部的"互相理解"被不可能化之后，其内部交流则变得更加紧密，并且表现出一种同一性、封闭性。"大人"的场合，刑警队长期将朱晶晶之死的方向放在"强奸犯"的方向上，导致案件迟迟没有进展；朱永平和王瑶狼狈为奸，试图骗取朱朝阳的口供；"小孩"的场合，交流、动机都只从"小孩"这个群体内部自主发生，具体表现就是所有犯罪行为的动机都源自朱朝阳、丁浩、普普三人内部的互相推动。叶军、严良这些"大人"都与朱朝阳有过接触，却只是擦肩而过，没有对朱朝阳产生任何实际性影响，而朱永平、王瑶则让朱朝阳更加确信"小孩"与"大人"之间理解的不可能。朱朝阳等三人固然在性格、身体等方面有着许多不同之处，却有着共通的面貌——"诡计多端"的青少年犯罪者（如书名所述的"坏小孩"）。

　　张东升是《坏小孩》中唯一的一个真正游走在"小孩"与"大人"之间的人，是对朱朝阳等三人的行动产生实际影响的角色，但是他作为"大人"与朱朝阳等"小孩"的关系是基于杀人这一事实上的纯粹利益交换，因此他直到死前最后一刻都在计划谋杀朱朝阳等人。他对朱朝阳与普普感到同样棘手，与丁

---

　　①　紫金陈. 坏小孩[M]. 长沙：湖南文艺出版社，2014：50.

浩、普普共同谋杀朱永平夫妇,到最后对朱朝阳三人放下心来导致被杀,他对三人虽然评价有所不同,但是在所有故事关键点上都表现出对三人的形象进行了趋同化。这一点侧面证明了"小孩"内部的同一性,也即作为一种共通面貌被认知。但是,《坏小孩》的这种建构,恰恰意味着社会性的丧失。"大人"和"小孩"的交流之不可能,正与《广辞苑》中所指出的社会性之"并非自我封闭"相悖,"大人"和"小孩"在小说中成为绝对他者的同时,我们同样也只能以"他者"的眼光去审视朱朝阳、张东升等角色,"自我"的性质随之被彻底消解。

　　在《角落》的改编中,主题发生了变化。导演辛爽说:"虽然我们不是一个主题先行的作品,但'爱'和'选择'是我们一开始就达成的共识。"①随着主题的变化,原作小说构建的"小孩-大人"之图式也随之消失。"小孩"与"大人"之间的关系打破了原作的封闭,开始交汇起来:张东升对主角们的认知不再趋同化,"朝阳东升"彼此间似是而非的关系变得更加紧密,张东升作为教师有着欣赏朱朝阳才能的一面,他对普普则移情自己幻想中的女儿,使他不仅无法对主角三人痛下杀手,还一度给予充分的信任;严良(丁浩)则与陈冠声产生了多次接触,两人的交流一直持续到结局的到来;朱朝阳也不似小说中一开始便对朱永平不报奢望,随着故事推进,两人试图维系真假参半的复杂父子关系;叶军与叶驰敏在网剧中则成了正面对照组,父女二人关系颇为融洽。而在"小孩"的内部,随着"青少年犯罪者"的身份在客观事实的层面从剧情中抹除,主角三人的形象变得更加充实,关系也变得更为复杂,严良(丁浩)与普普本可以偷窃商店中的钢笔作为朱朝阳的生日礼物,最后却仍然选择用劳动换取成果,他们的身份与行为虽然触及法律边缘,却仍然突出描写了善良的一面。这种性格内部善与恶的复杂纠缠也影响着角色自身的价值判断,使角色关系内部或显性或隐性地存在分歧,并且影响了各自的最终结局:原本行为最显出格的严良(丁浩)被陈冠声感化,成了阻止朱朝阳的最后一人;善良的普普选择向所有人隐瞒朱晶晶之死的真相,最终让朱朝阳做出了放弃她的决断。

---

　　① 毒药观影团.专访《隐秘的角落》导演辛爽:故事是生活的比喻[EB/OL]. (2020-07-01)[2022-03-25]. https://weibo.com/ttarticle/p/show? id=2309404521854 164664518.

一言以蔽之，在《角落》的改编中，角色性格中的善与恶不断摇摆，彼此之间变得无法作为一种明确的他者被界定，每一个角色都有自己独特的面貌，这种细致化最终让角色与角色间不存在形象上的共同体关系，而作为独立的个体进行连接，进而形成各异的"社会网"，这才创造了讨论"社会性"的可能。"社会性"所引起的共鸣不再仅限于个体，"自我"的感情映射得以游走在所有个体的言行中。

四、从家庭描写中看社会性

网剧对主题的改编开拓了"社会性"的讨论可能。在两个主题中，"选择"是一个宽泛而暧昧的话题，在剧中围绕笛卡尔的童话展开，仍然只是停留在强化"朝阳东升"人物关系的层面上。另一主题是"爱"，普世意义的"爱"无法被明确定义，这也就代表了一种讨论的可能性。显而易见，《角落》选取的"爱"的角度是亲人、家庭之爱，并且刻意排除了爱情形式的讨论可能：张东升和徐静的"男女之爱"早在故事开始之前就破碎，仅作为背景和动机存在；原作之中朱朝阳与普普之间朦胧的、启蒙的爱情也被彻底删去。而在这个主题的中心，便是《角落》对原作改动最大的角色之一——周春红。

原作中的周春红是一个老实、勤恳、独立的中年妇女，她对朱朝阳报以完全支持、信赖的态度，也因此并没有察觉朱朝阳的内心活动与实际行动，她的登场次数不多，离主要角色们距离最近的一次仅是在与王瑶的争执中保护朱朝阳，可以说是一个近乎背景板的人物。在《角落》的改编中，周春红在保留"坚强独立的离婚妇女"设定的基础上，进行了大量的修改与加笔。她对朱朝阳有着极强的控制欲，仅仅从学习成绩上判断朱朝阳的优劣，对其缺乏正常的社交不以为意，她一厢情愿地试图将朱朝阳隔绝出"离异"的家庭背景，不让其插手任何家庭关系，只希望其专注于学习当个"好孩子"。但是，她对朱朝阳也有着真实的亲情，她愿意为朱朝阳舍弃自己的工作与感情发展，当朱朝阳遭到王瑶袭击时也挺身保护。伴随着性格面的充实，周春红人际关系的塑造相比原作也更加丰富，在《角落》的前半段，她试图与景区主任马光才发展感情，却最终因为朱晶晶之死告吹；在朱晶晶死后，她曾对朱永平、王瑶表达了些许劝慰的态度，不似原作中对朱永平的态度一开始便非常坚决，即使在《角落》的后半段,两人之间的关系落入冰点,她也与朱永平有数次互动。

在原作"坏小孩"的主题不复存在以后,朱朝阳的行动与内心活动需要补强,这便是对周春红进行大幅加笔与修改的目的。周春红将朱朝阳从家庭关系的处理中隔绝开以图营造"学习的良好环境",当她与马光才的关系因为王瑶的介入被众人所知晓,她坚决且彻底地放弃与之发展感情,事后,朱朝阳对家庭关系的处理表示协助与支持的态度时,周春红反而冲动之下对朱朝阳动用暴力。心灰意冷的朱朝阳转而向朱永平寻求亲情,即便他知晓了朱永平试图利用自己的事实,也希望和朱永平维系父子关系。破碎的家庭关系成为朱朝阳悲剧的源头。家庭作为普世文化通则之一,是构成社会的一种基础单位,这也就意味着"家庭"题材天然的社会性所在,而周春红的"爱"便是《角落》探讨的社会性的指向。为了维系破碎的家庭结构,周春红试图将自身变成"家"(结构本身),母亲角色本应承担的作用由此出现缺位,转化成了结构的控制力。她与马光才的关系的发展也恰恰如此:按照理想的发展,马光才与作为控制力的周春红秘密地组成新家庭之后,母亲的位置也得以回归,但是当王瑶这一外力介入以后,周春红的这一转化失败了。王瑶破坏的是周春红对"秘密"的控制力,于是我们看到,周春红不仅放弃与朱永平继续发展感情,还试图更换一个离家更近的工作——在"家"的转化遭遇破坏之后,控制力只能反而由此加强以形成自我保护。《角落》数度运用颜色对周春红"人＝家"的性质进行暗示:第3集叶军造访朱家时,她的衣着是与壁纸一模一样的绿色;第4集外出前化妆时,她的衣着是与瓷砖相同的红色;第5集与朱朝阳医院商谈未来时,她的衣着是与医院瓷砖近似的米色……即使离开了物理意义上的家,结构的控制力与暴力对朱朝阳仍然存在。于是,在这个病态结构中孤独的朱朝阳不得不试图脱离出"家",寻求早已被剥离出去的父亲角色朱永平。准确地把握住这种无处不在的性质,是《角落》对周春红"控制欲"刻画的成功之处。

与朱朝阳的家庭相对应的,《角落》设置了一个对照组:叶驰敏和父亲叶军。在原作中,叶驰敏对于朱朝阳一直怀恨在心,是朱朝阳在学校遭遇校园欺凌的罪魁祸首之一,也因此遭到了父亲叶军的怒斥;而在《角落》的改编中,叶驰敏虽然仍然对朱朝阳表露不友好的态度,但并没有做出直接或间接的欺凌行为,她的大部分出场都围绕与父亲叶军的交流展开。叶军对叶驰敏的教育态度较为宽松,不以学习成绩论高下,父女二人之间虽然有些小插曲,但常常彼此考虑、互相关怀,与朱朝阳的家庭形成鲜明对比。在《角落》的改编中,叶军家庭的母亲角色被刻意排除了。原作并没有对叶驰敏的家庭进行详细交代,《角落》中也同样如此,我们无法得知叶驰敏是否生活在一个单亲家庭中。西蒙·波娃曾指出:"母爱不是直觉的,天生的······母亲对小孩的态度,完全决定于母亲的处境以及对此处境的反应。"①在这一设置下,叶驰敏家庭和谐的气氛,更加凸显出周春红变质母爱的悲剧性:家庭结构在物理意义上的不完整并没有成为悲剧的根本原因,个人的选择相对被强调。

《角落》的出现让我们看见了悬疑题材与"社会派"的新面貌,同时我们也要从改编当中吸取描写社会性的经验。《坏小孩》的众多不足,在网络评价中往往被统括为一种"刻板印象",《角落》的改编克服这种"刻板印象"的过程,即是追求现实主义——让戏剧真实与生活真实重合——的过程。但应当注意的是,现实主义除了平衡这种客观的真实以外,感情的、主观的真实也是必不可少的,这就是为什么观众们对张东升、周春红等角色又爱又恨。社会是以一定的物质生产活动为基础而相互联系的人类生活共同体,只有让人物有血有肉,才能开拓出讨论社会性的领域。

---

① 西蒙·波娃. 第二性:女人[M]. 林琅,刘谈夫,译. 长沙:湖南文艺出版社,1988:291.

后　记

说实话,在做《网络文学创作实战》这个选题的时候,我是非常忐忑的,一遍又一遍地自我反省:我究竟何德何能,竟然敢教别人写作?

虽然我写文 19 年了,但至今仍是个"老透明",不是网文圈叱咤风云的"大佬"。我多少会觉得,自己是不太够格的。

然而,有时候又会觉得,我还真就是这本创作经验教程的不二人选,甚至是最佳人选:

因为我写得够"疯",因为我写得够"杂",因为我一直喜欢跨界创作,不断挑战自我。

我从 2003 年开始文学创作,早期作品以游戏评论、游戏攻略、二次元短篇小说、专栏赏析等形式发表在各大杂志上,2005 年出版了第一本长篇言情小说。那个稚嫩又热血的我,曾抱有"称霸全国"的梦想,于是"打一枪换一个地方",在全国 34 个省市行政区中有 18 个省级出版社出版了我的文学作品。不过后来随着我的小说被海外传播并出版,我便放弃了"用小说出版打卡中国地图"的挑战计划,继续我的另一个梦想:不断尝试并挑战新的题材。

我的创作类型很杂,从早期青春言情小甜文,到风云诡谲的武侠仙侠,到都市悬疑探案,再到赛博朋克的科幻,甚至包括历史题材抗日战争时期的红色作品。我不喜欢重复自己,我觉得,每一种类型文学的创作都像是攀登一座新的高峰,我需要一系列的思考与研究,然后进行沉浸的、纯粹的、心无外物的创作。等到作品完成、网络发表、实体出版并获得市场认可,那就表示:我又翻过了一座新的山头。

当然，这样的创作模式，在网络文学中多少有些"非主流"，但我乐在其中。也正是这种跨界创作、不断挑战的理念，让我在2008年创作了中国第一部"穿越抗战"作品《我和爷爷是战友》，将网络文学的"穿越"元素和抗战历史结合起来，在尊重历史的基础上，合理想象，用年轻人喜闻乐见的方式去讲述抗日战争历史和爱国主义精神。

对我来说，每一部作品都是新的起点，每一本都是更遥远的征程。而随着网络文学的发展，文学作品有了IP改编的机会，这时我的"集邮式挑战"与"跨界式创作"的因子又开始蠢蠢欲动，我试着介入多种文化产品的开发流程，努力将自己的文学作品变化为多种文化产品形式，不仅仅是线上的影视、动漫、游戏，还有线下的舞台剧音乐剧、实体主题公园、衍生玩具文具等。

我是幸运的，我的作品被全产业链开发，我不仅仅是原著作者，也是编剧和策划，能亲眼见证自己的作品从小说文本到影视动漫，从建造图纸到实体公园……看着成百上千的游客们，在我的主题公园中畅游，体验不同的故事场景和游乐设备，这种满足感是无与伦比的。

2018年，一个非常巧合的机会，让我走进了大学课堂。我将我的创作实践经验、文化产品策划与项目运营经验，分享给了高校的大学生们，向他们阐述网络文学如何构思、如何长期创作，又如何被改编、被转化、被海外传播，最终成为不同的网络文艺文化产品。学生们听得入迷，我也很有成就感。

之后，我将自己的创作经验整理成了这本书，形成了一套完整的教学体系。此外，我也鼓励同学们进行实际创作，帮他们推荐资源，带着他们入行"入圈"。教课四年间，有三十多位同学和各大网站签约并创作了自己的独立作品。

这本书里,藏了我很多的教学小案例:比如在同学们的作品中,我发现大家都喜欢扎堆创作大学校园题材,但内容趋同,缺乏主题性,堪比流水账。于是我干脆亲自上阵,创作了大学青春校园网文《404中二宿舍》,给学生们"打个样",让他们理解了在相同的故事类型下,怎样去写出与众不同的故事核心。

有理论也有应用,有引导也有实践,我的课程受到了教育部门的认可,获得了江苏省高校教师教学创新大赛一等奖、江苏省教师现代教育技术应用作品大赛一等奖、江苏省高校微课教学比赛二等奖,"创意写作"课程还被江苏省教育厅认定为"省级一流本科课程"。

其实在这之前,作为一名网络作家,我曾经也失落过。我曾自我反省,自己跨界创作的方式很不利于读者和粉丝的积累,在这个"流量至上"的网络时代,显得有点不伦不类。然而,现在回头看,那些"翻山"一般的跨题材创作经历,恰恰为我的课堂教学和产业化研究,带来了丰富的经验和启示。正因为我什么题材都写过,才能在教学和研究上游刃有余,无论学生想要了解什么样的类型,我都能分享经验。这也让我深深地体会到了那句歌词:天下没有白走的路,每一步都算数。

从文本创作的作者,到版权转化的策划者,到产业运营的运营者,再到文学创作的教育分享者——未来的我,还将不断地翻山越岭,挑战下一座高峰,带领更多的朋友和同学,一起欣赏山上的美妙风景。

最后,我要将最真诚的谢意,致以中国作家协会、江苏省作家协会、南京市作家协会,致以南京市委宣传部,致以三江学院——感谢作协,感谢组织,感谢各位老师的关注和照应,鼓励我、支持我创作了这本《网络文学创作实战》。

祝愿大家健康如意,越写越好。

周丽(赖尔)

2022.5.20